金田一探案集⑨

女王蜂

〔日〕横沟正史 著　杨婉蘅 译

南海出版公司

新经典文化股份有限公司
www.readinglife.com
出　品

目录

第一章　月琴岛

月琴岛

从伊豆的下田去往南方海上不到三十公里处，有一座连地图上也不会标明的小岛，名叫月琴岛。

月琴岛——

这个名字比较新，从前据说有个俗名就叫海上小岛，直到今天，这个俗名也还是被视为它真正的名称。

它被浪漫地称为月琴岛，估计是江户时代[①]中后期的事了。顾名思义，因为岛的形状很像当时风靡一时的中国乐器月琴。

不过，对今天的读者来说，这个名词恐怕鲜有人知。这是中国古代的一种弦乐器，琴身形状颇似满月，因而得名。各位大概想象一下在圆形的托盘上粘上三味线的琴柄，这就差不多了。琴身直径

①日本德川幕府统治的时代，时间为1603年到1868年。

约一尺一，琴柄长度大概四寸五六。

月琴据说是在江户时代早期经由长崎传入日本的，风靡全国大约是江户中期以后。直到明治[1]中期，月琴还在妇女间流行，之后日渐衰颓。到了明治末期及大正[2]初期仍有三两学琴者，人们还可在城郊的繁华之所门前见到有人卖艺、边走边弹的景象。但到了大正中期之后，这些寥落景象也难得一见了。

话说回来，这座小岛还是命名得十分贴切。

岛屿大致呈圆形，直径四千米有余。在岛的乾位，即西北方的一角，有一段宽约五百五十米、长度超过一千六百米的断崖直挺挺地突出。因此，整座岛的形状极像一把月琴。

这段断崖被当地人称为琴柄岬，它的尖端似鹫喙，是全岛最为险要之处。

诸君若赶在初春之时，即二三月份的时候来岛上一游，或许会为岛上的美景震撼不已：从耸立在岛中央的兜山山脚到琴柄岬，一路上山茶花胜景似织锦一般绵延伸展。

岛上的人们也和大岛居民一样，靠山茶花栽培、畜牧业和渔业谋生。但不只畜牧业，山茶花栽培一行也是近年才兴起的，在江户时代并不盛行。

可是，人人都说这岛在江户时代远比现在富裕。因为那时人们有一种非常厉害的谋生手段——走私，用当时的话来说叫贩私货。月琴岛在江户时代中后期被视为走私的一大根据地。走私对象主要是中国，即当时的大清国。当年那些钟情稀罕物品的老江

---

①日本睦仁天皇在位期间使用的年号，时间为 1868 年到 1912 年

②日本嘉仁天皇在位期间使用的年号，时间为 1912 年到 1926 年。

户人极力追捧的中国货，大部分都是以这里为中转站，秘密地流入江户。

除了山茶花以外，岛上还有一样特别引人入胜的东西，即岛上随处可见的中式建筑。但凡岛上的富贵人家几乎都拥有一栋。这些建筑恐怕是为了款待异国友人而特别修建的。

不仅如此，在岛上的新岛原码头附近，还保留着两座明显是妓院的中式建筑。说不定来自大清国的多愁善感的探险家们，曾经就在这楼上一夜风流、宴饮欢歌。甚至叫响月琴岛这个名字的，或许也是他们。

就这样，这座岛繁荣了很久。然而盛极必衰，为这过眼繁华画上休止符的是明治新政府。

根据明治政府的政策，锁国制度被废除，走私的利润空间日益萎缩，岛上的兴旺之象一夜间消失殆尽。那些中式建筑也失去了存在的价值，在凄风冷雨中沦为废墟。但这些建筑给岛上增添了一种莫可名状的异域气息，使得人们在游览之时，心中油然升起一丝怀旧之情。

但是……

现在想来，这岛上仍留存这些中式建筑的缘由，应该不仅是为了吸引游客。这偏僻小岛如此远离大陆，却有着许多门户庄重、从内部也可上锁的建筑。它们会在下面将要讲述的金田一耕助的冒险故事里扮演举足轻重的角色。

不过，在进入主题之前，我们还得聊聊另一个关于这座岛的、在年代上略有些误差的古老传说。

那是昭和[①]五六年的事情，这座岛在政府大报上名噪一时。此事源于一个前来观光的学生偶然间向政府报告，说岛上住着自称是右大将源赖朝后裔的家族。最有意思的就是他们——岛上最富庶的大道寺家族——口口声声宣称自己是源赖朝子孙的理由。

这里让我们回顾一下历史。

源赖朝死于正治[②]元年正月十三。死因据传是这样的：前一年的十二月，稻毛入道重成为祭奠亡妻，在相模川举行了桥梁供养仪式，源赖朝在参加完仪式后打道回府，途中落马，后不治而亡。

某部史书对此事的记载如下："右大将赖朝卿为与佛法结缘而成此行，当其归途，于八的原，见义经与行家之怨灵。后于稻村崎，见安德天皇御灵显圣。赖朝观之，忽而身心昏倒，遂落马。"

之后，源赖朝一病不起，各种祝祷医治均收效甚微，于翌年正月十三离世。

不论是义经和行家的怨灵，还是安德天皇御灵，一看就是从前某些作家的思路。然而源赖朝暴死，给从古至今的人们留下了太多疑问。还有一种说法认为，这其实是他的妻子政子的阴谋。

彼时赖朝与一女子有私情，常避着妻子政子的耳目微服私通。政子因此妒恨不已，趁赖朝落马之机干脆将其置于死地，也并非不可能。是真是假没人敢保证，但是考虑到源氏一族骨肉相残，还有政子的性格，这种说法也不是完全没道理。

与赖朝私通的那个女子，据说正是大道寺家的祖先。那时候大道寺家族是居住在伊豆山的豪门，他家的女儿多衣正是赖朝暗通款

① 日本裕仁天皇在位期间使用的年号，时间为 1926 到 1989 年。

② 日本土御门天皇在位期间使用的年号，时间为 1199 年到 1201 年。

曲的对象。初时，多衣并不知道那人是赖朝，以为他只是镰仓那边地位显赫的大将，因此与他结了这孽缘。后来她得知那人乃右大将源赖朝，吓得魂飞魄散，且惊且畏。因为她久闻政子的熊熊妒火，更听说被赖朝染指过的女人从来不得善终。

此时多衣已经有孕在身，愈发觉得自己前途叵测。在她惶惶不可终日之时，忽然传来右大将暴死的消息。坊间又风传镰仓方面的追兵势如破竹，大道寺一家终于耐不住了，护着多衣往海上逃去。颠沛流离后最终安顿下来的地方，正是月琴岛，也就是当时的海上小岛。

多衣在这里安胎，平安诞下一名女婴。这位后来人称登茂夫人的女子毫无疑问就是赖朝的亲骨肉，如今的大道寺家正是传承了她的血脉。

这个故事当成传说听听已经很有意思了，何况还有那么几丝史实为证，一传到东京便引得史学家和好事者源源不断地前往月琴岛拜访。大家都认为，说不定能够在那里发现一些《吾妻镜》和《北条九代记》中故意隐瞒的关于镰仓时代[①]初期的内部史料。

然而好事者的期待通通落空了。大道寺家主人拿出的赖朝遗物有长剑、头盔和麾令旗什么的，件件都很可疑。最可笑的就是麾令旗了。根据某位考据家的说法，麾令旗是武田信玄首创的。年代远早于他的赖朝竟然使用麾令旗，不是太奇怪了吗?《逆橹》里的畠山重忠和《寿司屋》里的梶原似乎都举着麾令旗登场，但跟讲述平安时代[②]故事的《寺子屋》里的源藏展现出江户时代小市民风俗一样，

①日本历史上指以镰仓为政治中心的武家政权时代，时间约为 1192 年到 1333 年。

②日本历史上指以平安京（今京都市）为首都的时代，时间为 794 年到 1192 年。

不过是狂言[①]的一种表现形式而已。

如此这般，乘兴而来的好事者们往往因大道寺家的宝物败兴而归，但还是有人惊喜地发现，大道寺家藏着一件无与伦比的奇珍异宝。

那就是当家人大道寺铁马的独生女琴绘。琴绘当时虚岁十六七，她那照人的光彩比朝阳下熏得游人醉的白山茶花更具风情。出现在客人们面前的琴绘，总是身着中式织锦缎元禄袖长款和服，腰带是江户初期样式的细腰带，绕腰三圈后在腰前结成漂亮的结。她漆黑的秀发如瀑布般一泻而下，令人惊异，平时松散地垂在脑后，发端用白纸束拢。

可能是月琴岛古来的遗风吧，在这里，外来客人都会被盛情款待。若是熟人介绍来的，更是会受到殷勤招待，逗留数日都没有问题。尤其是那时的当家人大道寺铁马，他对自己身为右大将赖朝公的后裔特别自豪，只要是来参观宝物的人士，均会奉若上宾。

大道寺家当然也有中式建筑。尽管在历史的风霜里褪去不少风采，但若见到在色彩依旧明艳的中式房间里，琴绘在昏黄的灯笼下怀抱月琴轻抚一曲的情景，无论是谁都会不由自主地以为自己正在桃花源中畅游。

琴绘是否是赖朝的子孙不得而知。或者确有其事，而某位祖先为了强调真实性，制作出了那些古怪的宝物，却反而沦为了后人的笑柄。谁又知道真相呢。

真假暂且不表。琴绘确实坚信自己是赖朝的后人，她这个想法

①日本传统表演艺术之一，以台词为主的滑稽剧，插在能乐幕间演出。

和我们这段故事有着或多或少的联系。

昭和七年，两名学生来岛上游玩。他们也是被传说勾起了好奇心，遍游伊豆各地后，又来到了月琴岛。两人被这里的珍奇风物深深吸引，在岛上逗留了两周之久。因为有可靠的介绍人，大道寺家也毫不犹豫地盛情款待了他们。

逗留期间，琴绘和其中一个学生有了私情。就在他们俩离岛之后，她才发现自己竟然怀孕了。

昭和八年，琴绘平安产下一个女孩。就在女孩出生前不久，身为孩子父亲的那名学生离奇惨死。那时的琴绘，满脑子挥之不去的都是多衣与赖朝的故事。

这些事情稍后再详述，让我们把目光转向现代吧。

古怪的僧人

昭和二十六年五月二十五日，刚满十八周岁的大道寺智子貌美绝伦。

她的母亲琴绘也曾美丽无比。然而，那是一种古风之美，温和内敛，纤纤弱质，我见犹怜。相比之下，智子有种奋发向上的美。她的脸庞既符合传统日式审美，又充满现代的情调。她差不多是瓜子脸，但下巴略宽，两个酒窝溢满甜美，严肃时则充满了女神般的高雅与威严，却绝无冷漠之感。总之，智子美得立体而丰满，难以形容。这就是她与母亲最大的区别。

在服饰方面，和永远一身和服的古典派的琴绘相反，时代不同了，智子喜欢穿洋装。她的洋装上没有艳丽的装饰，格调高雅，能够让人联想到她的人格。她也拥有一头与母亲酷似的秀发，及肩的发端微微烫卷。蓬松的卷发衬着她鹅蛋般的脸庞，就像光泽动人的黑天鹅绒包住了名贵的宝石一样。

总而言之，请各位尽情发挥想象力吧。这个名叫智子的女子，无论你将她想象得多美丽、多高洁，都毫不为过。

接下来，让我们再看看这段故事开始时大道寺家族的情形。这花不了很长时间，因为这个家族人丁极不兴旺。

在智子虚岁五岁那年，琴绘就去世了，所以智子对母亲印象不深。在她的记忆里，母亲总是寂寞而忧郁，无论她怎样绞尽脑汁，都无法忆起母亲的一丝笑容。母亲从未在她面前露过欢颜。不，不，母亲何止寂寞而忧郁，还好像常常心含悲恨。每每午夜梦回，母亲总在惊恐的尖叫声中醒来，而后潸然抽泣。那哭声总是持续到天亮。

每当此时，智子幼小的心灵也会充满莫名的悲哀与恐惧。她会紧紧搂住母亲，跟母亲一起哭。于是，仿佛灵魂愈加受到触动一般，琴绘便抱紧智子，最终号啕大哭起来。

回想当时的情景，智子如今仍觉不可思议。究竟是什么事扰动着母亲的内心，如此折磨着母亲的灵魂……只要思索这件事，智子仍会苦闷得无法呼吸。然而，她并不想向任何人问起。冥冥中她似乎知道真相会十分恐怖。

另一方面，琴绘的父亲，即智子的外祖父铁马，在智子还未出生时就已撒手人寰。不，他对琴绘怀孕一事毫不知情时就辞世了。宽敞的大道寺宅邸中，现在只居住着智子和她的外祖母。那是她唯一的亲人。

外祖母阿槙今年六十整，年轻的时候身体不好，时常病痛缠身。但十九年前失去老伴，第二年女儿又产下私生女后，她的体格就迅速强健起来，大概是坚强的意志力所致。从以前羸弱不堪、肩不能担手不能提，到对女儿做出如此丑事的反省，她不断自我鞭策，似乎身心都得到了磨炼。从智子出生前后那段时间开始，她不再碰和服，转而穿起了洋装，到如今几乎成了洋装的衣架子。这位老妇人身材虽然瘦小，但十分结实。她很爱外孙女智子，含在嘴里都怕化了，却绝不一味地溺爱。这或许是因为她对过于溺爱琴绘有过反省。

除此之外，大道寺家还有很多用人。这些人和这个故事并无特别关联，此处不再赘述。但有那么一个人无论如何都不能忽略，一定要在这里介绍一下。

她就是智子的家庭教师，神尾秀子女士。

秀子来到这个家里已经是二十多年前的事情了。她从前是作为琴绘的家庭教师应聘前来的。住在这种偏远的小岛上，子女教育往往被忽视。但是对独生女琴绘一刻都不愿撒手的铁马，用高薪将秀子请来做家庭教师。那时琴绘年方十四，秀子二十一二岁，刚刚从专科学校毕业。

爱美之心人皆有之。秀子第一眼就喜欢上了自己的学生。这种情感与日俱增。琴绘不仅貌比天仙，性子也毫不矫揉造作，为人又老实，加上我见犹怜的气质，令接触过她的男男女女都不禁产生保护她的欲望。秀子对琴绘疼爱不已，视为掌上明珠。

于是，对琴绘的教学告一段落之后，秀子没有离开小岛，铁马也并无放她走的意思。刚才也说过，当时阿槙的身体虚弱，家里无论如何都需要一个在家务上能主事的女人。那时的秀子尽管年轻，却精明强干、聪慧机灵，所以大小家务事都是她说了算。不知从何时开始，秀子从家庭教师变成了女管家。

在此期间，铁马辞世，琴绘私通生女，秀子更是无法抽身，身兼管家与保姆之职。接着琴绘也死了，她又承担起养育智子的责任，等到智子长大，她重新变回家庭教师，就这样一步一步走到了今日。

秀子今年已经四十四五岁了。她几乎将全部人生奉献给了琴绘母女，但她无怨无悔。她就像爱琴绘一样，不，是比那程度更深地爱着智子。秀子眼看智子变得比母亲琴绘更加美丽、聪慧，出落成了一名有主见的成年女子，实在没有比这更让她满意的了。其实智子能够出落得如此美丽、高贵，拥有女王一般的威严，全靠秀子全心全意的抚育。

就这样，智子即将迎来十八岁生日。面对这一天的到来，智子、外祖母阿槙和家庭教师神尾秀子都紧张不已，心中充满了期待和不安。因为到了那天，三人将会被接到在东京居住的智子的父亲大道寺欣造那里生活。而就在这两日，他或许就会来接她们了……

就在距生日还有几天的五月二十日，大道寺智子第一次接触到了以下要为大家讲述的令世人胆寒的事件。

这一天的黄昏，诸位若是乘船从琴柄岬那状如鹫喙的突出的一端经过，或许就能见到世上罕见的绝美景象。

陡峭的鹫喙崖上伫立着一个女人。初绽的青黑色山茶花为幕，迎着燃烧的落日，女人的身影似一幅图画。她垂在肩上的黑发随着海风飞舞，反射着点点金光，在她如同白山茶花一般苍白的脸上投下了美妙的阴影。

那自然是智子。

智子怀抱几枝芬芳的山百合，佁然不动，空洞的目光直直地投向远方的地平线，恰似一尊雕像。她在峭壁上已站了很久，好像在默默祈祷。她的确在祈祷。

过了一段时间，智子结束了祈祷，将目光转向悬崖之下。在身体一阵剧烈的颤抖之后，她闭目屏息，轻轻地将一枝山百合从悬崖上扔向大海。

山百合在落日余晖中绚烂地向海面坠落。海面上探出无数的岩石，岩石之间的黑潮涌着白沫，卷起一个个旋涡。花朵顷刻就被旋涡吞没了。

智子又扔下一枝山百合。一枝接一枝，每扔一次，口中就念念有词。不久，扔完最后一枝山百合，智子踉跄着蹲了下来，双手掩面，久久不动。俄而细细的呜咽声从她唇间溢出，珍珠般的泪水也从指缝间落下。

忽然，智子仿佛大吃一惊，停止了呜咽。她放下掩面的双手，慌慌张张地掏出手帕擦干眼泪，站起身来。缓缓地转过身的一瞬间，她不由得惊讶地睁大了眼睛。

那里果然站着一个人。一个智子绝对想不到的世间奇人。

那人身着白衣和浅蓝色裤裙，外面套着黑色短褂，长发及肩，胡子也留得很长，下颚上漆黑的胡须一直垂到胸前。他大约有五尺八寸高，强壮中透着威严，仪表堂堂。高鼻、秀眉、阔口显得他意志坚毅。他年纪在四十岁上下。

那人站在山茶花林之畔，紧紧盯着智子，目光似要穿透她一般。所谓目光炯炯，大概说的就是这种眼神。那双眼睛好像充满魔力，被凝视的人很难不给予回应，若这目光不主动移开，谁都无法回避。

智子感到恐惧。

古怪的僧人……智子想，除了修道的僧人，什么人还能有如此魔力呢。那怪僧似乎也察觉到了智子的想法，目光稍稍柔和了一些。一瞬间，智子仿佛大脑供血不足般身体一晃。

“你就是大道寺家的智子吧？”

粗重而沧桑的男声幽幽传来。智子无言地躬身行礼，又惊觉有些过了头，连忙直起身来。

“果然是有其母必有其女啊。你有点儿像你母亲。你母亲就很美了，你更胜于她啊。”

智子惊讶地重新打量对方。忽然，她好像发觉了什么似的，赶紧将目光移开。她很惧怕从对方眼中射出的凝视的目光。

智子犹豫地问道：“您认识我母亲？”

然而对方并未就此作答。“智子小姐，你刚才在这里做什么？我一直在看着你，你好像不停地把花从这里丢下去，还祈祷着什么……”

这回轮到智子不回答了。对方也沉默了片刻，像是可怜她一般说道：“纸是包不住火的。你家里人想要隐瞒，却也堵不住悠悠众口。我想你应该知道这里对你来说是个什么样的地方。”

智子猛地扬起头，某种急迫的感情使她忘掉了对方令她恐惧的目光。她颤抖着问道：“您……您都知道？”

怪僧点了点头。“知道。这里是你父亲的绝命之地。你父亲为了采摘悬崖上的羊齿蕨，不慎跌落而亡。我想这你也知道。”

智子浑身剧烈地颤抖起来。她挣扎般说道：“不，不，我不知道。我根本不知道详情。只是，不知什么时候，好像听人说过……可是……可是……那在东京的父亲又是怎么回事？我看过户籍，那上面明明写着我是我母亲和那个人的孩子……”

怪僧略一迟疑，马上又理好思绪说道：“你早晚会知道的……不，你已经隐隐约约地知道了，不是吗？东京那人并不是你的亲生父亲……而且你生父在你出生前就已不在人世，他和你母亲也并未真正结婚。所以在你生父去世后，你母亲匆忙地嫁给了那个东京人，否则，孩子一出世就成了私生女了。”

“啊，那么……”智子脚下有些不稳。她觉得有一种滚烫的东西煽起火焰，在她的脑海里打转。“那……那……我的亲生父亲是什么人？他是哪里人，又叫什么名字？”

怪僧的眼里闪过一丝异样。他目不转睛地望着智子。“我不知道。不，是没有人知道，除了你那个在东京的父亲。你的生父是个神秘的人——一个谜一样的人物。”他说着，耸了耸肩，转身走了。

智子想要追上去。“那您又是谁？告诉我您的名字……”

“你很快就会知道了。我们还会再见面的。”

怪僧没有回头，大步流星地穿过山茶花林，渐行渐远。紫色的暮霭缓缓地吞没了他的背影。

智子又是一阵眩晕，不觉偎紧了山茶花枝。

第二章　上锁的房间

上锁的房间

五月二十一日。

早晨，从睁开眼睛的一刹那开始，智子心中就莫名地一阵阵骚动，这让她心情很沉重。其实不只这个早上，随着生日越来越近，她几乎每个早晨都会这样，但今日尤甚。造成这种情况的原因是多方面的。

首先，大家都认为今天可能会有东京那边的人过来。第二，她昨天遇见了那个奇怪的僧人。第三，她有一件事决心今天要做。

智子满脑子全是这些事情，她胡思乱想，吃早饭时也一直无精打采。饭后，女佣来收拾餐桌。

“智子小姐……”

秀子把盛着编织工具的小筐拉过来，关心地唤着她的名字。不愿浪费一点儿时间的秀子总是有空就织些东西。一个人的时候织，吩咐下人干活的时候织，连招呼客人的时候只要手空着，也会不停地舞动棒针。在她的脑海里，无论什么时候，针法的符号都会像电码一样悄无声息地划过。

——空针、下针并套针、下针、下针、下针、二并针、下针、空针、下针并套针、空针、下针、下针、下针、二并针、空针、下针……

这样，一段花纹就织好了。要是不让她织东西，那她简直就像被抢了拐杖的盲人一样，无所适从。

“智子小姐，”秀子开始舞动棒针，“这可不行。你可不能老这么琢磨下去……不是都定好了吗？而且在东京的父亲肯定不会亏待你的。”

“嗯……”

智子的回答很沉稳。无论内心多迷茫、多烦闷，她也绝对不会在人前表现出一丝焦躁，说话声也丝毫不会颤抖。她受到的教育告诉她，那样会显得人身份轻贱，她绝对不会自降身份。可是，昨天那件事……

智子忽然想问问昨天见到的那个怪僧的事。不光是现在，昨天晚上回到家以后，她心中就已经无数次涌起想要问个究竟的冲动。然而一旦开口询问，就必定要提及自己去了鹫喙崖一事，这让她羞愧难当，最终难以启齿。而现在，她也已经失去了询问的机会。

智子犹豫不决地浮起微笑。

“我是不是特别窝囊啊？已经决定好的事，我知道现在怎么说都没用……而且我也不讨厌去东京住。其实我还是很向往去那里生活的，可是……还是觉得有点儿怪。我可是要和从小到大都两地分居的父亲一起住啊。”

“但这是你母亲的遗愿……她交代过，等你满了十八岁，一定要搬到东京去……”

棒针依旧在秀子手中穿梭，她的声音很冷静。

从我目前的描写中，如果各位推测秀子是个居心叵测、像男人般的妇人，那就大错特错了。

秀子是个大美人，美得纯洁无瑕，皮肤白皙，额头宽阔，眼中透着灵气。她在日本人里算是高个子，洋装穿在她身上十分相称。自从琴绘早亡，她从没穿过黑色以外的洋装。她在胸口挂着的银链链坠里藏了一张琴绘年轻时的照片，这是她的秘密。

“况且……”秀子的声音冷静依旧，“尽管是和你父亲一起居住，那也是在独栋的厢房……那可是一栋豪宅，一点都不输宫殿呢。”秀子四月的时候去了一趟东京，对智子将要入住的新居观察了一番。

“父亲真是有钱啊，还专门为我新建了一栋房子……”

“是啊，是啊，那可真的是……”

智子微微踌躇了一下，横下心来说道：“我……老师，其实我已经差不多决定了。既然是母亲的遗言，而且父亲也坚持这样……但是，我只担心一点，就是……关于文彦少爷的事情。”

“……”

“老师，文彦少爷是个什么样的人？我父亲偶尔还过来一趟，可是文彦少爷我一次都没见过。这不奇怪吗？我居然有一个素未谋面的弟弟。”

“智子小姐。”秀子依然低着头，“关于文彦少爷的事情我不方便多说什么。你见了他，自己下判断才最好。”

智子向秀子投去了探询的目光，但是很快就放弃了。

“文彦少爷虚岁多大了呢？”

“他已经十七了。足岁应该是十五岁零几个月吧……”

“虚岁小我两岁啊。”

两人陷入了沉默。秀子还在不停地织，智子则静静望着自己的指尖。不知哪里传来了黄鹂的叫声。

过了一会儿，智子又用沉稳的语气问道：“老师，我外婆怎么样？”

“她老人家很好。但最近收拾行李什么的，可能有点儿累吧。虽然身子骨硬朗，毕竟年事已高。”

“我觉得外婆很可怜，这么大年纪还要从住惯的地方搬到一个全新的环境去。”

“是啊。但比起和你分开，这样要好多了。你外婆要是和你分开，可是一天都活不下去。”

“对啊，我也一样。我也是因为外婆和老师您与我一同过去，才肯下这个决心。”

智子满十八岁之后就搬到东京和父亲一起住，这件事是早就定好的。忽然要带上外祖母和家庭教师同去，有各种各样的原因，但主要还是因为大道寺家没落了。二战以后，祸事接二连三，家运渐渐不济的大道寺家今年的情况更是急转直下，几乎到了难以为继的地步。因此，他们给家里的用人们放了假，暂时关闭岛上的宅院，全家搬到东京生活。

智子观察着秀子的神情，忽然像想起什么似的站起身。

“老师，我去看看外婆，然后……”她顿了顿，“我想在家里到处转转，因为马上就要离开了。别馆那边我也想去看看……”

秀子抬眼看了看智子，似乎什么也没发觉。

“好啊，那你去吧。但是尽量早点儿回来啊。今天来接我们的人可能就要到了。”

“嗯，很快就回来。”

智子取了别馆的钥匙，觉得跟做了亏心事一样。但与此同时，好奇心和对冒险的渴望占了上风。她今天无论如何也得干一件事。

来到外祖母的房间，被褥空空如也，没有老人家的身影。

“啊，外婆去哪儿了？”

智子无意中走到回廊下，立刻为眼前的景象感到心痛。

外祖母正在远处的山茶花林间穿行。一棵又一棵，她在每棵山茶树前驻足，轻抚它们的枝叶。离得太远，智子根本听不到，但是外祖母恐怕在和每棵树讲话。她一定是在和倾注了自己心血的山茶花林话别。

智子胸中一热，想立刻朝外祖母跑去，紧紧抱住老人家大哭一场。但她立刻又改了主意，迅速离开那里，穿过悠长阴暗的回廊，来到别馆的入口。这座别馆也有其他的门和玄关，和主屋之间则以走廊相连。

走廊的尽头是两扇对开的门，总是上着锁。钥匙挂在起居室的墙上，现在正被智子握在手里。

大门一旦推开，我想诸位一定会感到进入了另一个世界。之前那座古朴、传统、腐朽甚至颓败的日式住宅，经由这扇门，瞬间变成了流光溢彩的中华世界。

风格浓艳的雕刻，色彩绚烂的日用品，绘有中国美人的彩色玻璃窗，用金丝银线绣成龙的厚重的深红色窗帘，无一不古朴而雅致，完美地述说着昔日的富贵荣华。啊，在这个房间里，来自异邦的人们曾经如何歌舞升平？

但智子并没注意这些。她快步穿过几个房间，最后来到一幅挂在墙上的沉甸甸的深红色帷幕前。

智子看了看四周，又听了听远处的声响，然后终于从胸前取出一把古老的大大的铁钥匙。啊，就是这把钥匙。

智子今天的这场冒险源于几天前的一件事情。

两三天前，智子到后山的历代祖先墓前道别。她在每一座墓前虔诚地话别，特别在位于墓地一隅的一座墓前停留了很长时间。这是一座奇特的坟墓，墓碑背面刻有“卒于昭和七年十月二十一日”，此外没有其他文字。

但是，智子本能地知道这就是她生父的墓。她小时候，母亲经常在这座墓前哭泣，还交代过智子要一起守护好它。

智子在墓前久久地叩拜。这时，她发现紧挨墓碑的山茶树根旁有个小洞，有松鼠在那里钻来钻去。

“这种地方居然有松鼠筑巢啊……”

智子觉得此情此景很有趣，便好奇地向小洞中望了一眼。这时，她看到一件奇怪的东西。

咦，这是什么……

智子觉得不可思议，把手探入洞穴，将那件东西掏了出来。她觉得自己的脸瞬间变得煞白。那是一把大大的铁钥匙。

“啊，就是它！这肯定是那个上锁的房间的钥匙！一定是母亲把它埋在这里的。”

这么说来，似乎有人说过，这棵山茶树正是母亲种下的，就在这座墓建好的时候……啊，就是那个时候，母亲把这把钥匙埋在了树下啊……智子一阵眩晕。

现在，智子手握钥匙，站在了帷幕之前。

她屏住呼吸，再次环顾四周，手指颤抖着打开了帷幕。帷幕之后有两扇对开的大门，上面雕刻着精美的凤凰，还挂着一把沉甸甸的锁。

智子从小不知梦见多少回这扇门后的光景。从她出生以后，这扇门就再不曾开过。不，不如说是从智子出生前数月开始，这扇门就被上了沉重的锁，门里的世界从此不见天日。

上锁的房间……

门后的世界无数次刺激着智子的好奇心。她已经记不清她曾多少次向母亲、外祖母和秀子询问这扇门后的故事，请求她们开门让她看看。这些一向对她有求必应的人唯独在这件事情上坚决地回绝了她，而且绝不允许她再有想看的念头，也绝不允许她对别人提起家里有这样一个房间。现在，智子就要打开这个房间的门了。

“都是这把钥匙的错。都是它诱惑我。要是它打不开这扇门，我就什么坏事都没做……”

然而，钥匙完全吻合。锁被打开了，命运的骰子已经掷出。智子推开大门，战战兢兢地朝里面望去。所有的窗户都被厚厚的遮光帘遮住，房间里一片漆黑。

智子摸索着按下墙壁上的开关，啪的一声，天花板上的吊灯亮了。不用说，这是琴绘的父亲铁马那一代人装的。

智子飞快地环顾四周，似乎没什么可疑之处。这里也遍布着浓艳的雕刻与色彩绚烂的日常用品。只是，这里更像一间卧室，对面的墙边有张巨大的床铺。房间中央是一张大桌子，桌子两边放着两把椅子，墙角还摆着一张类似长椅的卧榻。不用说，整个房间都是中式风格。智子就站在入口处，旁边除了两扇对开门以外空无一物。所有的窗户都嵌着藤蔓花样的铁窗棂。

这个房间在下面故事里的作用举足轻重，这些容我稍后再叙，现在只说一说智子眼中看到的情况。

卧榻上放着一个盛编织工具的小筐，没织完的毛线活儿上还穿着棒针。

“哎，看来老师以前也在这里织过东西呢……”

智子开始觉得有趣，心情稍稍放松下来。她走进房间，来到大桌子旁。桌上放着一把被遗弃的月琴。房间里的一切都蒙着一层厚厚的灰尘，五月天里，这个常年紧闭的房间空气闷热得令人窒息。

智子又仔细四下环顾一番，随手握住月琴的琴柄，正当她拎起月琴的一瞬间——

“啊！”

智子狼狈地失声叫了出来。尽管有琴弦相连，但是月琴的整个琴柄已断。一拎起来，琴身就晃来晃去。智子吓了一跳，想把它放回去，然而琴身忽然翻转，露出背面巨大的裂口。裂口周围有漆黑的、渗到琴身里的污点。

“天啊！”

智子屏住呼吸，放下月琴，再度审视桌面。桌面正中间铺着一条中式的锦缎，上面绣着中国美人拉胡琴的图案，这条锦缎上也有一大片墨色的污渍，如云一般晕染开来。

“天哪，这污渍是什么……”

智子不解地望着月琴和锦缎。这时，一个恐怖的念头闪电般从她脑中划过。

血！

一时间，外祖母、母亲和秀子的脸庞在她脑海里旋转起来。每当她问起这个房间时，三个人的脸庞都写满了恐惧……

智子觉得全身的血液都冷得像冰一样。她迅速把月琴放回原处，踉跄着出了房间。这时，她听到远处有人在唤她的名字，便赶紧锁上门，把钥匙藏回胸前，放下帷幕，飞快地朝声音的方向走去。

“啊，小姐，原来您在这里啊。老夫人和神尾老师在找您呢。”

在别馆的入口，智子和女佣阿静撞了个正着。

“啊，是吗？找我有事吗……”

智子尽量不让人从她脸上看出什么端倪，故意让目光停留在门上的雕刻上，露出好奇的样子，心里却如小鹿乱撞。

“那个，来接各位的人到了，从东京来的……”

“啊，是吗，是什么人？”

“是个特别奇怪的人……好像僧人一样，头发长长的……”

智子心里咯噔一下，望向阿静。

“然后，还有一位……名字很奇怪。”

“名字很奇怪？”

“金田一……什么来着，对了，叫金田一耕助。”

匿名的委托人

金田一耕助很茫然。他一点儿都想不通他在这个传说中的浪漫小岛上应该扮演怎样的角色。为什么非来这里不可？为什么这个奇怪的使者非要他来？他有点儿摸不着头脑。

这是件略显诡异的事情。

大概在两周前，他一连解决了两三个棘手的案件，决定好好休养一阵。好久没去温泉了，他想找个温泉静静地疗养一番。但此时忽然蹦出来的一封信打乱了计划，信是丸大楼四层的加纳律师事务所发来的。

“有事急需劳烦阁下。烦请阁下迅速来我事务所一叙。”信打印得规规整整，寄信人署名栏有个非常漂亮的签名：加纳辰五郎。

金田一耕助有点儿犹豫。要是应邀前往，疗养计划就会泡汤。这让他有些不痛快。他真的太累了。但是不可否认，加纳律师事务所的名头还有加纳辰五郎的签名，对他来说实在是不小的诱惑。

说起加纳律师事务所，那可是一流中的一流。所长加纳辰五郎是日本屈指可数的著名民事律师。金田一耕助很清楚，他们接的都是一流大企业和大商家的案子，偶有几单个人案子，也都是些大人物的。何况这封信上居然有所长亲笔签名，他实在有点按捺不住。

疗养与诱惑——狠狠斗争一番之后，还是诱惑占据了上风。他打了个电话，一个小时之后，在丸大楼四层加纳律师事务所的一间办公室里，他与大名鼎鼎的民事律师相对而坐。

“百忙之中请您过来，实在是不好意思。久仰先生大名，这次请您一定出手相助。”

果然是个洞悉人情的名士。加纳律师完全不为耕助那奇怪的外貌所影响，镇定自若地表达着恰到好处的敬意。看样子他已年届花甲，红润的脸色和雪白的头发形成鲜明的对比。这形象让人联想到古时候受人敬重的名士高官。

耕助提起自己正准备找个安静的温泉胜地疗养一下，加纳律师闻言，眼角缓缓堆起一叠笑纹。

“那正好。您要是接了这个工作，就能顺便达成疗养的愿望。”加纳律师娓娓道来，“所谓工作，是要到伊豆南部的一座岛上去接一位小姐。赴京途中，那位小姐会在修善寺住两三晚，您也可以顺便在那里泡泡温泉。然后再送那位小姐平安到达东京的家里，就完成任务了。”

金田一耕助疑惑地看着对方的脸。“这是什么意思？有人会在半路上对那位小姐图谋不轨？”要是如此，那他只有请辞了。他实在不适合当保镖。对自己的力量，他真是一点儿信心都没有。

“不，没有这回事。要是这么简单的事情，怎么会劳您大驾呢，金田一先生。”

“哦……”

“您一定很清楚，干我们这一行的，必须替委托人保密。”

“那是当然……”

“同时，干您这行的也必须替委托人保密吧？”

金田一耕助眉毛一挑。律师笑着从书桌的抽屉里取出两份文件交给了他。一份在信封里，另一份没套信封，只是被对折了两次。

金田一耕助看了信封一眼，不由得瞪大了眼睛。

世田谷区经堂　大道寺欣造先生

这些文字全都是从各种印刷物上剪下的印刷体，没有统一的字号，大大小小歪歪扭扭地拼贴在一起。没有寄信人的名字，邮戳是神田锦町的，日期为四月二十八日。信封本身是随处可见的牛皮纸信封。金田一耕助连忙把信件抽出来一看，普通的信笺上同样贴满了大小不一的拼贴文字。

警告。

不要从月琴岛把那女孩接来。

那女孩来到东京必会招致祸事。

想想她母亲的事情吧。

想想十九年前的惨剧吧。

那究竟是过失呢？

还是某人的谋杀？

那女孩的母亲有克夫之相。

那女孩亦是。

那女孩面前必将有众多男子血流成河。

她就是女王蜂。

她命中注定要将倾慕她的男子全部置于死地。

再次警告。

不要从月琴岛把那女孩接来。

既没有收信地址，也没有寄信人的名字。

金田一耕助脑门上直冒冷汗。那些大小不一的拼贴文字仿佛在质地粗糙的纸上跳起舞来。

耕助打开另一份文件。文字也是拼贴而成，内容一字不差。他的冷汗又冒了出来，不可抑制的异样的战栗带着刺痒的感觉在他脊背上游走。

“这个的信封呢？”

加纳律师微微一笑。

“不方便给您看……那是委托人的秘密。他暂时不想公开身份。但是我可以告诉您，那个信封和这个一模一样。一样的牛皮纸，贴满了剪下来的字。邮戳也一样，日期也一样。就是说，有人同时给两个人发了相同的警告书。”

金田一耕助再度审视这些信件。他想确认是否有指纹，但是一点儿线索也没有。这一定是个十分谨小慎微的人。

“那么您能跟我把话说到什么份儿上呢？就这些云山雾罩的东西，恕我难以从命。”

“您说得没错，请您随便问。能回答的我知无不言。”

“先得告诉我那位小姐的名字吧。就是警告书上的‘那女孩’……我要接的就是她吧？”

加纳律师点了点头。“她叫大道寺智子。”

“噢，就是说和这信封上的收信人大道寺欣造有血缘关系？”

“不，并没有血缘关系。欣造是这位小姐的养父。”

“这样啊。那么那个不愿透露姓名的委托人呢……他和这位小姐又是什么关系？”

律师轻叹一声。“这个恕我无可奉告。这是委托人的秘密。”

“大道寺欣造和他的养女智子至今为止都是分居两地吗？”

律师点点头。

“这次他要把她接到身边来？”

律师又点点头。

“这是谁的意愿？是大道寺本人吗？还是那个匿名的人……”

“是双方的意愿，也是智子已经去世的母亲的愿望。智子今年五月二十五日就要满十八岁了，到时候就要把她接到东京来生活，这是早就说好的。其实，就是为了给她找结婚对象。”

金田一耕助猛然想到了警告书中的那段话：那女孩面前必将有众多男子血流成河。她就是女王蜂。她命中注定要将倾慕她的男子全部置于死地……

金田一耕助无法抑制胸中的骚动以及几乎穿透脊背的战栗。“有人想阻止这位小姐来东京？”

律师目光黯然地点了点头。

“那个人是谁呢？”

“不知道。大道寺和匿名委托人都完全没有头绪。但是金田一先生，奇怪的是发出警告书的人好像知道智子和匿名委托人的关系。要是不知道，就不可能发这样一封警告书过来。可是智子和匿名委托人的关系是绝密，除了委托人本人、大道寺和我，应该不会再有谁知道了。所以我认为，这封警告书有很重要的意义。”

金田一耕助凝视着律师的脸庞，但很快就把目光转向警告书。

“还有，这个地方说，要想想十九年前的惨剧，那可能不是过失，而是谋杀。您能跟我说说这件事吗？”

加纳律师缓缓地点了点头。

“可以，但是只在我能透露的范围内。知道了这件事，我想您就会明白欣造和智子的关系了。”他慢悠悠地、谨慎地开口道，“十九年前，也就是昭和七年的七月，有两个学生来到伊豆半岛南边的月琴岛上旅行。他们分别是日下部达哉和速水欣造。我先说明，日下部达哉是个假名。”

“那么速水欣造就是现在的大道寺欣造吗？”

“没错。他们俩在岛上待了两个星期左右，其间，年轻的日下部和岛上最大家族的女儿大道寺琴绘有了私情。两个学生离开没多久，琴绘发现自己怀孕了，就让人给日下部捎了封信……”

“啊，请等一下。您刚才不是说日下部达哉是个假名吗？那琴绘如何给他写信？”

“这个嘛，是他们的朋友速水欣造在穿针引线。大道寺琴绘给恋人寄信时，总是通知速水欣造。他用了真名，又留了住址。”

“哦，我明白了。”

“收到大道寺琴绘怀孕的消息之后，日下部十分震惊。他立刻赶往月琴岛。这是昭和七年十月中旬的事。”

“速水也一起去了吗？”

“没有，这回是日下部独自前往。没人知道身在月琴岛的日下部和大道寺琴绘之间发生了什么。总之，日下部在那里逗留了两三日，随后死于一场意外。”

金田一耕助屏住了呼吸。

“啊，这就是十九年前的惨剧吧？他究竟是怎么死的？”

"从悬崖上失足滑落。至少到目前都是这么说的，直到收到警告书为止。"

"那就是说，有些环节或许能证明，事实有可能并非如此？"

"不，这一点上我无话可说，因为尸体都那个样子了。真是粉身碎骨啊。"

加纳律师紧锁双眉。

金田一耕助把身体探到桌子上问道："那您见过尸体？您去过岛上？"

"我去了。大道寺家族发现了尸体后，即刻发电报通知了速水。速水大吃一惊，赶到了那个……匿名委托人那里。但是委托人无论如何也不能出面，所以由我代表他跟速水一起火速前往小岛。从那时起，我一直担任委托人的法律顾问。"

"那时您见到尸体，就没有怀疑过可能是他杀吗？"

"没有，没想过。没工夫想。速水好像说了句有些奇怪之类的话，相比之下，我更担心的是日下部达哉的真实身份会暴露的问题。"

金田一耕助死死地盯着律师的脸。"就是说，相比查明死因，您当时光忙着隐藏日下部的真实身份了，对吧？"他语带责问。

"正是，您可以这么说。但是，当时我真没想过他杀什么的。为防止节外生枝，我们迅速火化了尸体，把骨灰带了回来。"

"看来年轻的日下部的秘密是守住了啊。"

"守住了。滴水不漏——"

金田一耕助心里油然产生了一丝兴趣。连速水都能看出来尸体的疑点，这个老奸巨猾的律师根本不可能忽略。然而他宁可对这么重要的问题视而不见，也要拼命隐瞒日下部的身份。这个神秘的青年究竟是何许人也?

不知是不是因为察觉到金田一耕助猜疑的目光，加纳律师有些狼狈地继续说道:“怎么说呢，那个时候的情况，真的只能让人联想到意外死亡。而且在日下部死后，匿名委托人的确收到过他从岛上寄来的信，封在寄给速水的信里。在信中，他写得清清楚楚，要摘一些鹫啄崖上——就是他跌落的地方——的羊齿蕨送给委托人。”

“羊齿蕨……”

“对，没错。匿名委托人对生物，尤其是动植物方面颇有兴趣，日下部每次出去旅行必会带一些当地的珍稀动植物回来送给他。所以，人们猜测他会不会是在采摘羊齿蕨时不慎滑落……”

“那封信现在还在吗？”

“当然还在。那是日下部的最后一封信，所以一直珍藏着。这次出现警告书事件后，我还把它拿出来重读了一番。倒是没什么特别……”

“除了羊齿蕨以外，信上还写什么了？”

“对了，还写了关于蝙蝠的事情。”

“蝙蝠？”

“对。他好像发现了某种不寻常的蝙蝠，说要拍照片寄回来。”

“那照片寄到了吗？”

“没有，可能是拍照之前就遇难了，也可能是在大道寺家的一片混乱中弄丢了……相机倒是还回来了。还有，我想起来了，关于蝙蝠，我也觉得有些疑点。”

“什么意思？”

“日下部在给匿名委托人写信时，措辞一般都十分恭敬严谨，写到关于生物的部分更是如此。可是他写到蝙蝠的时候，那语气总让人觉得像是在开玩笑，好像有什么事情特别有意思、特别滑稽，可笑得不得了。我当时就觉得不对劲，这次重读依然有这种感觉。究竟什么事情让他那么开心呢？就算发现了再奇异的蝙蝠，也不至于高兴成那样吧？”

加纳律师好像对这件事特别在意，陷入了深深的沉思。金田一耕助不知为何胸中一热，可此时他做梦也想不到，蝙蝠的问题居然成了解决那个恐怖案件的关键。

“您能不能跟我说说大道寺，也就是当年的速水呢？”

“哦，对了，大道寺……”加纳律师如梦方醒，“他在这件事上可是做了很大的牺牲啊，当然他也得到了相应的补偿……我刚才说过，琴绘怀孕了，孩子的父亲就是日下部。这个问题日下部在写给匿名委托人的信里也清清楚楚承认了。所以，必须给孩子一个户籍，绝不能让她成为私生女。于是在匿名委托人的劝说下，速水就和琴绘结了婚。琴绘是独生女，速水便入赘大道寺家。但是这桩婚姻不过是名义上的，唯一目的就是给孩子一个户籍。我到现在都怀疑大道寺和琴绘之间是否有过夫妻之实……”

金田一耕助瞪大了双眼，看着加纳律师。

“那琴绘……”

“死了。她生下的孩子就是智子。在智子五岁那年……”

“可是，在那期间大道寺……”

加纳律师淡淡一笑。

“没有，他和琴绘几乎没有同居过。结婚的时候，大道寺还是个学生，后来一毕业就工作了。堂堂东大法学系头名，怎么可能回到那个闭塞的小岛上？而琴绘怎么都不愿意离开小岛。所以名为夫妻，真的只是名义上，大道寺倒是偶尔去岛上看看琴绘。久而久之，琴绘可怜他，就让自家一个叫茑代的女佣代替她陪伴大道寺左右，实际上就是侍寝的丫鬟。”

“原来如此。”

“但没想到大道寺看上了那个女佣，带她回到东京开始同居，算是妻子认可的小妾。不久，茑代怀孕了，生下了一个男孩，名叫文彦。这孩子也作为大道寺和琴绘的孩子上了户口。所以，现在大道寺家有两个没有血缘关系而且素未谋面的人以亲姐弟的身份登在户口上。”

“那茑代现在是大道寺的正室了？”

“不，不是的。茑代是个很传统的女人，她自言出身低贱，不能成为大道寺这样的名门望族的一员，就是不听劝。现在她管自己生的孩子叫少爷，文彦则管亲生母亲叫阿茑。”

“那大道寺现在没有夫人吗？”

“是的，自从琴绘去世后就是这样。当然，除了茑代，他在新桥一带好像有好几个相好的。”

“看来出手很阔绰啊。”

“那当然了……他在五六家公司里做高管。在二战后的实业家里，也算是出色的了。不仅他自己有水平，在背后支持他的人也有实力。那位匿名委托人顾念着智子，不遗余力地支持他。”

“那就是说，那位匿名委托人是很有势力的人了。”

金田一耕助又忽然感到一阵奇怪的不安。

当天，金田一耕助回家后，便翻开绅士名录查找大道寺欣造的名字。

大道寺欣造（原姓速水）

明治四十三年三月十八日出生

昭和八年东京帝国大学法学系毕业

现职

武相铁道总经理，伊豆相模土地专务董事，骏河纸浆专务董事，三信肥料专务董事，松籁庄酒店专务董事

“怪不得出手那么阔绰。”

金田一耕助拿起笔来，画了一张大道寺家的家谱。

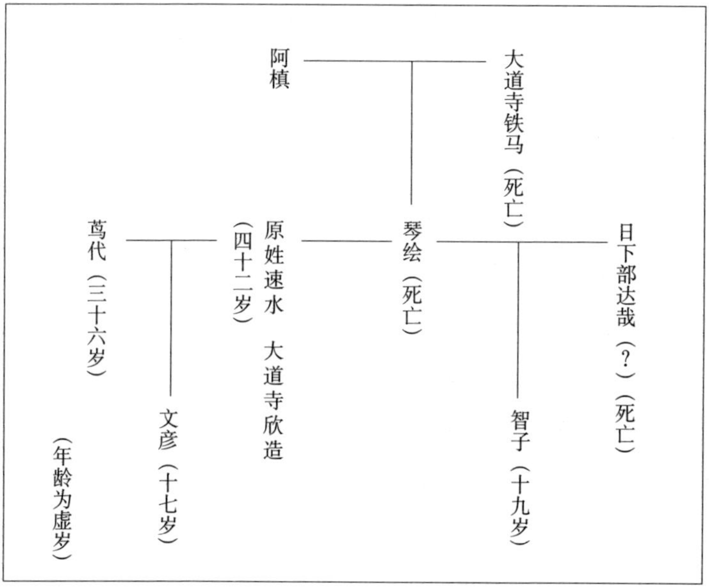

消失的蝙蝠

金田一耕助醉了。

他沉醉于这座拥有浪漫传说的岛屿那妖艳的空气。

他从昨天傍晚在船上望到琴柄岬的峭壁时就开始沉醉，方才又亲眼见到昨天装点琴柄岬美景的女人，便无法抑制灵魂的战栗。

多么美丽啊！她高贵、威严，又如灵猫一般全身上下散发着性感气息。她自己自然没有发觉，却也因此更可怕、更危险。

她不经意地看向男人，不经意地蹙眉，不经意地微笑，抑或一脸纯真地飞红了双颊，轻声叹息。任何男人看到这一颦一笑，都无法不为之神魂颠倒。任何男人被她天真无邪的双眸注视，都无法遏制沸腾的血流。而且，她对这一切一无所知。

金田一耕助走在美丽的山茶花林中，战栗不已。他想起了警告书上的话，信上把她比作女王蜂。

那女孩面前必将有众多男子血流成河……只要看她一眼，就无法否定这不祥的话语，无法保证不会发生这样的情形。

金田一耕助再次回顾了把他带到这座岛上的不可思议的命运。

最终，金田一耕助还是接受了加纳律师的委托，于五月十七日离开东京，先一步来到了修善寺。

松籁庄——加纳律师指定了这家酒店，说只要住在那里，大道寺家的使者就会前来相会。

根据绅士名录所载，松籁庄是与大道寺欣造相关的产业之一。

这里本是某亲王的别墅，二战后伊豆相模土地公司收购了这里，改建成酒店。当然，这里不接待生客，要有相关人员的介绍信才能下榻。金田一耕助拿着大道寺欣造的介绍信，在酒店里好不威风。

金田一耕助非常喜欢这家酒店。它背靠岚山，面临桂川，远离近来越发俗气的修善寺街区，笼罩在一片幽邃之中。酒店附近有座东正教堂，常有教堂钟楼微颤的钟声传来。清晨和傍晚，还能听到修善寺的钟声。

酒店很宽敞，房间分成西式与日式，金田一耕助出于喜好选择了日式房间。投宿当晚，似乎并无其他客人，宽敞的建筑物对面，来来往往的是一阵阵侍女轻巧的足音。尽管觉得自己有点儿多管闲事，金田一耕助还是忍不住怀疑，这样的境况下酒店的经营是否难以为继。

然而第二天一早，来到浴池的金田一耕助居然发现有人捷足先登了。那人好像已经入浴完毕，正站在镜子前擦拭身体。只瞧了那人一眼，金田一耕助就忍不住睁大了眼睛。

金田一耕助也曾被抓去当兵，见过无数男子的裸体。但是像此人一般漂亮的身体，他还是头一回见到。那身体好似希腊雕塑一样匀称，宽阔的双肩，厚实的胸膛，肌肉发达的强壮手臂，紧收的蜂腰，从臀部到大腿的线条满溢着男人的青春与自豪。他的肌肤也那样出色，由于入浴而微微泛红的小麦色皮肤好像涂了香油一样泛起光彩，显示着充沛的精力。他的身高大约有五尺八寸。

面对眼前这具完美的肉体，金田一耕助对脱衣这件事有点儿踌躇了。他觉得露出自己一身干巴巴的肉来简直就是自取其辱。就在他犹豫着解不解衣带时，对方似乎会错了意。

“是我失礼了。”

他朝着金田一耕助咧嘴一笑，露出一口皓齿，然后迅速穿起西装。轮廓颇深、立体感十足的眼睛和鼻子，与那副完美的肉身堪称绝配，透着充满男性魅力的英俊。他看起来有二十六七岁。

早饭的时候，金田一耕助拉住一个侍女打听那位客人的事情。

“哦，您说的那位先生是西式房间那边的客人，他觉得这边的浴池又大又舒服才……”

“他在这里住很久了吗？”

“没有。昨夜很晚才到，比您大概晚一趟列车。”

“是从东京来的吧。一个人？”

“对，一个人。”

“是这里的常客吗？”

“不是，是第一次来。但有专务董事开的介绍信。”

“专务是……”

“就是大道寺老爷啊。”

莫非那人就是所谓使者？金田一耕助琢磨着，继续问道：“那位先生没问关于我的事情？关于一个叫金田一耕助的男人的事……”

“没有啊，没特别问过。”

“他叫什么名字？”

“多门先生，多门连太郎先生。”

这时，侍女忽然大笑起来。

“哎呀，这位先生，您究竟是怎么了？对那位客人这么上心。”

“没有，不、不是你想的那样。我只是在想他是否就是我要等的人。”

金田一耕助也不知道自己为什么对那人颇感兴趣，事后想想，这或许就是预感吧。

多门连太郎——有着如同希腊神祇一样风貌的他，正是接下来要给各位讲述的故事的主角。

不过现在还是先不说他了。那天，整整一日，金田一耕助都是睡一会儿醒一会儿。到了第二天，也就是十九号的傍晚，侍女告诉他大道寺先生的使者来了。

“哦，使者现在在哪儿？”

“在大厅等着。”

大厅位于西式房间和日式房间之间，两边的客人都可使用。金田一耕助穿戴完毕——仍旧是破旧的哔叽上衣和裤裙——来到大厅。在大厅角落的乒乓球台处，一个二十二三岁的肤色白净的纤弱青年正和一个十六七岁、看上去身体瘦弱的少年嬉闹着打球。两人旁边有一个三十五六岁的瘦小妇人，她穿着朴素而精致的衣服，正无精打采地揉着额头。

大道寺先生的使者到底是谁……金田一耕助思索着环顾四周。

这时，对面一个正在看报的男士起身说道：“您就是金田一先生吧？”他说着慢慢走了过来，正是那个怪僧。

金田一耕助吃了一惊。

“我、我是金田一，请问您是……”

怪僧从怀里掏出钱包，递来一张名片。在这张大道寺欣造的名片上，名字上方用钢笔潦草地写着：“现介绍九十九龙马先生与您认识。望您根据他的指示行动。”

金田一耕助睁大了眼睛：“那您就是大道寺先生的使者了？”

“是的。久仰您的大名。这回和您同行，真是奇妙的缘分啊。无论对于您还是对于我，都可谓是奇特的组合，哈哈。”

九十九龙马的长须随笑声微微颤抖，接着他转向了乒乓球台。“我来介绍一下。那位女士是大道寺先生的——怎么说呢，无所谓了，是茑代女士。然后是大道寺先生的儿子文彦，还有游佐三郎。各位，这位是金田一耕助先生。”

大家都微微欠身，金田一耕助越发吃惊，说：“大家是一起来迎接……”

“不，他们几人就到此为止。文彦说要尽快见到姐姐，才来这里迎接的。但他身体不好，翻天城山、坐船都不大可能。”

“伯母，我不能到那边去吗？”游佐红着脸吞吞吐吐地问道。

文彦立即尖声说：“不行，不行！那也太狡猾了。游佐你本来连这里都不该来的。大家说好了二十五号晚上一起见姐姐，你倒想先走一步……狡猾，真狡猾，不公平！我要告诉驹井和三宅！”

“少爷……”茑代安抚道。

但文彦没有听从的意思，说：“阿茑，你不要说话。游佐脸皮太厚了。他就是想先人一步，讨姐姐欢心。绝对不能这样，姐姐怎么可能喜欢你？”

“哈哈，文彦啊，行了行了，你没看游佐脖子根都红了。阿茑，文彦累了，心情不好，带他到那边去休息一会儿。”

的确，文彦额头上的青筋都凸出来了。他虽是肤色白净的美少年，却和母亲一样身形瘦小，脸色也黯淡无光。

茑代安抚着文彦离开大厅，游佐三郎也不好意思地离开了。

“哈哈，这下没人打扰我们了，慢慢聊吧。金田一先生，您随时都可以出发吧？”

“嗯，我随时都可以……”

“刚才我给下田那边打了电话，约了一艘汽艇，因为下田没有定期渡船。汽艇明天下午两点左右出发，所以我们明天吃完早饭就必须马上离开这里，不知您有没有问题？”

“我没问题。到岛上该是傍晚了吧？”

“嗯。明天晚上就住在我家，后天上午去大道寺那边。”

“住在您家？”

“嗯，没错。您不用吃惊。我的老家就在那个村子。不是我自夸，九十九家在岛上也算是仅次于大道寺的名门了。我是现任当家人的弟弟。”

金田一耕助又感到一阵不安。

九十九龙马——今天虽是第一次见面，但金田一耕助早就听说过他的名字。他是二战后迅速成长起来的大人物之一，以一种不可思议的力量在政界和商界的高层拥有神秘的势力。

有人说他的势力全拜他那无与伦比的肉体魅力所赐。无论什么女人，只要触摸到他的身体，便会成为他的俘虏，而他则通过这些女人渗透至政界和商界的高层。无论此话是真是假，他都毫无疑问是二战后的杰出人物之一。

“这样啊，原来您也是月琴岛的人——哦，所以您和茑代女士以前就认识。”

“嗯，没错。我离开月琴岛的时候，她还是十六七岁的小姑娘。”

“那您也认识智子的母亲吧？”

“嗯，非常熟悉。”

“那起事件——智子的父亲忽然死亡的事件发生时，您在岛上……”

九十九龙马用凌厉的目光扫了金田一耕助一眼，说：“嗯，我在岛上。金田一先生，我知道您想问什么。我离开也正是因为那件事。”

他忽然变得有些激动，不等金田一耕助追问就开了口。

“金田一先生，我当时非常喜欢琴绘，可以说是茶不思饭不想啊。我深深地觉得，除了我，没人能成为琴绘的丈夫，因为在那座岛上，和大道寺家门当户对的只有九十九家。琴绘是独生女，而我是次子。我已经做好了入赘大道寺家的准备。琴绘的父亲也有此意，琴绘也不反对。我的名字叫龙马，正是从琴绘的父亲的名字铁马里领受了一个字。但没想到，那个令人生厌的家伙来到了岛上，和琴绘发生关系，还让她怀上了孩子。我当时都快疯了。可没想到那家伙从悬崖上掉下去死了，我就又有了希望。我本来准备抚养琴绘肚子里的孩子，结果事与愿违。琴绘成了现在的大道寺家当家人的夫人，我绝望之下离岛出走。哈哈，间贯一[①]因为失恋成了放高利贷的，我则成了僧人去玩弄女人，哈哈哈……”

金田一耕助听着怪僧九十九龙马的干笑声，心里莫名慌乱。

“啊，原来您在这里啊。”

女佣阿静的声音让山茶花林里的金田一耕助如梦方醒，他停下了脚步。

“大家都在那边等候您呢。也没有什么特别的事，就是到午饭的

①日本作家尾崎红叶（1867－1903）的小说《金色夜叉》的男主人公。

时间了……”

“啊，好的。”

回到客厅时，午饭已经准备好了。九十九龙马正在休息，外祖母阿槙、智子和神尾秀子也都坐在桌前，等着金田一耕助。

“真不好意思，看到美景就一时流连忘返了……从这里能看到伊豆七岛和三原山的烟雾啊。”金田一耕助说着坐到桌前，“各位谈得怎么样了？”

“嗯，基本商量好了。明天早上从岛上出发，下田那边会开汽艇过来接我们。”

“那太好了……”

“我们谈好了，但金田一先生，您应该还有什么要说的吧？”

“不，我没什么……”

“哈哈，您就别遮遮掩掩的了。我看一定是有谁向大道寺先生煽风点火。您是来重翻十九年前的旧账的吧？伯母、神尾老师，我一直没告诉你们，金田一先生是全日本知名的侦探。”

神尾秀子和阿槙惊讶地看着耕助。阿槙手中的筷子掉了，嘴唇微微颤抖；神尾秀子脸色立刻变得苍白，但转瞬又恢复了平静，不动声色地开始吃饭；智子面露惧色，条件反射般瞥了别馆一眼。

“哈哈，各位都慌张什么呢。这样别人会以为我们有什么不可告人的秘密呢。金田一先生，先吃饭吧，吃完再聊也不迟。”

午饭很快吃完了，因为谁都没有食欲。女佣阿静收拾好碗筷后，神尾秀子一如往常做着编织活儿。

“这可真奇怪。老爷到底在想什么？那件事十九年前不是已经解决了吗？”神尾秀子的声音无比平静。

"嗯，大概是因为什么让他又想起来了吧。他本来就不认为那是一场事故。金田一先生，大道寺先生到底想怎么样呢？"

"这个嘛……"耕助生硬地清了清嗓子说，"我还没见过大道寺先生，不清楚他有什么想法。不知道各位能不能先把当时的情形说给我听听？请问是哪位发现的遗体？"

九十九龙马缓缓地说道："是我。哈哈哈，您也不用吃惊。这位神尾老师晚上八点左右来找我，说日下部先生出去采羊齿蕨没回来，琴绘担心是不是出了什么问题，问我能不能帮忙去找找。我就带着四五个小伙子到鹫啄崖看了看，的确有人滑下去的痕迹。之后就是轩然大波……"

"稍等一下。当时悬崖上有什么痕迹吗？比如打斗或是有人被推下去的痕迹。"

"我没发现。如果有，应该有人发现，因为有不少小伙子也在场。而且，金田一先生，大道寺先生觉得日下部不是在那里被人推下去致死的，而是在别处被杀后，再被运到那里，从悬崖上推下去的。"

智子的身体忽然向后一缩。她想起了那间上锁的房间里的陈年血渍。她像擦汗一样用手帕抹了抹额头，但谁都没注意到她的反应。

金田一耕助瞪大了眼睛，问："可是，大道寺先生怎么会……"

"他是根据伤口形状判断的。刚才也说了，我发现有人从悬崖上滑下去的痕迹，但当天晚上没能出船，因为鹫啄崖下是这座岛上最危险的地方，夜里实在没法靠近。天亮以后，我们开船到那里一看，日下部就躺在突出海面的岩石上。我们把尸体放到船上，到了家马上给大道寺先生——当时还姓速水——拍了电报。第二天他就和一个叫加纳什么的律师一起来了。尸体后脑有一个大伤口，医生也说那就是致命伤。大道寺先生说没法想象那是从悬崖上坠落摔出来的伤，倒像是用什么东西砸的。也就是说，日下部可能是被人砸死的。”

智子用手帕掩住了脸。作为死者的女儿，情绪激动是理所当然的，大家都不觉得奇怪。

啊，如果大道寺智子当时告诉大家上锁的房间里有把沾满血渍的月琴，那这一事件可能解决得更快，接下来要讲述的一连串惨剧或许就不会发生了！

金田一耕助的眼神中透着沉思。“那就是说，没有人看到日下部前往琴柄岬了？”

“是的。这也是让大道寺先生起疑的原因之一。那天在登茂神社有祭祀活动，大家都到那边去了……那是供奉大道寺家祖先的神社，和琴柄岬的方向正好相反。”

金田一耕助又静静地思考了一会儿，接着转向秀子，问道：“日下部死前给东京写信提到羊齿蕨，还提到了蝙蝠，说发现了奇特的蝙蝠。不知道您是否了解这件事？”

“啊，那个啊，”神尾秀子忽然想起什么似的说，“我记得。现在想起来也还觉得奇怪。那天，日下部先生一大早拿着照相机出了门，但午后就兴奋地回来了。他大笑着说：‘我发现了很有意思的东西，蝙蝠，是蝙蝠啊。哈哈，那真的是蝙蝠，我把它拍下来了。等照片洗出来就寄到东京去吓他们一跳。’他大概就说了这些，看上去特别开心。但不久后就出了那样的事情，琴绘夫人觉得起码要留下一些他的遗物，就把照片拿到下田洗了出来，但洗好的照片里根本没有蝙蝠的影子。”

“照片现在还留着吗？”

"嗯，我去给您拿来吧。"

秀子拿来一本旧相册，说："这七张就是当时拍的照片……"

那是用小型徕卡相机拍的照片。一张是大道寺家的全景，还有抱着月琴的琴绘、做编织活儿的秀子和抱着猫的阿槙各一张。余下三张看上去像是浪客题材的戏剧，一张是十二三名戴假发的演员的合影，一张是舞台上的打斗场面，还有一张是一个摘下假发的人呆坐在后台的样子。

"这场戏是什么？是业余戏班的自娱自乐吗？"

"不，那是登茂祭时我们家请来的戏班，叫岚三朝，当时每年登茂祭都会请他们来。"

"的确没有蝙蝠的照片啊。会不会是洗照片的人忘了……"

"不会的。日下部先生拍完照片后一定会过卷。他去世之后，我们看他的相机，过卷计数器停在数字八的位置上。对了，洗完照片后，底片也拿了回来，也没有蝙蝠。"

金田一耕助又仔细看了看七张照片，他想或许这里面会有什么东西暗示着蝙蝠，但仍然一无所获。

蝙蝠到底到哪儿去了呢？不，蝙蝠真的消失了吗？

南方有佳人

多门连太郎——他曾在松籁庄的浴场用那宛如希腊神祇的风貌折服了金田一耕助——在餐厅吃完了午饭，吸着烟在酒店的庭院里散了一会儿步，很快就回到了二楼的房间里。这时的他脸色不大好。

不知为何，自从下榻这家酒店，多门连太郎一次也没去过餐厅。他似乎不想和别人见面，三餐都是让侍者拿到房间里。今天不知道发生了什么，他居然头一次出现在餐厅里。但这似乎让他心情不佳，回到房间时，他俊美的脸庞蒙上了一层阴影。

连太郎仿佛心事重重，在房间里踱来踱去。他打开法式窗户，望向外面的露台。露台上空无一人。

他关上窗户，穿过房间，打开通往走廊的门看了看外面，走廊里也空无一人。

他关上门，在里面反锁后，从床底下取出一个行李箱。箱子是上好锁的。

他从口袋里掏出钥匙，打开箱子，从箱底拿出一封信，随即起身，目光再度扫视房间，并投向信封正面。

那是一个随处可见的白色长方形信封，正面写着：

银座西四丁目

红色猫头鹰夜总会转交

日比野谦太郎阁下

字写得歪歪扭扭，像蚂蚁爬过一般潦草不堪，显然是为了掩盖字迹。

连太郎似乎想从这些文字中窥探出什么，凝视着信封，但立刻微微摇了摇头，从已经开口的信封里拿出信纸。

信纸也是随处可见的便宜货色，上面的字同样歪歪扭扭，像蚂蚁爬过一样。信中写道：

多门连太郎啊。

你收到这封信之后，必须马上前往伊豆修善寺，然后投宿松籁庄酒店。

你在那里停留数日，便会遇见一绝世佳人自南方而来，她便是你未来的妻子。

但莫要忘记，你有很多竞争对手。

多门连太郎啊。

你若是真正的男人，就应与那些竞争对手光明正大地较量，击败他们，赢得佳人的芳心。

多门连太郎啊。

你要坚强，莫要退缩，主动出击。但你今后绝不能再是日比野谦太郎了。

信中没有写寄信人姓名，最后只有一句话：

现给你十万元作为筹备金和路费，与递交松籁庄酒店的介绍信一起，由红色猫头鹰转寄邮包与你。

连太郎显然已经把这封信读了许多遍。他又看了几遍，一边攥着信纸，一边凝神沉思。

“问题是……”

连太郎皱起浓眉，自言自语道。他的声音深沉，充满磁性。

“有人知道我就是多门连太郎。”

他又看了一遍信纸正面，说：“这信是谁写的？这个人到底想把我怎么样？十万元投资的究竟是什么？他到底想干什么？”

连太郎把信放回信封里，犹豫了一会儿，终于下定决心。他咬着嘴唇，擦了根火柴，点燃了信封一角。

火越烧越旺，转眼间就吞没了那封奇怪的信。

连太郎一直捏着信封一角，直到火舌快烧到他的手指才松手。信封化作一团火焰从他手里飘落，不一会儿就烧成了灰烬。

连太郎小心地用鞋尖踩散了灰烬，接着从行李箱里拿出一沓纸币。他瞥了窗户一眼，开始清点纸币。总共是四十二张千元纸币，其他五十多张大概是为了做准备花掉了。

连太郎把纸币分成三份，分别放在不同的口袋里。

“不管怎么样，小心总是没错的。说不定什么时候露出了马脚，就得落荒而逃。我也真是在麻烦的时候遇到了麻烦的人。”

把纸币放进口袋后，连太郎好像稍稍放下了心，合上行李箱，连锁也不上，就用鞋尖把它推回床底。他又环视房间，目光落在手表上。

指针正指向一点整。连太郎的嘴唇异样地扭曲起来。

“嗯，差不多该出去了。让别人一直等着可不好。”

那声音透着一股无奈。

他转动钥匙打开房门，来到走廊上，迅速环顾四周，仍然空无一人。

他掏出香烟，叼在嘴里点燃，双手插兜，漫无目的地在走廊上晃悠，沿楼梯上了三楼。但三楼似乎不是他的目的地，他又从一条狭窄的楼梯走上了楼顶。

一个男人正在楼顶靠着齐胸高的墙眺望修善寺的街景。连太郎停下脚步，望着对方的背影。此人似乎并不是他想找的人，他不禁微微咂了下嘴。

不知是听到了咂嘴的声音，还是听到了脚步声，靠在墙上的男人回过头来，一动不动地从墨镜后盯着连太郎的脸。

这是个年事已高的老人。他身穿笔挺的黑西装，里面是洁白的衬衫和蝴蝶领结。他头上戴着高高的圆礼帽，一头银发直垂到脖子。胡须也是银白的，保养得十分整洁。

老人整洁的装扮让人心情舒畅，但那副墨镜实在让人在意。而且他还从墨镜后目不转睛地盯着连太郎，连太郎不禁感到全身都有些不自在。

“咳。”

连太郎清了清嗓子。

老人似乎听到了他的声音，露出慌张的神色，嘴里念叨着什么，身子离开了墙壁。他的背驼得厉害。

老人拄着拐杖从连太郎身边走过，就要走到楼梯时，连太郎不知想起了什么，“啊”地轻呼了一声。

老人似乎吃了一惊，回过身问他：“你刚才说什么了吗？”

“没、没什么。”

连太郎看到老人藏在墨镜后的眼睛发出异样的光芒，话都说不利索了。

老人上下打量着连太郎，忽然绷着脸转过身，仿佛逃跑一样拄着拐杖下了楼。

连太郎一脸茫然，好像刚刚见到了这世上最奇怪的东西。

“是乔装打扮的，刚才那老人……”连太郎自言自语道，似乎是在说给自己听，“假发……还有胡子可能也是粘上的。”

他沉思起来，一阵莫名的不安让他心中烦躁。

“总之必须小心行事……该不会是一直跟着我到这儿的吧……”

“嘿，阿谦，想什么呢？”

有人拍了连太郎后背一下，他赶紧转身。

“是你啊，阿三。”

拍他的正是和茑代、文彦一起来这里迎接智子的游佐三郎。

游佐忽然露出不情愿的神色，说：“别这么叫我，阿三什么的……喊得这么亲热干吗？”

“哈哈，是吗，那好那好。”连太郎用安抚任性孩子的语气苦笑道，“那你最好也不要叫我阿谦什么的。我在这儿可不是什么日比野谦太郎。”

“是啊是啊，好像是多门连太郎吧？哼，你从哪儿捡来这么一个名字啊？”

连太郎的神色忽然紧张起来。

“游佐，这不重要。你到底叫我过来干什么？你说一点整在这里见面，我才来的。”

游佐四下张望，说：“去那边吧。我不想让别人看到我们谈话。”他说着先走开了。

松籁庄酒店建筑的正面有座大钟楼，就建在这个楼顶上。

游佐率先上了五级水泥台阶。上面是十叠[①]大小的平台，水泥建的钟楼就在这里。一扇蓝色的对开铁门微微开着。

---

①日本计量房屋面积的单位，1 叠约为 1.62 平方米。

游佐往门缝里探了探头，回头说：“正好，里面没人。阿谦……不对，多门，你也过来吧。”

说着，他把门开了一条刚够一人通过的缝，钻了进去。连太郎也跟了进去，里头的情形却让他大吃一惊。

绝代唐·璜

房间大约有四叠半。正面墙上几乎贴满了黄铜色的金属板，墙壁的正中央挂着一个明晃晃的大钟摆，也是黄铜色的，晃晃悠悠地左右摇摆。钟摆左侧有两三个直径约一尺五的相互咬合的齿轮。

这里便是大摆钟的内部，但和一般的摆钟不同的是，正面的金属板前面有两块直径三尺左右的金属圆板，被架在地板与天花板正中间，圆板下伸出四根金属槌，带着状似螳螂腿的长柄。在距地面约两尺高的地方，有四根向左右延伸的银色金属棒。金属槌顶端就分别搭在这四根金属棒上。

“这究竟是什么东西？”

连太郎不解地来回扫视眼前的场景。

游佐有点扬扬自得地说：“这都不知道？不就是一些钟表的机关嘛。”

“谁不知道这是钟表？但这四根带着螳螂腿似的长柄的金属槌是用来做什么的？”

“啊，那个嘛……那是自鸣钟。”

“自鸣钟？”

“对，你查查词典去，上面写了，自鸣钟就是能发出音乐的一组钟。时间一到，四根金属槌就会举起像螳螂腿一样的长柄，用下端敲击金属棒来报时。”

“但是从我来到这里，可一次都没听到过这座钟报时啊。”

“当然听不到啦，报时功能被关上了嘛。”游佐说着用左手指了指墙上，“你瞧这里，是不是写着 CHIME-SILENT？把手指向静音的方向，所以钟不可能报时。要是把把手扳到报时那边，应该就能响了。”

“可是为什么不让它响？”

连太郎这个男人，只要有一点点疑惑，就要打破砂锅问到底。但游佐不仅不嫌他烦，甚至还有些自鸣得意地介绍道：“这个嘛，是因为城里有人投诉。你听我说，这座大钟每十五分钟就会响一次。十五分的时候响 fa、la、so、do，三十分是 fa、so、la、fa……la、fa、so、do，四十五分是 do、so、la、fa……la、so、fa、do……fa、la、so、do，然后每个整点响 fa、so、la、fa……la、fa、so、do……do、so、la、fa……la、so、fa、do。响过这样的前奏后，金属槌就会按当时是几点来敲打四根金属棒。那可是余音绕梁的好音色啊。但是，再怎么说，十五分钟就响一次，真是让人没法安心工作，所以城里就有人来抱怨，长把手也因此扳到了静音上。真是时过境迁啊，要是搁到战前，怎么会有人抱怨……”

“为什么？战前怎么就没有人抱怨？”

“真是的，你还真是什么都不懂啊。”游佐故意双眼圆睁，表示轻蔑，“这酒店原来可是亲王的别邸。这钟楼也是按照亲王的喜好，把威斯敏斯特型座钟原样放大了建造的。威斯敏斯特型座钟——你知不知道？就是音色跟威斯敏斯特大教堂的钟声分毫不差的时钟。那可真是余音绕梁的绝好音色啊……”

“你说的亲王是哪位？”

“就是衣笠宫亲王……但现在也不是什么亲王，就是个姓衣笠的人而已。”

“衣笠宫亲王……”连太郎的脸色忽然一变，仿佛要吞掉游佐一般，睁大眼睛凝视着他。

面对气势汹汹的连太郎，游佐不自觉地后退了一步，说道：“你、你怎么了？难道你认识衣笠宫亲王？”

连太郎好像猛地回过神来，连忙把脸扭向一边，脸颊却仿佛孩子抽泣时一般激烈地痉挛。他转了个身，背对着游佐，在狭窄的房间里来回踱步。

“我和亲王……哈哈……”他从喉咙深处挤出一串干涩的笑声，“话可不能乱说。不过，亲王怎么会放弃这么个地方？果然是手头不甚宽裕吗……”

没有人发觉，此时的连太郎眼中带有强烈的悔恨与哀愁，还有一种恍惚的感怀，似夺目的朝阳盈盈浮动。

游佐满眼疑惑地注意着连太郎的举动。没多久，他恶毒地笑了起来，说：“行了，快停下来吧。你在那儿走来走去……走得我紧张兮兮的。亲王是不是囊中羞涩我怎么会知道？反正只是与我们没有什么分别的没落贵族，估计也不会太富裕吧。但到底怎么了，你真的和亲王……”

“都叫你别胡说了。”

“哈哈，也是。就算是如今这种年头，亲王也不可能亲近一个有前科的人。喂，阿谦，你什么时候出的别墅？”

连太郎猛然回头瞪着游佐。他那充满男子汉气概的轮廓清晰的面庞因愤怒而颤抖，双眼好像要喷出火一般。游佐吓得后退了两三步。

但连太郎马上控制住了情绪。对方是个像女人一样纤弱的男人，健壮的连太郎可以轻松制服他，不过那样做实在是幼稚之举。

连太郎苦笑道：“不是说好了不提那件事吗？你如果要提，那我可就叫你阿三了。”

游佐长出了一口气，用手背抹着额头的汗，带着安慰的语气说：“对不起，对不起。一不小心就说出来了，别往心里去啊。只是，嗯……多门连太郎，刚才在餐厅里看见你的时候，我可真是吃了一惊。这么说你可能又不高兴了，但我只是觉得这家酒店不是你这样的人能来的。”

“我知道。”

“知道为什么还来？我知道你肯定不会毫无目的，来这里一定有什么计划。你到底想干什么？”

连太郎一言不发。从紧闭的双唇来看，他大概已经下定决心，无论对方说什么都不予理睬。

游佐渐渐不客气起来，说：“刚才我问了女佣，她说你好像在等同伴出现。你的同伴是谁？看你的衣服和写着大道寺名字的介绍信，同伴是个相当有钱的女人啊。羡慕，羡慕。绝代唐·璜、花花公子阿谦的手段真是让我佩服啊。”

“你又来了。不是说好不许再提了吗？”

“哈哈，我老是忍不住。你实在让人刮目相看。你这么一打扮，跟穿夏威夷衬衫的时候完全不一样。女人被你搞到手也很正常啊。绝代唐·璜这称号就是为你准备的。”

“你还……”连太郎不快地皱着眉，粗暴地说道，“你要这么说，我也有话要说。刚才餐厅里那个老女人和小孩是谁？”

“什么都不是。熟人的姨太太和她儿子。喂，你可别乱想，我怎么会跟那种半老徐娘……”

“哈哈，谁会往那儿想啊。那女人完全不合你的口味。我想说的是你的态度。和你在红色猫头鹰夜总会勾搭女孩子的时候相比，完全是两个人。你们这些没落贵族真能装啊。”

游佐三郎阴险的眼眸里透着寒光，但他马上掩盖过去，用故作温柔的圆滑腔调说：“阿谦啊……不对，多门，我想说的正是这件事啊。”

“哪件事？”连太郎故作不知。

游佐咬了咬嘴唇，很快整理好思路，说：“我说，阿谦……不对，多门，我不知道你要在这里待多长时间，但接下来，无论我遇上什么，希望你都装作没看到。不，你最好装作完全不认识游佐三郎这个人。”

“也就是说，如果让人知道你在红色猫头鹰的样子，对你不利？”

“嗯，是的，可以这么说。”

“到底会有什么事啊？啊，我知道了，游佐，你不会要在这儿相亲吧？”

游佐的表情僵住了。连太郎露出一丝僵硬的微笑，说：“游佐啊，你就放心吧。我对别人的这种私事毫无兴趣。”

“你确定？”

“确定。当然我也很为那位不得不和你相亲的小姐惋惜。但这事我也管不着。”

游佐的眼眸里又闪过一丝寒光。迅速掩盖过去后，他狡猾地笑着说：“随你怎么说吧。只要你能保证这一点，我对你也就视而不见了。”

连太郎露出嘲讽的微笑。“这样啊，这也算是交易了。”

“没错，就是交易。有什么意见吗？”

连太郎想了想，说：“没意见。”

游佐松了口气。“好，那我就放心了。这就算谈妥了。”

“嗯……”不知为何，连太郎回答得模棱两可。他思索片刻，向游佐投去试探的目光。“不过，游佐，你到底是怎么了？这么没信心。在如此豪华的酒店相亲，对方一定是个豪门大小姐。以你的手段，就算红色猫头鹰里的丑事走漏了风声，也应该能把人家搞到手吧？”

游佐微微板起脸，但马上又翘起嘴角狡猾地笑道：“当然，如果候选人只有我一个的话。”

“还有竞争对手？”

“没错，而且是两个，所以我必须是一个品行端正的青年绅士。”

“那位大小姐长得怎么样？”

“不知道。看照片还算清秀，但那东西可不准，说到底她还是乡下人……其实我对大小姐什么的毫无兴趣，只想要她背后的东西。我……还有我全家，都已经走投无路了。就算她长得再难看，我也得跟她结婚。”

“你说是乡下人，到底是谁家的小姐？”

“什么小姐不小姐的，就是伊豆南方一个小岛上的闺女。”

“什、什、什么？”连太郎的双眼猛然间大放光芒。他想起了那封奇怪的信中的一段话。

……你在那里停留数日，便会遇见一绝世佳人自南方而来，她便是你未来的妻子。但莫要忘记，你有很多竞争对手。

“那、那位小姐是从南方来的？”

“你怎么了，阿谦？”游佐被连太郎的气势吓得后退了一步。

连太郎饿虎扑食似的追问道：“有很多竞争对手……”

“阿、阿谦，不，多门……”游佐又后退了一步。

连太郎又向前逼进一步。“那位小姐什么时候来？快，快说！那小姐什么时候到酒店来？”他伸长双臂，抓住游佐的肩膀。游佐疼得高声尖叫。

“快说啊，那位小姐究竟什么时候来？”连太郎拼命摇晃着游佐，游佐的脑袋就好像人偶的头一般来回晃动。

“应该，今天，傍晚会到。刚才，下田来了，电话……说在那边，吃完午饭，休息之后出发。到这边，应该是，四点左右……你，你快给我，放手，喘、喘不过气来了。”

连太郎把手一松，游佐踉踉跄跄地靠到墙上，喘着粗气。“你，还真是，下狠手啊。你疯了吧？到底，怎么回事？”

游佐掏出手帕擦汗，但忽然受惊似的瞪大了眼睛。门口传来汽车停住的声音。游佐看了看手表，指针指向一点三十分。

“才这个时间，不应该到啊……”

但游佐还是放不下心。他冲出钟楼，绕过高台，跑到前方的护栏边往下一看。

“啊！坏了！混账！”

他焦躁地喊着，慌忙跑回门口，正要从水泥楼梯上跳下去，连太郎从身后叫住了他：“怎么了？是那位小姐来了吗？”

“不是她，是竞争对手。三宅和驹井居然把大道寺拽来了。混账！文彦这小混蛋，这个早产的小流氓！一定是他告的密。饶不了他！”

游佐如同喝醉了一般，手忙脚乱地跑了下去。

好一会儿，钟楼里的连太郎仿佛陷入了沉思，但他很快便垂着头，一步一步沿水泥楼梯走了下去。

就在他的脚步声渐渐消失之时，正面的金属板后忽然传出了一丝微弱的声响。紧接着露出一双手脚，然后是一张如鬼魅一般惨白的脸。

是文彦。他的脸异常地扭曲着，瞳孔中写满了说不尽的厌恶和憎恨。

第三章　演员到齐

演员到齐

“小姐，马上就到修善寺了。”

经司机提醒，智子抬起头看了看窗外。已经开到一片平地上了，汽车正在麦田之间的小路上行驶。麦田前方两侧耸立着直逼眼前的高山。右侧一条笔直延伸的小河一直和道路若即若离，同汽车一起前进。

“是吗，那就不用再翻山了吧？”

“是的。早就过天城山了。接下来的路都很好走，您不必担心。”

“那就好。外婆，您感觉怎么样？”

“好孩子，我没事。”

话虽如此，阿槙仍是一脸倦意。她看看手表，马上就到五点钟了。

离开月琴岛是上午九点多。中午前，他们到达了下田，吃过午饭休息一阵，便坐上前来迎接的车，那时正好一点。金田一耕助、九十九龙马和女佣阿静同坐一辆车走在前面。智子、阿槙和神尾秀子也同时出发，但因为担心阿槙太辛苦，一直不敢加速，现在已经和前面那辆车拉开好一段距离了。

“师傅，前一辆车应该已经到修善寺了吧？”

“是的，应该早就到了。”

“真对不起。要不是我提这么多要求，也就不会让您费这么大劲了……”

“哪里的话。老人家要翻天城山是很辛苦的。看，前面左转就是修善寺的街市了。”

然而那一带仍是一片麦田。继续前行，才零零星星地看到几户人家。刚才还若即若离的河流忽然近在眼前。即将进入修善寺温泉街时，汽车过了河，不久便来到一条平缓的坡道下。道路不像之前那般宽阔，汽车放慢速度，缓缓地爬了上去。

又开了五分钟左右，司机说道：“前面那个，您看，那就是松籁庄。”

向窗外望去，树木之间隐约可见一座钟楼式的建筑物。眼看钟楼越来越近，汽车已驶入了宽敞的大门。

“啊？”一直看着窗外的神尾秀子忽然发出惊讶的声音，“那不是老爷吗？在二楼露台上。”

“啊？父亲他在……”

智子也向窗外望去。露台已经不在视野之内，汽车很快停在玄关前。穿酒店制服的服务生和侍女纷纷跑上前来，先到一步的阿静也在其中。还有一位娇小的妇人，从他们身后快步走近。

“欢迎各位。一路上辛苦了。”

刚刚下车指示服务生拿行李的秀子回头一看，说：“哎呀，茑代夫人啊。真不好意思，麻烦您来接我们。外婆，您看茑代夫人……”

阿槙仔细打量着来人。“哎哟哟，这是小茑啊！真是女大十八变啊……”

自茑代十八年前随大道寺欣造离岛，两人就再没见过面。茑代红了脸，回答道：“跟老夫人您真是好久不见了。路上辛苦了吧。”

“谢谢你。今后还得给你添不少麻烦呢。智子，这位就是茑代。”

“初次见面……小姐真是出落得亭亭玉立啊……”

仿佛有一道夺目的光辉闪过，茑代不停地眨眼。智子不知该怎么回应。据说这位夫人从前是自己家里的女佣，现在成了养父的情人，智子只有低着头，默默不语。

“好啦好啦，场面话就不多说了，赶快进去吧。啊，对了，茑代夫人。”

“怎么了？”

“老爷不在吗？我刚刚好像看到二楼的阳台上有个身影很像他……”

“啊，下午他忽然就过来了。想必已经等候多时了。”

进入玄关，从经理到侍者，大家排着齐整的队伍，但目光都齐刷刷地被智子的美貌吸引。

当时，智子不过身着简单的旅行便装，却完全无法掩盖她那浑然天成的美。面对如此隆重的接待，她泰然处之，浑身散发着女王的气度。

先行到达的九十九龙马和金田一耕助也笑脸相迎。在他们中间，站着一位面带微笑的中年绅士。

这正是大道寺欣造。

他已四十二岁，但气色不错，看上去还要年轻两三岁。健康的肌肤，漂亮的胡须，挺拔的个头，是个颇似近卫文麻吕的美男子。他身着笔挺的灰色西装，态度怡然自若。

“欢迎欢迎。妈，您路上累了吧。”

“还好还好，欣造啊，你还特地跑来……”

“哪里，我也是心血来潮。智子，你也累了吧。神尾老师，辛苦你了。”

智子的脸微微一红，默默地垂着头。她自己浑然不觉，但那简简单单的一举手一投足散发着无限魅力，令男子神往。

酒店的迎宾阵势太大，大厅里的客人们无不朝这边投来惊奇的目光。他们之中当然少不了游佐三郎和跟着他来的两个年轻人。此外还有两个人，站得远远的，但目光紧紧地追随智子的脸庞。

那是自称多门连太郎的奇怪青年，还有被连太郎看穿了易装把戏的神秘老人。两人痴痴地目不转睛地望着智子，但没人注意到他们。

“我想各位都很疲倦了吧，请马上到房间里休息一下。接下来的安排会让茑代代劳。啊，对了，文彦去哪儿了？”

文彦躲在后面，正跟茑代争执什么。

“没办法，少爷真是奇怪。之前那么期待跟姐姐见面，真见到了却这么扭扭捏捏的，这怎么行啊。”

文彦终究还是被茑代推上前来。他惴惴不安地来到父亲面前。欣造抚摸着他的脑袋说：“智子，这是文彦。你们好好亲近亲近。文彦，你不跟姐姐打个招呼吗？”

智子那一直因紧张而僵硬的面颊终于放松下来。“文彦少爷，初次见面……希望我们能成为好姐弟。”

文彦仰望智子的脸庞，忽然脸颊火烧一般通红，猛一转身背朝智子，额头在茑代肩上蹭来蹭去，要小性子似的闹起别扭来。

“哈哈，他是不好意思呢。这孩子认生。大家还是去那边休息吧。我们知道妈也会来，就预备好了日式房间。”

“那我们就不客气了……”

侍女把他们带到一间套房，里面有两个房间，一个十叠，一个八叠。这就是智子和阿槙的房间，神尾秀子和阿静另有住处。三个人刚刚放松下来，茑代就过来打招呼了。

“我知道大家都很累了，真不好意思，老爷想问今晚能不能一起吃个晚饭呢……”

智子看看外祖母的脸色。自己怎样都无所谓，但是想到外祖母应该很累了，所以没立刻答复茑代。

“好好好，那就一起吃饭吧。”倒是阿槙马上就满口答应，“还有别人吗？”

“嗯，有九十九先生和金田一先生，还有三位年轻的先生。”

“年轻的先生是……”

“啊，这个，他们几位都是老爷一直以来非常关照的人。老爷嘱咐一定要让智子小姐和他们认识一下……”

三个人面面相觑。

“要是今晚不方便，明晚也可以……”

“不用了，就今晚吧。几点？”

“老爷说是七点。啊，对了对了，我这个人真是，一直忘了说，晚餐是西餐，虽不太隆重，但还是请大家做好准备。”

“好的，请转告老爷，我们知道了。”

其实，这晚餐安排得很不是时候。对不习惯旅行的阿槙来说，今天奔波了一整天，已经疲惫至极。她想什么都不管赶紧睡下，可是想到专程赶来迎接他们的欣造，一些自私的话到了嘴边却怎么也说不出口。

“智子，那你赶紧准备吧。神尾老师，所有事就交给你了。”

“明白了。那大家先洗个澡吧。”

神尾秀子在任何场合都能保持沉着。她从不多话，处理事情井井有条。

等到快七点钟，茑代来看她们的时候，三人已经准备好一切等着她了。

“哎呀，大家都准备妥当了……”她望向智子，睁大眼睛，“天哪，小姐真是芳华绝代啊。”

感叹脱口而出，但绝不是恭维。避开晚装奢华的锋芒，智子身着翠绿色日间礼服，佩戴珍珠颈饰和耳环。简单的装饰却让这一夜的智子美艳不可方物。

神尾秀子身着黑色套装，在胸前别了一朵白玫瑰。阿槙穿了一身深蓝色白点的日间礼服，搭配一条珍珠项链。每个人的着装都万分得体，没有半分瑕疵。穿和服的茑代好像完全被比下去了。

“天哪，各位穿洋装太美了……那我来给大家带路吧。就在那边，餐厅很快就到了。”

因为要从日式房间走到西式房间，三人都换好了鞋。智子穿了双白色高跟鞋，走廊里的人无不对她投来目光。

大道寺欣造和他的客人们在餐厅里等待智子她们。这个餐厅在普通客人就餐的餐厅旁边，是个正好能容纳十人左右的雅间。三人走进餐厅，在座的所有人都起身迎接。

智子觉得脸颊发热。但她马上抬起头，嘴边挂起微笑，向欣造走去。屋里传来有人吞口水的声音。

欣造也凝望着智子，满足地微微一笑。“啊，真是女大十八变啊。妈，神尾老师，辛苦你们了。智子，你就坐在那儿吧。”

智子在正中央落座，左手是文彦，右手是欣造。欣造的右边是阿槙，文彦的左边是神尾秀子。

智子面对着三个年轻人，他们左边是九十九龙马，右边是金田一耕助。龙马左手边坐着茑代，耕助右手边坐着个身材矮小、容貌滑稽的中年男人。当然是智子素未谋面的人。

“智子，吃饭之前我先来介绍一下。坐在你对面的三位先生，从右到左分别是游佐三郎、驹井泰次郎和三宅嘉文。大家都是想与你结识而专门赶到修善寺来的。啊，对了，还有坐在金田一先生右边的那位，和你可能是初次见面，那是茑代的兄长，相当于……嗯，我们家的管家。他叫伊波良平，是月琴岛人。那么大伙儿就别拘谨了，都放松一点儿。”

如此一来，所有演员都已登场。除了坐在餐厅里的这些人，还有那个自称多门连太郎的可疑青年，以及被多门连太郎看穿变装把戏却浑然不知的奇怪老人。在他们所在的松籁庄里，一股无形的妖气正渐渐弥漫开来。

镜面上的文字

五月二十三日——这一天，智子恐怕终生都难以忘怀。

在这天，那封危言耸听的警告书不再只是令人厌恶的威胁；在这天，它第一次向人们展示预言成真；在这天，那恐怖的预言实现，在智子面前，第一个男人洒下了鲜血。

自此，围绕着智子，掀起了一阵血雨腥风。十九年前那起密室杀人案的残酷真相，也借此机会被金田一耕助揭开。现在，让我们慢慢地从第一起案件开始，一点一滴地收集残片，一步一步把它们还原。

那天早晨醒来的时候，智子几乎没什么不舒服的感觉。

旅途的疲倦也好，境遇的急变也罢，都不会影响到智子的睡眠。何况，对于年轻体健的女性而言，一晚好眠胜过任何灵丹妙药。

即便如此，那天早晨，智子还是起得有点儿晚了，一睁眼已经八点多。看看身旁，外祖母还在睡梦之中。醒着的时候还看不大出来，但是睡下就看出她疲态尽显，让人不得不感叹她的确已经上了年纪。

智子心中微微作痛，但年轻的美人不会一直这么多愁善感。她轻巧地起了床，穿好衣服，突然发觉拉门外好像有什么人。

“谁啊？”她试探着问。

“是我……你起来了？”

是神尾秀子冷静的声音。

“哦，是老师啊。我真是起晚了。”

“没关系。你外婆呢？”

“她老人家还在休息。”

“是吗，那你轻声起床吧。她肯定累着了。”

“是啊。”

智子来到旁边的房间，秀子照例正在做编织活儿。

“老师您真早啊。阿静呢？”

“阿静在那边准备早饭呢。智子小姐，今天约好十点，对吧？”

“没错。”智子答得很轻巧，耳根却悄悄染上些红晕。

“那你赶紧去洗个澡。时间不多了。”

“好的。那老师您呢？”

“我已经洗过了。你知道浴室在哪儿吧？”

“嗯，就是昨晚那个地方吧？”

“对，家庭浴室那里。那里有个‘正在使用’的牌子，你别忘了挂到走廊上。我应该陪你去的，但是万一你外婆醒来没人照顾可不成。”

“没关系，我自己能行。”

智子接过秀子递来的脸盆，出了房门。长长的走廊上一个人影也没有，五月爽风拂面，空气也温润宁静。今日又是好天气，岚山青翠欲滴。

智子缓缓地沿走廊前行，忽然一扇拉门打开，露出一张脸来，是九十九龙马。他见是智子，呀的一声笑了笑，又马上关上了房门。

智子觉得脸上一阵热。虽然穿着打扮没什么不妥，但她不想让别人看见自己刚起床时的样子。于是她加快脚步，小跑着转过一个转角，差点迎面撞上来人。

“啊！”

智子叫着向后退了一步，怀里脸盆中的洗漱用品哐啷一阵响。

“啊，实、实在不好意思……”

对方也后退两三步，夸张地鞠着躬。正是茑代的哥哥，大道寺家的管家伊波良平。一条银锁链在他的礼服背心胸口处摇晃。

“哪里，是我不好。”智子恢复了平日的威仪。她丰满的脸颊挂着娇羞的酒窝，问道：“父亲已经起床了吗？”

“刚起来。他让我来看看老夫人怎么样了。”

“外婆还在睡觉，大概是累着了。”

“这样啊。那我这就跟老爷回话去。一会儿见。”

伊波良平垂下他那与年纪不大相称的谢顶的脑袋深深鞠了一躬，便转身离开了。他搓着双手，微微欠身，迈着碎步而去，这姿势很有管家的特点。

他去的方向有间厢房，大道寺欣造、茑代和文彦一起住在那里。连接厢房和主房的走廊旁有三间家庭浴室。

三间浴室都没有人，智子进了最近的一个，把更衣室里“正在使用”的牌子挂到走廊的柱子上。

更衣室和浴室之间有扇装有毛玻璃的门，打开门，就是宽敞明亮的大理石浴室，一坪[①]大小的浴池里盛着满满的水，看着就让人舒服。

智子刚要入浴，忽然想起忘了锁走廊上的门。她半个身子泡在

---

①日本计量房屋和土地面积的单位，1 坪约为 3.3 平方米。

热水里犹豫了一会儿，最终还是坐进浴池里。

走廊上已经挂好了“正在使用”的牌子，就算真有谁进来了，浴室的门还是锁了的。

于是她很快就把没上锁的事情忘了，舒舒服服地在浴池里舒展着四肢。

她的四肢生得漂亮匀称，连她自己都觉得实在很美。她的身材在日本人里属于结实的那种，而且双腿修长。整个人略显丰满，而且极富活力。

智子在浴池里微微活动了一下全身，无数气泡随之从皮肤表面泛起，密密麻麻地触碰着她的身体。

智子轻声笑着，兴致高昂地摆出各种姿势。美丽的身体在水波微漾的浴池中仿佛美人鱼一般划出美好的曲线。她越来越大胆，像蛇一样扭动身体，在浴池里游了好一会儿。忽然，她回过神来，慌张地环顾四周。

“我真是的……怎么能这么不知羞耻……”她红着脸，自言自语道，“今天实在太不正常了。”

的确，今早的智子有些不太正常。她总感到有种刺痒的冲动在身体里游荡，让她忍不住想去一寸一寸地抓自己的皮肤。

智子轻轻喘了几口气，双手握住乳房，靠在浴池边闭上了眼睛，脑海里浮现的全是昨晚的情形。

昨晚晚餐后，一行人来到大厅。因为是周六晚上，很多客人都聚在那里，有五六对男女随着唱片播放的乐曲翩翩起舞。智子接受邀请与游佐共舞了一曲，接着是驹井泰次郎，最后和三宅嘉文也跳了一段。

之前在餐厅喝下的甜甜的酒精饮料让智子的血液暖融融的，加上欣造也起身和神尾秀子起舞，智子便把羞涩抛诸脑后，一曲接一曲跟三个青年跳了好几次。

去年，智子在欣造的提醒下从东京请了一位舞蹈教师。她本来就擅长运动，又有艺术天分，舞技进步很快。秀子也和她一起学习，同样进步神速。

游佐和驹井边跳边夸智子的舞步，不停地说着甜言蜜语。智子只觉得身体里像有团火一样。只有体形肥胖的三宅紧张得一句话都说不出来，智子感到十分好笑。

智子闭着眼睛，在脑海中重新勾勒三个男人的形象。

游佐纤弱白净，拥有宛如女人一般的美貌，但缺乏气概。驹井身体结实，但平凡又俗气。三宅太胖，而且太过内向。

但父亲说过，三个人都是豪门子弟，而且都对我十分着迷……智子满足地轻笑着。

聪明如她，自然明白这三个人为何出现在她眼前。她虽未对任何一人产生特别的感情，但有年轻男子围在身边大献殷勤，毕竟无法让人反感。

智子开始为自己天生的美貌感到欢欣。她正要自豪地感慨，一片阴影忽然开始笼罩她的内心。三个青年的身影被生生挤开，另一个男人的巨大身影清清楚楚地占据了她的脑海。

和游佐等人尽情舞蹈之后，智子独自坐在大厅角落里的椅子上。游佐和驹井竞相为智子拿来冷饮，肥胖而内向的三宅和秀子、茑代无聊地闲话着家常。

智子正望着他们发呆，一个男人站到她面前。

"能请你跳支舞吗？"

智子定睛看去，眼前这个陌生的年轻人正俯视着智子的双眼。他是个肤色偏黑、面部棱角分明的美男子，从他身上散发出的男性气息带着几分霸道笼罩了智子的全身。

他的魄力让智子有些窒息。她慌忙避开他的目光，那目光却如同磁石般紧紧吸住她的双眸不放。

智子的呼吸情不自禁地加快了。

"你会跟我跳这支舞的，对吗？"对方美目含笑，两手伸出，要把智子搂起来。

"不，我……"

智子似要拒绝，把椅子往后挪了挪。就在这时，她的耳边响起了一个和蔼的声音："和这个人跳支舞吧。"

智子晕晕乎乎地站了起来，好像被吸过去一样投入眼前那男人的怀抱。智子以为那是欣造的声音。

然而跳舞时，智子发现欣造正在远处和金田一耕助、九十九龙马喝着啤酒。她心中起疑，又回头看了看自己的椅子后面，那里只有一个戴墨镜的白发老人靠在椅子上打盹。

"啊！"

智子忍不住轻轻叫了一声。刚才到底是谁在说话？那个素不相识的老人不大可能对自己说出那样的话，难道是幻听？

"你怎么了？"智子的脚步乱了，男人奇怪地看着她。

"没什么，我……"

"智子小姐，你是大道寺智子小姐吧？我是多门，多门连太郎。希望能借此机会与你认识。"

智子对自己一时恍惚而和一个陌生男人跳舞感到有些生气。她盯着对方的眼睛，说：“不，我不能和素昧平生的人……”

“不能交个朋友吗？”

“不能。”智子说得很坚决。

但男人似乎毫不介意，笑着说道：“你不是正在和我跳舞吗？”

“可是，可是……”智子感到一阵不甘，“这是个错误。是我自己弄错了。我本不该跳的！”

“哈哈哈！”男人开心地笑着，“弄错也没什么。友情常常是由误打误撞开始的。即便你不愿意，我也一定要和你成为朋友。”

脸皮真厚！智子这么想着，瞪了男人一眼，可一看到那英俊的脸，就感到全身没了力气。

这时，终于一曲终了，智子甩开男人跑回座位。欣造、游佐、驹井和三宅正面带责备地看着她。智子又羞又气，只觉得身体里像着了火一般。

现在，忆起昨晚的经历，智子想：哼，可得小心，城里就是有这种不要脸的男人……

但她很快就不再想他，而是忽然记起了什么。“对了，我可没工夫在这儿偷闲，约好了十点要和那三位在大厅见面呢。”

智子急忙从浴池里起身。这时，她感觉门轻轻开了，有人进了更衣室。

“哪位……是老师吗？”

更衣室里没有人回答。但可以确定，肯定有人在里面，因为一个黑影正映在毛玻璃上，并在更衣室里默默移动。

“谁啊？谁在外面？”

智子又问了一句，仍然没人回答。一阵恐惧袭来，智子又把身子缩回浴池里，紧紧抱住毛巾。但池里的热水也不能阻挡阵阵寒意，她全身上下起了一层鸡皮疙瘩。

更衣室里的人不知在做什么，过了一会儿，又轻轻地推门而去。

智子松了一口气，冲出浴池，迅速擦干身子，小心翼翼地打开了浴室门。放衣服的筐子倒是没什么异常。

“一定是有人没注意到‘正在使用’的牌子就进来了，然后不好意思出声就走了。”

智子用大大的浴巾裹着身子，正准备从筐子里拿内衣，整个人却生生地僵住了。

覆盖整面墙的镜子上竟然歪歪斜斜地映着红色的文字。是用智子的口红写的。

智子用惊恐的双眼逐句辨读：

> 智子啊，
> 回岛上去吧。
> 你来到东京不会有什么好事。
> 你身边充满血腥之气，
> 就像你的母亲一样。
> 智子啊，
> 回岛上去吧。
> 再不可离开岛上半步。

智子只感到浑身冰凉，如同置身冰窖一般。

乒乓球拍的联想

“那个……老爷啊。”茑代削着苹果，恭敬地说。

上午十一点，五月清爽的风在宽敞的厢房里回荡。

“什么事，茑代？”坐在檐廊的藤椅上看报纸的欣造扭头看着茑代。

茑代垂着头，露出白色的衣领，说：“智子小姐是不是遇上什么事了？”

“智子？什么意思？”

“总觉得她的脸色不大好。”

“是吗？我没发现啊……大概是长途跋涉累了吧。”

“真的吗？我总觉得不只是疲劳。她忽然变得不爱说话，总是出神地想着什么。”

“对她来说，这毕竟是个很大的变化。这个年龄的孩子都这样。你刚从岛上过来的时候，不也每天愁眉苦脸，让我无所适从吗？哈哈哈。”

茑代把苹果切好码在盘子里，和象牙叉子一起放在茶几上，说：“但愿是这样吧。我是觉得她和昨晚完全不一样，所以放不下心……总担心是不是遇上了什么事情……”

“你真傻，实在是想得太多了。智子现在在干吗？”

“在和大家一起打乒乓球。”

“你看，还有打球的劲头就没什么好担心的。”

欣造敞开哔叽上衣的前襟，边享受清凉的风边望着院子。院子地面微斜，可以从茂密的树林缝隙中眺望桂川的溪流。

“对了，文彦在干什么？”

“文彦少爷吗？不是在大厅里吗？从早上开始就没见到他。”

“是吗……”欣造叉起一块苹果，边嚼边说，“茑代，我觉得智子没什么问题，到东京去也应该不会出什么丑。”

“您这话说的，怎么会出丑呢……东京也找不出这么好的闺秀啊。虽然都说环境比遗传更重要，但毕竟还得有好血统啊，多有女王的风范……”

“女王？”

欣造询问般看了看茑代，茑代正若无其事地擦着手。

“女王啊，哈哈哈。反正不是什么胆小的鼠辈就好。”

欣造正笑着，茑代的哥哥伊波良平进来了，看起来好像有事。茑代静静地退出了房间。

良平目送妹妹离开，然后对欣造说：“老爷，刚才那件事，就是昨晚和小姐跳舞的陌生男子，他有些奇怪。”

“奇怪？来，坐下说。”

“不用，我站着就好……老爷，您认识多门连太郎这个人吗？”

“多门连太郎？不认识。”

“果然……老爷，多门连太郎就是那个年轻人，他是拿着您的介绍信来这里的。”

“我的介绍信？”

欣造的眉毛挑了起来。

“是的。酒店总经理给我看了介绍信，有老爷的名片，上面写着现介绍多门连太郎，敬请多多关照云云。”

“不记得有这回事啊，完全没印象。确实是我的名片吗？”

“是的。名片的确是老爷的，但笔迹就不对了……既然老爷不知道，我也不能放着不管，要不要转告总经理？”

“这个嘛……”欣造望着院子，说，“再看看吧。既然是我的名片，那可能是哪个朋友拿去用了。总之我会找时间直接跟酒店总经理谈谈，你什么都不要说。这样的事情最好别闹大。”

“明白了。那我就多加留意多门这个人。真是个无礼的家伙，竟敢拉小姐跳舞。”

“嗯，就先这么办吧。”

良平恭敬地鞠了一躬，忽然想起什么似的说：“对了，一位叫金田一耕助的先生想见您……”

“金田一先生啊……让他到这里来吧。”

“明白了。”

良平还是以那标准的管家姿势走出了厢房。欣造继续望着院子，但不一会儿，金田一耕助就进来了。还是乱蓬蓬的头发和皱巴巴的裤裙，一副玩世不恭的样子。

欣造立刻换了副灿烂的表情，说：“早上好。昨天辛苦您了，旅途一定很辛苦吧。来，请坐。”

欣造的八面玲珑和加纳律师如出一辙。金田一耕助也不客气，在椅子上坐下，说：“哪里哪里，也帮不上您什么忙……”

“怎么会，我才是不情之请。那您到岛上之后可看出了什么蛛丝马迹？”

金田一耕助咧嘴一笑，说：“大道寺先生，再快也不可能现在就有结果啊。我才来了两个晚上，再怎么有名的侦探都不可能……”

“哈哈，也是也是。其实也没什么，只要智子没事……”

耕助一本正经地盯着欣造。

“大道寺先生，这件事稍后我会跟您谈。但今天我来这里是为了别的……”他随手拿起一块苹果，塞进了嘴里，“首先我想问的是昨天到今天发生的事。大道寺先生，您不觉得这家酒店里的演员到得太齐了吗……”

“演员到得太齐……金田一先生，您这话是什么意思？”

“我也是今天早上意外发现的。十九年前，在月琴岛上与琴绘女士相关的主要人物现在不是全聚在这里了吗？不仅如此，警告书上提到的倾慕智子的人居然有三个……”

欣造仿佛吃了一惊，睁大了双眼。他的目光似要穿透对方一样，紧紧盯住金田一耕助。

好一会儿后，他干笑道：“金田一先生，这个想法有些神经质吧？您多虑了。听上去似乎有些道理，但是至少我和那三个青年都是碰巧来到这里的，并没有被谁的意志左右啊。”

“真的吗？那么你们各位为什么来，能否告知在下？”

欣造也认真地看了看耕助，随即却有些担忧地皱起眉头，说：“金田一先生，难道发生了什么吗？有什么事情让您觉得我们是被召集到这里来的吗？”

耕助四下环顾，从怀中掏出一个褐色的大信封，从里面拿出一张到处都是缺口的报纸。

大道寺欣造不由得一惊。

“大道寺先生，您看看这些，是不是有些眼熟？”

“难道……难道我们之前收到的警告书，就是从这张报纸上剪下来的？”

“谁知道呢。大道寺先生，我觉得酒店里现在正在发生同样的事情。有人正剪报纸制作信件……”

“这张报纸是在哪儿找到的？”

“就在酒店后的垃圾箱里。我今天早上吃完早饭去大厅看报纸，发现装订好的报纸上有些版面已被撕掉，但被撕的那几张昨天明明还在。昨晚您跳舞时，我反复翻过那些报纸，所以记得很清楚。也就是说，有人在昨晚十点到今天早上九点之间撕下了报纸。我觉得很蹊跷，就找遍了酒店，最后发现它们被塞进了垃圾箱。”

欣造出神地盯着被揉烂的报纸，声音颤抖地说：“那您知道什么字被剪下来了吗？”

“不知道。如果只剪下一个字还好判断，但此人似乎没这个耐心，一次剪下了好几行，估计那里面有几个要用的字吧。但有几个字可以判断出来。您看，这里有高岛屋百货店的广告，‘屋’字被剪下了。还有这里的电影广告，电影是‘深夜十二点出狱’，‘点’字被剪掉了。我现在知道的就这些，其他的都判断不出来。”

“到底是谁写给谁的……”

“要是能弄明白这点就好办了。大道寺先生，您没有收到这样的信吧？”

“怎么可能。要是有那样的信，我一定马上通知您。”

欣造眼中的忧虑愈发浓重，两人相对无言。此时，房间外传来了慌乱的脚步声，耕助快速把报纸塞回怀里。

“总之，我会再好好研究一下这件事。”

来人是茑代，她努力平复着呼吸说：“老爷，您快来。游佐先生和驹井先生打起来了……”

“游佐和驹井？”

“是啊，拿着乒乓球拍打起来了，驹井先生被打出了鼻血，正乱作一团呢。”

“哈哈哈，这就开始争风吃醋了啊。真有骑士精神……”

“两个蠢货……去看看吧。”

欣造和耕助赶到时，两人都已罢手。诡异的寂静笼罩大厅。

九十九龙马和伊波良平分别从身后抱住了游佐和驹井。抱人的和被抱的都仿佛雕像一般凝视着一处一动不动。他们凝视的焦点不是别人，正是智子。智子也仿佛雕像一般，她视线的另一端是球台上的乒乓球拍。

智子颤抖的手指握住了球拍的手柄。手柄已经齐根折弯，但跟拍面还连着一半。智子拿起球拍时，拍面一弯，露出了背面，那里沾满了驹井泰次郎的鼻血。

半折的染血球拍……这情景让智子产生了恐怖的联想。在月琴岛上锁的房间里，有把半折的染血月琴……

智子想叫，却叫不出声来。她丢开沾满血的球拍，立刻感到一阵眩晕。

“天哪，智子小姐！”神尾秀子正要去扶。

“危险！”

身后冲上一人，稳稳撑住了智子的身体。正是多门连太郎。

钟声既鸣

“没什么，老师，我没事的。今天晚上好好睡一觉就好了。我就是有点儿累而已。”

“是吗。我总觉得你脸色不好……不要想太多，虽然有很多烦心事。”

“我什么都没想，想也没用。老师，真的不用担心，您快去洗澡吧，我马上就休息。”

“好吧，那我就去洗澡了。有什么事喊阿静。”

秀子看了看隔壁房间，里面已铺好两张床。在关灯后的黑暗中，外祖母已安然入睡。

秀子拿着脸盆出去了。智子凝神听了会儿她的脚步声，随后看了看手表。

时间是九点零八分。

“还有点儿早。”

智子自言自语。她侧耳倾听隔壁的动静，外祖母睡得很熟，不要说翻身的声音，连呼吸声都听不到。

智子四下环顾，从怀里拿出一张叠好的纸片，颤抖着打开，好似中了邪一样看着上面的字。

那张纸上贴着一个个从报纸上剪下来的字，上面写道：

智子啊。

今晚九点半，到屋顶的钟楼来。

你若来，便将知晓关于你身世的重要事实，但此事绝不可告知他人。

每个字的大小各不相同，有几处还用了片假名，看来事出仓促，贴信人没时间找出合适的字。

然而这让智子更加害怕，觉得这封信有不可思议的真实性。她目光似火，对着信注视了好一会儿，肩膀猛地一颤。

如果还是昨天，智子大概会付之一笑，根本不去理会。然而，今天的智子已经不是昨天的智子。

可以说，就在今早的更衣室里，当看到镜子上那些不祥的红字时，智子的人生观完全改变了。

在温室一般的南方小岛上，智子被外祖母和神尾秀子视作掌上明珠一般养大。她从不相信这世上还有恶意和憎恨。不，即便她知道这些东西存在，也只当它们是他人的瓦上霜，至少绝对不会出现在自己身边。

然而真的是这样吗？就在她离开小岛的瞬间，恶意、敌意和恐吓的利箭纷纷射来，而且目标不是别人，正是她……

智子把那些不祥的红字看了一遍又一遍。这使得她那原本冰冷的身体燃起了愤怒的火焰。

写下那些红字的人并不了解智子。智子是个通情达理的女人，但若想用恐吓使她屈服，是绝不可能的。那是她的自尊与骄傲不能允许的。

智子反复阅读镜子上的话，仔细观察字体，直到深深烙印在脑海里。之后，她用湿毛巾把字全部抹去。

她大概不会向任何人提起这件事。有人那么恨自己，想把自己赶回岛上去……她不愿让别人知道这些。自己知道难道还不够吗？

但智子由此也得到了教训，在前方等待她的既不是花海也不是天堂，反倒可能是充斥着憎恨、敌意和恐吓的乌烟瘴气的沼泽。

可是……到底是谁写的呢？智子边慢慢穿衣服边想。准确说来，应该是究竟有谁知道她这个时间会来洗澡呢？

首先，神尾秀子知道，外祖母醒来后也应该知道。九十九龙马知道，还有伊波良平。大道寺欣造和茑代也可能听良平说起，那么文彦大概也知道。这么一想，基本上所有人都知道。那么，到底会是谁呢……

智子猛然回头看着房门。有人从门缝里偷窥更衣室，毛玻璃上映出了人影。

智子的眼神里充满了愤怒。她像豹子一样冲到门口拉开门。“啊，文彦！”她顿时呆住了。

文彦也吓了一跳，往后退了两三步。智子严厉的目光让他白净的脸一片通红。

“文彦，你在这里做什么？”

“我……我……”

文彦吞吞吐吐地说不出话，只是微微抬起头来，求饶似的看着智子，那眼神好像小羊羔一样。

智子的神色稍稍缓和了些，说：“文彦，你这么偷看可是不对的……”

“人家、人家想见姐姐啊。伊波说姐姐在洗澡，我就一直在外面等着，可你老不出来，浴室里又没声音，我以为你已经出去了，就……”

文彦断断续续地说着，额头上冒出了汗，面色越发通红。

“找我有什么事吗？”

“没、没什么，只是想见到姐姐……”

智子奇怪地看着文彦，渐渐感到自己的脸也开始发烧。“文彦，”智子柔声说，“你说你一直在这里，那有人进来过吗？不会是你进来过吧？”

“没有啊，我没进来，也没见别人进来过。”文彦露出非常吃惊的神色，看起来并没有说谎。

“那你来的时候有谁在这附近吗？”

“嗯，我从那边过来的时候，看见有人进了最里边那间浴室。”

“谁？是谁？”

“不知道……离得太远没看清楚。好像是个戴着墨镜的老爷爷，一个白胡子白头发的老爷爷……”

智子的心脏猛地跳了一下。昨晚大厅里坐在身后的老人……如果自己没幻听，就是他说了那句话……智子觉得像是走入了一条充满谜团的死路。

“姐姐，怎么了？出什么事了吗？”

“没事。文彦，你先回去吧，一会儿再见。”

但那天上午，智子再也没有见到文彦。接近中午时分，又发生了乒乓球拍事件，之后智子就一直把自己锁在房间里。

智子的目光又落在那封奇怪的信和手表上，现在是九点二十分，信上说的时间是九点半。

白天一直闷在房里的智子在傍晚时分接到了欣造的邀请。欣造说明天上午就要出发，所以今天想和大家一起吃顿晚餐。

智子没有那个心情，但也不好拒绝。今晚吃的是日式料理，当她换上和服来到餐厅时，大家已经到齐了。来的人和昨晚一样，游佐和驹井中间隔着三宅，神色十分尴尬。

智子坐下不久，就发现餐盘下面压着折好的纸片。那便是现在拿在手里的这封信。

九点二十三分。

智子微微发抖，去，还是不去……她还没有下定决心。

九点二十五分。

智子终于站起身来。似乎有种不可抑制的冲动在驱使她，让她身不由己。

智子小跑着穿过走廊，来到大厅。大厅里只有金田一耕助一个人，他背对智子坐在那里读着什么。周末的客人基本都在今天傍晚前离开了。

智子穿着拖鞋跑过大厅，登上了西式建筑正面的楼梯。金田一耕助的注意力似乎全被手中的东西吸引了，根本没注意到智子。

从二楼上到三楼时，智子猛地停下脚步。有人从上面下来了。

智子靠着墙壁，手按着胸口，等上面的人下来。下来的是戴墨镜的老人。

老人看到智子也吃了一惊。他停下脚步，似乎想说些什么，但智子别过脸，从他身旁跑了上去。

来到屋顶，只见钟楼的门开了一条缝，从中透出一丝光线。这时的智子已经什么都不怕了。她爬上水泥台阶，在门口看了一眼手表，九点二十八分。

智子从门缝溜进钟楼，只瞧了一眼，就同蜡像一般僵在原地。

房间一角，有个男人脸朝下倒在地上。谁都能看出那并不是普通的晕倒，因为乌黑黏稠的液体正从他脸的下方流出来。

智子感到全身的汗毛都竖了起来。她想叫，却发不出一点儿声音。她的脑袋里好像烟花爆炸一样混乱，从那混乱当中，她听到一阵恶毒的笑声。

你身边充满血腥之气……

可是，那是什么？有什么东西掉在了尸体旁边。

智子把它捡起来。她根本不清楚自己在做什么。那是一个手柄折断的乒乓球拍，上面还沾着新鲜的血迹。

智子惊声尖叫，将球拍丢了出去。她也不知道自己叫了些什么，就在这时，有人来到她身后，紧紧抱住她的肩膀。

智子吓了一跳，一回头，发现是多门连太郎。

“是、是你吗？是你吗？这恐怖的事情是你干的吗……”

“不是我。我来的时候，游佐已经死了。”

“游佐……那是游佐先生？”

“没错，游佐……游佐三郎。智子小姐，你不宜在此久留，赶紧下去吧。”

多门连太郎把智子推出门外。就在这时，轮到他自己僵在了那里。

之前提到过，钟楼里离地两尺高的地方横架着四根金属棒，上面有四根带有螳螂腿般长柄的金属槌。那金属槌现在就好像螳螂挥足一样，颤抖着静静扬起，又交替落下，不断敲打四根金属棒。

fa、so、la、fa……

优美的威斯敏斯特式钟声拖着悠长的余韵，在修善寺的夜空中荡漾开去。

智子感到后背一阵寒意。

“不好！”

多门连太郎条件反射般看向昨天游佐告诉他的把手，把手已经从 SILENT 指向了 CHIME。

……la、fa、so、do……

九点三十分。

“智子小姐，我不能待在这里了，不能让别人调查到我。我得逃跑，但总有一天会回到你身边。”

一瞬间，多门连太郎把智子抱在怀里，深深地亲吻了智子的双唇，随后转身逃出了钟楼。

智子茫然地瞪大了眼睛。

智子的焦虑

噩梦般的一晚过去了。

智子现在只要回想起钟楼里的恐怖情形，还是会难受得起鸡皮疙瘩。

游佐的尸体的确吓人，但更恐怖的，是自鸣钟的四根金属槌毫无征兆地在昏暗的钟楼里像怪物一样动起来的那一刻，以及回荡在修善寺夜空里的伤感钟声。

fa、so、la、fa……

事后回想，那钟声正是恶魔宣告行动开始的号角。它吓到的不仅是智子和多门连太郎。

在楼下大厅里专心研究被剪掉的报纸的金田一耕助，也被第一声钟响吓得抬起头来。他也不知道屋顶的大钟会报时。

……la、fa、so、do……

钟声带着颤抖的余音消失时，两三名服务生和事务员从办公室里冲了出来，跑到正面大理石楼梯下，吃惊地抬起了头。

耕助也连忙来到他们身边，问：“怎、怎么了？那钟声……”

事务员看向耕助。“屋顶的大钟居然响了！”

“屋顶的大钟……那座钟会响啊？我还一次都没听到过……”

“是啊，所以大家都吓了一跳。最近明明已经把那座钟调成了静音状态。”

“肯定有人恶作剧，今井先生，咱们上去看看吧。”

一名服务生已经踏上大理石楼梯。事务员今井和另一名服务生紧随其后。耕助也感到心中不安。他收好桌子上的报纸碎片，跟着他们上了楼。

在一楼到二楼的楼梯上，众人遇见了正下楼的老人。他戴着墨镜，留着白胡子，手里提着行李箱。

“这位客人，您是要走吗？”事务员问道。

“不，不，不是要走……”

老人转过脸去，快步下了楼。大家奇怪地看了看他的背影，又开始上楼。

晚到一步的金田一耕助也让老人过去了。如果当时耕助知道屋顶上发生了什么，一定不会让他轻易离开。即便让他离开，也一定会更仔细地观察他的长相。

来到屋顶之后，今井第一个登上水泥楼梯，看了一眼钟楼内部。

“……”

他惊得发不出声，连连后退。

耕助推开两名服务生，从今井背后向内看去。他也同样动弹不得。

智子还站在钟楼里。不，与其说站在那里，不如说靠在一堵透明的空气墙上。

她什么都看不到，也什么都听不到，大脑和身躯都像一团棉花一样使不上劲，整个身体找不到支撑点，脑袋里好像有成千上万只蜜蜂在嗡嗡乱叫。

今井和两名服务生脚下仿佛已经凝固，来回看着智子和智子脚边的尸体。

金田一耕助轻轻地来到尸体旁，蹲下来看了看死者的脸，不禁倒抽了一口凉气。随后，他又看向智子。

智子的眼睛空洞无神，全身无力。

耕助朝另外三人喊道：“谁都别进来！赶紧把经理和大道寺先生叫来！千万别乱讲，这件事还不能让任何人知道。”

一名服务生闻言马上跑出钟楼。就在这时，耕助又喊道：“小心！”他抱住了将要晕倒的智子。支撑智子的最后一丝力气也消失殆尽，她在耕助怀里完全失去了意识……

现在的智子怒火中烧。她既为把她推至这步田地的人愤怒，也为自己的软弱愤怒。为什么自己当时没能保持清醒，睁大眼睛仔细观察周围呢？

智子忽然想起了多门连太郎的嘴唇。这让她感到像是碰到了什么肮脏的东西一样浑身发抖，接着升起一股怒气，这怒气支撑着她，让她愤而燃起一股斗志。

“你看到了这封信，所以去了钟楼？”

第二天上午十点。

智子恢复意识后，调查就开始了。在酒店总经理宽敞明亮的房间里，警察局长亲自质询。

酒店工作人员和智子的亲朋都不在场，一群警察使得屋内气氛森严。只有金田一耕助不知为什么，正微笑着坐在角落里，这给智子带来了些许安慰。

修善寺的警察局长姓亘理，是个大大方方、不拘小节的人。他听说过金田一耕助，不仅不反对他参与侦查，还表现出非常欢迎的态度。

智子看了看贴满字的信。

“唉……”

她面无表情地轻叹。根据警方的询问，她沉着地讲述了自己如何拿到信以及对写信人一无所知的事。

“那么你进钟楼的时候大概是几点？”

“九点二十八分。进钟楼前我看了一眼手表。”

“明白了。那么请你再详细讲一下当时的情况吧。”

智子点了点头，一边回忆一边描述当时的情形。

“这样啊。所以你捡起了乒乓球拍，是吗？”

“是的。我知道这么做不对，但是不由自主就……因为我实在觉得很奇怪……”

“奇怪？为什么觉得那球拍很奇怪？”

金田一耕助点着头赞同局长的提问，同时注视着智子的神色。智子脸上闪过一丝焦躁。

“可的确很奇怪啊。那么轻的东西……能做什么呢。”

“就因为这个？”

“是啊。也不会有别的原因了吧。”智子的声音稍稍提高了一些。

局长摸着下巴，说：“你说的也不是没有道理……说到乒乓球拍，昨天中午好像出了点儿事吧，游佐和……”

他看了一眼眼前的纸片。“和驹井泰次郎起了冲突，两人用乒乓球拍打了起来。球拍手柄在争斗中断了一半，拍面上沾满了驹井的鼻血。据说当时你也很吃惊……”

智子看了一眼耕助，她的脸因怒气而涨红，说：“我当然很吃惊了。他们俩打起来是因为我，而且当着那么多人乱打一通……谁都会吃惊的。”

真的只是如此吗？智子那种仿佛妖魔附身一般的惊恐，难道只是因为如此简单的理由吗？金田一耕助总觉得另有隐情。

但局长当时不在场，因此也没有过多地怀疑。他接受了智子的解释，继续问：“嗯。就是说，你看到乒乓球拍掉在尸体旁边时，是不是怀疑过驹井？”

“不，绝对没有。”智子加强了语气，清楚地答道。她那时脑子里的确没有想到驹井。“首先，我当时根本就不知道那是游佐先生。”

“那你什么时候发现那是游佐？”

“那人告诉我的。”

“那人？那人是谁？”

智子的目光里再次出现怒色。“前天晚上我不小心一起跳了舞的人……”

金田一耕助微微一惊，直起了腰对局长使了个眼色，开口问智子：“智子小姐，那不会是个叫多门连太郎的人吧？”

“嗯……就是这个名字。”

讯问室里的气氛一下紧张起来。

金田一耕助双手咯吱咯吱地拼命挠着头，说：“那、那，那个人当时也在钟楼里？”

智子没有正面回答，而是烦躁地快速描述了当时的情形。愤怒和屈辱让她脸色苍白。当然，她没有说出被那人亲吻一事。

“我明白了。这样说来，他说了凶手不是他之类的话，对不对？”

智子默默地点了点头。

“然后说不能让别人调查自己，所以要先逃走……”

智子又点了点头。

局长思考片刻，问：“在发现游佐的尸体前后，你见到其他人了吗？”

“没有，谁也……”智子说到一半，忽然想起了什么，“啊，我想起来了，在到屋顶之前，碰见了一个戴墨镜的老人。他好像也是从屋顶下来的。”

“戴墨镜的老人……啊，就是那个蓄了白胡子的？”

坐在椅子上的金田一耕助身体猛地一震。智子点了点头，简单描述了当时的情况之后，房间里又是一阵异样的紧张。

耕助思索了一会儿，抬起头来认真地望着智子说：“智子小姐，最后我还有个问题。请问你有没有动过钟楼里的把手？就是左边墙上的。”

“没有，我什么都没动过……除了乒乓球拍……”

“那个多门呢？他有没有动过把手？”

“没有，我觉得他没动过，因为钟声响起的时候他也很吃惊。”

局长跟金田一耕助商量了一会儿，然后转过身来对智子说：“就到这里吧，谢谢你的配合。”

智子微微点头示意，迈着充满威严的步子离开了房间。

半岛逃亡者

从昨晚到今晨，松籁庄酒店仿佛身处台风眼一般。每当外面狂风暴雨时，台风中心总是异常风平浪静。松籁庄也一样，身处事件核心，却笼罩在一片诡异的寂静之中。

但那只是表象。如果有人仔细观察松籁庄的每一个角落，就会发现很多紧张的场面。

紧张的核心便是搜查本部所在的酒店总经理房间。局长和警察们不停地接电话、听汇报，再发出指示。由于修善寺地区警力不足，静冈县县警本部派来的支援人员也进进出出。

现在他们最关心的是两个人的下落。

昨晚，金田一耕助发现了犯罪现场之后，立即让人通知了酒店总经理和大道寺欣造。经理当时正好在欣造的房间里一起研究多门连太郎拿来的欣造的名片。两人听了服务生的话大吃一惊，连忙赶到钟楼。之后不久，经理就报了警。

值班刑警很快到了现场，但局长姗姗来迟，法医来得更晚。等查案的人马都到齐，已经晚上十一点左右了。

医生到达之后，马上开始验尸，发现了两三处疑点。

首先，凶器是某种沉重的钝器，从游佐三郎的正面直砸下去。他的前额粉碎，很可能是一击致命，但失血量并不多，案发时间大约在九点到九点半之间。

“大夫，我觉得凶器就是这个乒乓球拍，有可能吗？”金田一耕助指着断把的球拍问。

医生付之一笑，说：“怎么可能。那么轻的东西可砸不死人。凶器比这个要重很多，金属或者石器之类。”

那这个沾血的断把乒乓球拍到底有什么含意？这个球拍不可能是游佐、驹井中午打架时折断的那一个。因为上面的血是新沾上的，而且量也更多。

如果金田一耕助见过月琴岛上锁的房间里的那把带血月琴，恐怕就会隐约明白球拍的意义。但他现在毫不知情，所以完全无法理解。这也困扰了他很久。

法医验完尸后，搜尸体口袋的警察发出一声怪叫。耕助回头一看，一名警察得意地举着一张纸片。

“局长，我明白了。这起案子就是多门连太郎干的。”

“多门连太郎……”

这名字好像在哪儿听过……耕助想了想，忽然记起几天前在浴池见到的那个如希腊神祇一般的美貌青年……

“怎、怎么了？纸上写的什么？”

好不容易等局长看完，耕助接过纸片只看了一眼，就瞪大了眼睛。

那是一封用从报纸上剪下来的字拼贴的信，上面写道：

游佐三郎：

今晚九点整，在钟楼见面。你若不来赴约，必将后悔。

多门连太郎

“这算是恐吓信吧？”局长皱起了眉头。

“是的，是的，我一直期待着早晚会出现这样一封信。”

金田一耕助从怀里掏出被剪掉字的报纸，这回轮到局长瞪大眼睛了。

“那就是说，多门连太郎把受害人叫到这里，然后打死了他。”

但若是那样，多门连太郎为什么会把这封铁证一般的信留在死者的口袋里呢？局长也有点想不通。

如果智子的精神状态正常，能够描述连太郎和墨镜老人的容貌，警察的工作将更加高效，或许能很快发现两人的行踪。但智子的状态正如前面所述，所以警察的工作效率也受到影响。等到确认多门连太郎与墨镜老人均已潜逃，并发出通缉令时，已经过了夜里十二点。这时距两人逃跑已经过了两个多小时。

奇怪的老人带着行李逃跑了，连太郎的行李却还在原地。看来他从钟楼离开之后，连房间都没回就逃走了。他之所以没有撞上金田一耕助和事务员等人，是因为走了背面的楼梯。

背面楼梯与正面楼梯处于相反的位置，通往西式建筑和日式建筑之间的仓库旁边。那里平时鲜有人去，从周围的痕迹来看，连太郎应该是从这里穿过院子，经后面的木门离开了。

连太郎留下的箱子马上被打开，但里面只有换洗衣服和内衣之类，没有什么证据。看来连太郎烧毁信件、把钱收进口袋里都是正确的。

那个奇怪的老人则拎着行李箱大摇大摆地从正门离开，之后就杳无踪迹了。

根据登记簿所载，老人名叫九鬼能成，家住东京都世田谷区若林町。但事后的调查正如警方料想，果然查无此人。

令人吃惊的是，这个老人也带来了写在欣造名片上的介绍信。和对连太郎一样，欣造对老人也毫无印象，介绍信的笔迹也与他的不符。两名潜逃者自然是重点怀疑对象，但留下来的客人，尤其是大道寺欣造身边的人都接受了严密调查。这主要是金田一耕助的建议。

“局长，医生估计犯案时间是九点到九点半，我觉得还能再具体一点儿。”金田一耕助主张道，“依据就是钟声。您看，装着时钟把手的墙上沾满了血迹，大概是死者被砸之后靠在墙上所致。他的体重使得处于 SILENT 位置的把手移到了 CHIME 上，因此这座停响好几年的钟才又响了起来。”

耕助说得有理。左边墙上大概齐胸高的位置上有个长一尺、宽一寸的水平槽体，把手就从槽里伸出。槽周围的墙上有一道从右到左的拖曳血迹，游佐三郎的尸体就在其下。

“假如把手是案发时移动的，那时间应该是九点十五分之后。因为这座钟每十五分钟报时一次，九点十五分没响，九点半却响了。

因此把手是在九点十五分到九点半之间移动的，案发时间也是这段时间。”

于是警方调查了这十五分钟里所有人的不在场证明，并于第二天汇报了结果。那时，对智子的讯问正好刚刚结束，负责调查的警察进入搜查本部，说：“局长，我们做了不在场证明的调查。情况大概就是这样……”

说着，他在亘理局长的桌子上摊开了情况一览表，内容如下：

◎大道寺欣造——九点十分左右，服务生来叫他之前，一直在和经理研究连太郎的名片，文彦当时也在旁边。

◎蔦代——洗澡中。（因此没有人可证明她不在现场）

◎九十九龙马——洗澡中。（同上）

◎神尾秀子——九点十分左右开始洗澡，二十五分左右回到房间。阿槙当时醒着。（因此十分到二十五分之间没有不在场证明）

◎阿槙——根据神尾秀子的证词，九点二十五分以后有不在场证明。她自称之前关灯睡觉了，但智子和秀子都没有亲眼看到。

◎驹井泰次郎、三宅嘉文——在驹井的房间里下将棋。九点二十分左右伊波良平前来观战。

◎伊波良平——声称九点二十分之前在自己的房间里收拾行李，无人证明。

“大致就是这样。关于九点十五分到九点半之间的不在场证明，最确凿无疑的是大道寺欣造和他儿子文彦，还有驹井和三宅，共四人。能够部分证实的是阿槙、神尾秀子和伊波良平三人。完全无人证明的是九十九龙马和茑代。”

局长看了看一览表，问：“金田一先生，您有什么看法？”

耕助正看着，桌子上的电话响了。局长拿起听筒说了两三句话，神色骤然紧张起来，说：“你现在正开车赶往热海吧？有结果的话会从热海打来电话？好！”

局长挂了电话，把脸转向耕助。“金田一先生，两个逃跑的人看来能追到一个了。”

“哪一个？”

“那个老人，是姓九鬼吧。反正是假名。昨天晚上他租车去了伊东，这一点昨晚就已查明。之后的行踪不明，不知道是在伊东潜伏，还是坐伊东线去了热海。刚才查到他昨晚租了另一辆车去了热海。这辆车今天早上被发现了，我们有个同事正坐这辆车赶往热海。司机说记得他在热海的哪一户下了车，估计马上就能找到。”

“哦，这可是功劳一件啊。多门连太郎呢？”

“完全没消息……不知道会不会徒步绕过达摩山，到了西海岸的户田？”亘理局长盯着桌子上摊开的伊豆半岛地图，说，“这里是温泉地区，电话很发达，逃跑的话一定会想办法尽快离开半岛，因此不可能南下到下田。他可能坐骏豆铁道去三岛，也可能坐汽车去沼津，还可能像那个老人一样从伊东去热海，基本就是这三条路。现在没发现他乘坐过骏豆铁道，似乎也没租过车。而且，假如他九点半离开这里，从时间上看，很难赶上东海道线往东京方向的车。要坐的话，只能是东京的反方向，但沼津和三岛都没有他的踪迹。所以我觉得他可能还在半岛上，正准备从西海岸坐船逃跑……安井，什么事？”

刑警安井愁眉苦脸地走进来，说道：“局长，查不到，完全不知道他跑到哪儿去了。这事太怪了。”

“完全查不到？你们组调查的是姬野东作这个老人吧？”

“姬野东作？”金田一耕助惊道。

局长平静地对他说：“哦，对了，金田一先生还不知道。姬野东作是酒店的员工，负责看管院子，是个走路都不利索的老人家，一条腿有残疾。他昨天傍晚失踪，我们怀疑他和案件有关，正在调查。安井，一点线索都没有吗？”

“完全没有……最重要的是，他穿着工作服，应该去不了多远，可是……”

金田一耕助胸中一阵骚动。姬野东作是什么人？为什么失踪？究竟和案件有没有关系？

此时，桌上的响起了清脆的电话铃声，局长一拿起听筒，脸色立刻紧张起来，小声说道：“金田一先生，是热海方面的报告……”

局长的脸贴在听筒上。报告很长，耕助也起身来到桌前。

局长用恨不得啃上电话几口的架势对电话那边屡次发出指示。最后，他挂掉电话，眼里闪着异样的光芒，转头朝耕助说道：“查出来了。金田一先生，那个可疑的老人在热海下车的地方是……”

“是旅馆吗？”

局长缓缓地摇摇头，说：“不，是私人别墅。一个叫加纳辰五郎的著名律师的别墅。”

金田一耕助听到这里，只觉浑身一阵战栗，仿佛被烧烤用的扦子迎头痛扎。

加纳辰五郎——

他不就是那个让金田一耕助前往月琴岛的、著名的民事律师吗？

第四章　第二具尸体

第二具尸体

“金田一耕助先生说他想见您……”

侍女向欣造汇报时，欣造正让茑代给他揉腰。

“哦，好，让他过来吧。阿茑，行了。”

欣造从床上起身，拉上衣服，遮住原本裸露的前胸，来到隔壁房间檐廊的藤椅处。文彦正趴在榻榻米上专心看书。

“老爷，那我就回避了。”

“啊，好，好的。”

“少爷，跟我出去吧。”

但文彦看得正起劲，完全拿茑代的话当耳边风，还不停地用双腿来回拍着地面。

“这可不行啊，少爷，别在这儿妨碍别人。来，快点儿……”

茑代刚把手搭在文彦肩上，文彦就不耐烦地甩开她。“不要！我看书呢！”

“可是，少爷……”

“烦死了，阿茑，你快走开！”

“你这是什么话……”

这时，金田一耕助从走廊走了过来。他还是一副玩世不恭的样子，说道：“哈哈，没事没事。文彦，你在学习啊？在看什么呢？哦，《汤姆·索亚历险记》啊。夫人，真的没事。”

“可是……”

茑代看向欣造，欣造语带烦躁地说：“得了，别管他。”

“好的。”

茑代摸了摸头发，对耕助行了注目礼，静静地离开了房间。文彦还在痴痴地看着《汤姆·索亚历险记》。

耕助坐下后，欣造拿起茶几上的香烟，边向他敬烟边说：“唉，真让您受累了。居然出了那么大的事，我也很震惊啊。您可是有什么线索了？”

“这个嘛，有些问题我想问问您。”

“尽管问吧，我一定知无不言。”

耕助认真地看着欣造。“这事昨天我也跟您提过，可是让那个乒乓球闹剧一折腾就搁下了……就是说，大家都来到这家酒店，会不会是因为某个人的意志从中起到一些作用。”

“啊，这个啊……昨天我也跟您说过，这纯属偶然，没有所谓谁的意志在起作用。就拿我、驹井和三宅来说，我们原本就没打算来这里。”

“那为什么……”

“其实是这样的。智子年满十八岁后，我们要把她从月琴岛接到东京来。这个您也清楚。于是我们就委托九十九先生，让他作为使者去接他们。毕竟有老人同行，所以半路就到这里歇歇脚……这些都是早就定好的。”

“嗯，这些我也听说了。”

“但是文彦闹着非要去接姐姐不可。您也知道，他是独生子，没有兄弟姐妹。忽然多出一个姐姐，就特别亲，硬要去接她。我跟他说到不了岛上，所以就让茑代陪着他来这儿接人。”

“这我也听说了。事情到这里都显得很自然。”

“是啊。接下来也很自然啊。也不知道游佐怎么听说了这件事，跑到东京站等着，强行跟文彦他们一起过来了。这事让文彦很不开心。”

金田一耕助眉头一挑，看了文彦一眼。原本把脸埋在书中的文彦正抬起头来冲他笑。

“其实那三个人，游佐、驹井和三宅，本来是打算等智子生日时在东京的家里再介绍给她认识的。我想您也察觉到了吧，那三人就是候选人……我出于对智子的母亲负责的想法，希望尽快给她找到一个好男人……”

“我明白了，游佐是想占个先机。运气好的话，说不定近水楼台先得月呢……”

“没错，没错，这让文彦很不满。以孩子的正义感来看，这是不公平的。他很是愤慨，就给驹井、三宅两人拍电报，说游佐已经先来了。他俩知道后，很生气地找到我，表示这和约定的不一样。我也不知道游佐抢先了一步，事已至此，就带着两人一起过来了……

嗯，事情的原委就是这样。”

“这样啊。那就是说，您来这里是因为文彦的电报？”

“是啊。”欣造意味深长地浮起微笑，“金田一先生，您不会认为是文彦在操控整件事吧？”

“那怎么可能。”耕助看着文彦，略想了一会儿，忽然好像记起了什么，“可是，大道寺先生，您选九十九先生为使者又是出于什么考虑呢？他为人多少有些古怪，我初次见到他的时候也惊讶了半天呢。”

“啊，那个啊，那也出于偶然。我最初也没想找他当使者。伊波良平您知道吧？他是月琴岛本地人，本来我想让他去。但临行前他忽然有急事，去不了了。那时九十九龙马正好来串门，说要回月琴岛一趟，问有没有事情需要帮忙。我就顺水推舟，请他当了使者。”

“这样啊。那您和九十九先生一直关系很好吗？”

“我倒算不上跟他多熟，茑代跟他关系不错。两人出身同一座岛，从小就相识。加上茑代最近信了他创办的什么宗教，所以他就成了我家的常客。”

金田一耕助胸中又是一阵骚动。龙马和茑代，正好就是这两人完全没有不在场证明。

欣造观察着耕助的脸色，说：“金田一先生，话说到这儿，我想您大概已经明白，我们这些人聚到这里纯属偶然。这起案件里，有哪一点让您怀疑这一切并非偶然呢？”

“嗯，其实是这样的……”耕助把身子探到茶几上，“我想您也听说了，昨晚，就在案发前后，有两个男人从酒店消失了。一个是叫多门连太郎的年轻人，还有一个老人，登记簿上写着九鬼能成。”

“这个情况我也听说了。所以呢？”

“您不认识那个老人吗？”

“我？为什么？我一点儿也想不起来啊，他长什么样来着？”

“墨镜，白须，白发，看上去气质高雅。对了，前天晚上大家跳舞的时候，他好像也坐在角落里。”

“嗯，我记得他。”文彦忽然插了一句，“那个老爷爷，他是化了装的。”

金田一耕助吓了一跳，看着文彦说：“文彦，你、你说的是真的吗？”

“是真的啊。我还在大厅偷偷拔了老爷爷一根头发呢。可是那个老爷爷一点儿反应都没有，所以肯定是假发。你还是侦探呢，这都发现不了……”

“文彦！”欣造忽然厉声训斥了文彦一句，但很快又柔声说道，“文彦，你先去那边玩吧，小孩不要听这些。”

文彦沮丧地离开了房间。金田一耕助茫然地目送他，想：居然有这种事，我真是笨到家了。连文彦这样的小孩都能一眼识破那是化了装的，我却全然不觉……

“啊，金田一先生，”欣造清了清嗓子，“您不要在意。都是孩子话，文彦知道什么啊。”

耕助咽了口唾沫，使自己镇静下来，然后说：“先别管是不是化装。大道寺先生，您真的不认识那个老人吗？”

“我？为什么？”

耕助紧盯着欣造说："那个老人从这里坐车逃走后，就去了热海的一户人家。您猜是谁家？是加纳律师——他去了加纳辰五郎的别墅。"

"什、什么？你说什么？"欣造的肩膀骤然剧烈地颤动起来，他探身到茶几上，"真、真的吗？那……"

"千真万确。警察刚刚查明。"

欣造无力地靠在了藤椅上，双眼一片茫然。惊觉金田一耕助的目光熊熊燃烧着，他赶紧别过脸望着院子。

前面说过，院子的地面微微倾斜，郁郁葱葱的林木间隐约可见桂川的水流。一个，两个，三个，四个，警察们的身影正在树林中闪动。

"金田一先生……"

欣造正想说什么，耕助却示意他停下，从椅子上站了起来，因为耕助看到警察们忽然活跃起来。有的警察踩着丛生的杂草向院子深处跑去，还能听见他们在大声叫喊。

大道寺欣造也发现了这点。"怎、怎么回事？出什么事了吗？"

"会不会是发现凶器了？"

两人盯着院子。一名戴帽子的警察急急地跑上缓坡，可以看到他系着用来固定帽子的带子。

警察从远处看到了金田一耕助的身影，便穿过枝叶繁茂的树林，来到屋前，说："金田一先生，您快过来一下，局长找您呢。"

"出、出什么事了吗？"

"我们发现姬野东作了，但已经成了尸体，是被勒死的……"

汤姆·索亚历险记

根据希腊传说，人处于恐慌的状态，是因为被牧神潘附体。古希腊人认为，被潘附体的人会惊慌失措，惶惶不安。照这么说，那天的松籁庄酒店绝对被潘附体了。

在游佐三郎的尸体被发现后，又发现了被绞杀的姬野东作——对于潘来说，没有比这更好的附体机会了。酒店员工和住客自不必说，连警察都成了潘的牺牲品。当金田一耕助和大道寺欣造一起赶到现场时，大家正一片慌乱。

现场就在沿着斜坡往深处走的地方，那里草木茂盛，人迹罕至，与其说是院子的一部分，不如说是环抱松籁庄的山岭的一部分。斜坡上枹栎、麻栎、榉树等杂树丛生，刚刚长出新芽。斜坡上形成了三层不规则的台阶。在最上层，文彦吓得脸色苍白，缩在茑代怀里。九十九龙马在两人身边，以异样的目光透过树叶缝隙看着下一层。两三名警察正绷着脸在那里走来走去。

“阿茑，文彦怎么了？”

听到大道寺欣造的声音，文彦身体颤抖了一下，把脸埋进茑代怀里。茑代一言不发，板着一张脸。九十九龙马摸着胡子，不自然地清了清嗓子。

“金田一先生，请借一步说话……其他各位请留在这里。”

警察带着金田一耕助下到最下层。

“金田一先生，这回麻烦大了。这事我们可处理不了。”亘理愁眉苦脸地拿手帕来回抹着自己粗壮的脖子。

“局长，尸体呢？”

“在那里面。”

局长抬了抬下巴。金田一耕助顺着他示意的方向回头一看，不禁大吃一惊。那里有座高三米六左右的山崖，山崖上方长着一株两个人方能环抱的榉树，枝繁叶茂如华盖。山崖从榉树根部裂开大口，形成一个天然的洞穴。

金田一耕助倒吸一口凉气。

“在那里面？是谁发现的尸体？”

“是文彦。”

“文彦？”

金田一耕助又吸了一口气。

“是的。您也知道，杀害游佐三郎的凶器还没找到，我正要求手下在酒店内搜索，忽然这边传来尖叫声。我的手下冲过来一看，文彦正面色惨白地从洞里往外跑。之前谁都不知道这里有个洞穴。我们拦下文彦一问，他说有人死在里面……”

“但是，文彦当时怎么会在这附近闲逛？”

“这我也不知道。啊，手电筒送来了，我们也进去看看吧。”

亘理从部下手里接过手电筒，一马当先进入洞中。金田一耕助紧随其后，其他警官在洞口守着。

这洞穴原本应该是天然形成的，后来经过人工挖掘，里面比想象中要宽敞。

“这地方战时大概是防空洞吧。”

“也许吧。这样一个山洞，威力较大的炸弹应该也承受得住。”

岩壁上密密麻麻地布满榉树的根脉，使墙壁不至于坍塌。从洞外飘进来的树叶在地上堆得高高的。

“看，就是这里。”

亘理停下脚步，用手电筒照亮了距入口大约九到十米远的地面。外面的光无法照到这里，四周一片漆黑。被勒死的姬野东作就躺在这幽暗的地方，身体被落叶半掩着。

“凶手应该是在洞穴外面勒死了他，然后把尸体拖进来，用树叶巧妙地掩盖了拖曳的痕迹。”

金田一耕助借着手电筒的灯光重新审视尸体，忽然瞪大了眼睛。

死者看上去六十岁上下，短发基本都已变白。脸晒得黝黑，但五官清秀端正，年轻时说不定还是个花花公子。他身材瘦小，看起来力气不大，估计勒死再拖进来也不怎么费力气。他穿着黑裤子，戴着绑腿，足蹬胶底短布袜，加上印有松籁庄标志的坎肩，看起来与普通的园艺工人没什么分别。

金田一耕助重新打量尸体时，不禁为缠在他脖子上的东西屏住呼吸，瞪大双眼。那东西有些异样。

起初，耕助以为那是一条红绳，但一摸便知那不是普通的绳子。

那是一束红色的毛线。

由长长的普通毛线反复对折，十几根组成了一束，姬野就是被它勒住了脖子。遇害前，姬野应该拼命挣扎过，剩余的毛线像蜘蛛网一样缠在他身体各处。线的一头还连着小毛线团，像浆果一样滚落在落叶中。

“金田一先生，”局长也蹲下来看着尸体，“这会不会是神尾秀子女士的毛线？我记得她在接受调查时也一直在做编织活儿……”

“很可能是。我也见过她拿着这类毛线团。”金田一耕助起身，擦着汗说道。

“但是为什么要用毛线……难道是她干的？”

“这就得问神尾女士了。或许她能解释为什么这团毛线会在这里。不过，局长，为什么被杀的是这个男人呢？和昨晚游佐的案件有关吗？”

“应该有关。同一时间同一地点，发生两起毫不相关的案件的可能性不大。或许他无意中目睹游佐被杀，于是……”

“的确有这个可能。但是，局长，您不是说他从昨天傍晚开始就失踪了吗？如果是因为目击案发现场被杀，那中间那段时间他躲在哪里呢？不，他为什么要躲起来呢？”

“不明白啊，真是个棘手的案子。混账，这个家伙到底为什么被杀……”亘理摘下帽子挠着头，“金田一先生，我还有一件事想不通。就是文彦那个孩子。他为什么要进这个山洞？只从外面经过是不可能看见尸体的。”

“局长，我们到洞穴深处去看看吧。”

再往里走三米六左右，洞便到了尽头。金田一耕助拿着局长的手电筒仔细观察尽头的岩壁，忽然小声叫了出来。

“金田一先生，发现什么了？”

“局长，您看那个！”

局长望向灯光照射处，只见那处岩壁被挖了一个小洞，宛如佛龛一般，小洞底部星星点点滴了几滴蜡。

局长皱眉道：“金田一先生，那、那是烛花吗？”

“没错，正是烛花。看来有人在这里点着蜡烛做了些什么啊。”

“可是，这种地方能做什么呢……”

金田一耕助并未作答，继续打着手电筒观察四周。“局长，有能挖土的工具吗？您看，这里的土有被翻过的痕迹。”

局长立刻出了洞穴，接过手下递来的一根棍子，又回身进了洞。“我来挖一挖吧。”

这块地看来是新翻过的，土壤松动，很轻松就挖开了。局长挖着挖着，叮的一声，棍子似乎碰到了什么东西，接着又是碰到纸张的沙沙声。

“局长，行了，我用手来吧。”

把手探进土里的耕助首先刨出来一把小剪刀。剪刀亮闪闪的，看来埋进去没多久。接着是一根烧了一半的蜡烛，还有用小圆瓶装的糨糊和信笺的包装纸。最后，耕助掏出了一张到处都是洞的报纸。

局长不由得双目圆睁。“金田一先生，把受害人和智子叫到钟楼去的信，难道就是……”

“没错，就是在这里贴的，借着蜡烛的光……局长，您猜我想起什么了？我想起《汤姆·索亚历险记》了。”

“《汤姆·索亚历险记》？”局长吃惊地看着金田一耕助。

耕助满脸兴奋的神色，挠着乱蓬蓬的头发说：“是啊，是啊。《汤姆·索亚历险记》……您也看过吧？对孩子来说，再也没有比这更好看的小说了。读了它之后，哪个孩子都会想探险，也会对所谓秘密产生极大兴趣。他们可能掘地三尺挖一些根本不存在的财宝，也可能将一脸凶相的陌生人想象成坏蛋然后去跟踪……您想想，这样的孩子如果发现了这个洞穴，一定会产生强烈的好奇心。

于是，他就偷偷地跑到这里来，借着蜡烛的光剪贴报纸，制作出那封信……”

“金田一先生，”局长有些困惑地问道，“您说的是文彦吗？”

“没错。我知道文彦很喜欢看《汤姆·索亚历险记》。用报纸剪贴一封信，对于喜欢秘密事物的孩子来说也是种诱惑。文彦之前一定看过这样的信，于是就模仿着……”

局长已然到达了惊讶与混乱的巅峰。

“金田一先生，您、您是说文彦就是凶手吗？”

耕助缓缓摇了摇头说：“那怎么可能？我可没说过啊。这是两码事。只是我觉得，除非是刚才我说的情况，否则无法解释文彦为什么到这里来。啊，有人进来了，局长，麻烦您收好这些东西，说不定有指纹呢。”

金田一耕助先一步出了洞，来人是法医。

文彦的阴谋

文彦被叫到了搜查本部，当警察把剪刀、蜡烛、糨糊和破报纸摆出来后，出人意料，他很快就招供了。

对付文彦这种孩子需要技巧。如果一味吓唬，他就会像钻进洞里的小乌龟一样一声不吭。要想让他出洞，最好的办法就是激起他那孩子气的正义感。当然，这也需要做些铺垫。

金田一耕助很好地利用了文彦的心理，因此在没有伤害文彦自尊心的情况下，就让他讲出了实话。

“文彦啊，你早就知道那儿有个洞吗？”

“嗯，我上次去那儿玩的时候，发现了那个洞。”

“那你告诉过别人吗？”

“没有，谁都没告诉。那是我的秘密。”

“这样啊。所以你准备贴那封信的时候，就想起了那个洞，是吧？”

文彦默默地点了点头。

“文彦啊，那你用那封信把游佐和智子小姐叫到钟楼去，是为什么呢？是想吓他们一跳吗？”

“不是，不是那样的！”文彦忽然激动起来，“我本来是想揭穿游佐的真面目。游佐是个伪君子，看起来挺绅士，其实背地里做了好多坏事。他在夜总会里做了好多坏事，我想让姐姐知道。”

“文彦，”局长插嘴道，“你是怎么知道游佐是个伪君子的？”

“我听到那家伙……听到游佐和一个叫多门连太郎的人吵架，就全知道了。游佐说他为了钱必须和姐姐结婚。”

金田一耕助和亘理局长吃惊地对视了一眼。局长身后的窗帘后面有名警察正在记录。

局长探身问道：“文彦，那是什么时候？”

“前天中午。我在钟楼观察大钟的构造，游佐和那个人过来了。我赶紧躲到表盘后面，他们俩不知道我在，就吵了起来。”

“那游佐和多门连太郎早就认识了？”

“嗯，认识。他们都不是好人，都是流氓。他们是在夜总会认识的，游佐在那儿做了坏事，好像是和女人有关……游佐让多门别外传，作为条件，他也不跟别人说多门的事。”

“那多门也有些隐情了？”

“是的，是的。首先，多门连太郎这个名字就是假的。游佐管他叫花花公子阿谦，还说他是绝代唐·璜。对了，游佐说他刚从别墅出来，别墅说不定就是监狱呢。”

金田一耕助和亘理局长又对视一眼。做记录的警察越来越忙碌。

局长神色紧张地问：“游佐这么说了？”

“说了。多门听了之后很生气，差点儿就把游佐掐死。”

文彦越说越兴奋，仔细描述了当时的场景。局长边记录边说：“那家夜总会，就是他们相识的那家……有没有提到它的名字？”

“有啊。叫红色猫头鹰。”

“红色猫头鹰啊。那么，那个人就是红色猫头鹰的客人，绝代唐·璜花花公子阿谦了？”

文彦点了点头。

“文彦，你给我们提供了很多有用的信息。但你为什么要写那封信呢？你想叫游佐和智子小姐到钟楼干什么呢？”

“我……我……”文彦吞吞吐吐地说，“我想让游佐和多门在钟楼再见一面，他们俩见面一定会吵架，然后互相揭短。我想让姐姐听到他们说什么，那样就能知道游佐是个伪君子了。”

局长皱起眉头，奇怪地问：“可也不用这么兜圈子啊，你为什么不直接跟你姐姐说呢？”

“因为，因为，我要是直接告诉姐姐，姐姐一定会当我是个爱打小报告的坏小孩，我不想让姐姐这样想。”

这真是小男孩的小心思。耕助和局长对视了一眼，点了点头，说道：“文彦，我明白了。我很理解你的想法。那你给多门连太郎也写了信吧？”

“是的。我用了游佐的名字，让他晚上九点到钟楼去。”

“你什么时候把信给他们的？”

“不，我没有把信给任何人。”

“啊？”

“我贴了那些信，但是没时间交给他们。”

“可是，文彦……”

局长探出身来，想再问下去。金田一耕助赶紧拦住他，说：“没事，文彦。你什么时候写的信？能告诉我吗？”

“昨天早上。前天晚上，我一直在想怎么才能让姐姐知道游佐是个坏人，一晚上没睡好。然后我觉得这么做是最好的。所以昨天起来之后，我就去大厅拿了两三张报纸，在院子里剪贴。因为感觉到要花很多时间，我就把要用的几小块剪下来，剩下的扔进垃圾箱，然后进了那个山洞。贴完三封信花了好长时间，蜡烛又暗，字也不好找。三封信终于都贴完的时候，我听到了午饭的铃声，就赶紧从洞里出来了。”

“信拿了吗？”

“没有啊。我把信放在了山洞岩壁上的凹陷处。午饭之后，阿茑总让我午睡，醒来又让我洗澡，我怕拿着信会被发现，就留在山洞里了。”

“你准备回头再去拿吗？”

“嗯。但一直没时间去。我昨晚没睡好，中午就睡多了。醒了之后，阿茑说要和姐姐一起吃晚饭，一直跟着我，我就没时间去拿了。结果今天游佐被杀，我觉得再也用不着那封信，就想把它撕了，结果一到洞穴里……就发现了尸体。”

文彦说到这里深深吸了口气，脸色苍白，浑身发抖。局长的神色越来越惊讶。

“文彦，那你以为信还在洞里？”

“对啊，信应该在洞里的。我被尸体绊了一跤，吓得忘了拿信就跑出来了。我点了根火柴看了看，尸体的脸太吓人了。局长您找到信了吧？”

局长刚要开口，金田一抢白道：“文彦，你写好信之后，有没有把蜡烛和剪刀什么的埋在土里？”

“没有啊。”

“昨天有没有什么人看到你出入山洞呢？”

“应该没有吧。我一直非常小心。”

金田一耕助使了个眼色，局长从抽屉里拿出两封信，分别是游佐尸体上发现的和智子收到的信。

“文彦，这是你贴的信吧？”

文彦羞红了脸，看了看两封信。但看到智子那封时，他透出惊讶之色。

“这封信到这里都是我贴的，但是后面就不大一样了。到底是谁改的？”

“哪里？哪里不一样？”

“这里。这里贴着今晚九点半到屋顶钟楼来，可我贴的应该是九点，因为三个人不一起来就没意思了嘛。我给所有人的信上贴的都是九点。”

的确，“半”字贴的位置偏了一些，还有钢笔加上的添字符号。

局长和金田一耕助对视了好一会儿，然后转向文彦。“文彦啊，谢谢你。你提供了很多信息。回房去休息吧，有事我们再找你。”

文彦离开后，局长有些激动地说：“金田一先生，这到底是怎么回事？文彦不会在撒谎吧？”

“不，他说的都是实话。凶手很巧妙地利用了文彦的孩子把戏。文彦以为没人看见他进出洞穴，但肯定有人看见了。此人偷偷进入洞穴，发现这些信并收为己用。”

“这样啊。那游佐的信的确可以理解，就是用这封信把他叫了出来。可是为什么要把智子也叫到钟楼，还更改了时间……”

“错开时间的原因很明显，因为凶手要杀游佐，假如智子一起来就麻烦了。但问题是为什么要把智子也叫来……难道想陷害智子吗……”

金田一耕助正发着呆挠头，一名警察慌慌张张地进来说：“局长，尸检结果出来了。”

“好，简单汇报一下吧。死因和死亡时间是……”

“是被毛线勒死的，推断已死亡二十一到二十二个小时。现在是下午一点，所以应该是昨天下午三点到四点之间被害的。”

“什、什、什么?！”

局长和金田一耕助不由得都从椅子上弹了起来。

“姬野东作居然是先于游佐被杀的！”

看见蝙蝠

金田一耕助打量着神尾秀子，觉得她和平时不大一样。他想来想去，终于明白了原因，露出一丝微笑。

秀子现在没做编织活儿。这样的秀子，就好像没了锤子的大黑天神、没了琵琶的弁财天神一样，看上去不太协调，给人不可靠的感觉。

秀子自己或许也有这种感觉，一双手不知道往哪儿放，始终边揉手绢边来回看局长和桌子上的红色毛线。毛线是从姬野东作的脖子上拿下来的，现在尸检已经结束，就被作为重要证据送到了搜查本部。

“那个……”局长不自然地清着嗓子，说，“您说有些事情想告诉我们，请问……”

“嗯，是的……”秀子双手在膝盖上捏着手绢，“其实应该早点儿说的……应该在游佐先生出事之后就告诉您。只是我不确定是不是和游佐先生的案件有关……”

“嗯，明白，明白。”看秀子吞吞吐吐，局长好像鼓励她一样点着头，说，“事情发展到现在，让您觉得这些事一定相关，是吗？”

“嗯……”

“那您想告诉我们什么？”

“关于姬野东作的一些情况，还有红色的毛线。”

局长探出身子。“您认识姬野东作？”

“不，我以前不知道他的名字。只是听您描述他的穿着打扮，我觉得应该就是他，加上那个地方我也知道，还有那根毛线……”

说到这里，秀子打了个战。

局长看着她的脸说：“那您知道这根毛线原来在哪里了？”

“是的，我听侍女说的。真吓了我一跳……但这样就可以肯定，这件事一定跟游佐先生的案件有关。”

“那就请您讲一讲‘这件事’吧。”

“好……”秀子稍稍调整了坐姿，直视着局长，“昨天快到中午的时候，大厅里起了小风波……金田一先生也知道的，游佐先生和驹井先生因为智子小姐起了争执，打出了血。智子小姐为此很难受，看起来情绪十分激动，我就找九十九先生商量。您大概也知道，九十九先生是月琴岛人，和智子小姐的母亲关系很好，我一直很信任他……”

看到金田一点头，秀子接着说：“九十九先生也很担心，说可以让她吃点儿这个，给了我镇静剂……就是安眠药……”

“啊，等一下。”金田一耕助急忙打断秀子，问，“九十九先生总随身携带安眠药吗？”

“是的。他说出去旅行有时会无法入睡，所以总是带着安眠药……”

但这确实让人感到奇怪。像九十九龙马这种靠鬼神之力吃饭的人，一出门旅行就神经衰弱，需要依靠药物入睡，这种说法让人难以信服。

金田一耕助没管那么多，而是让秀子说下去。

“安眠药的效果很好，智子小姐情绪稳定了许多，说有点儿困了。我铺好床，顺便把老夫人的也铺了，让两人先休息一会儿。智子小姐很快就睡熟了，老夫人不一会儿也入睡了。于是我拿着编织筐去了院子。”秀子顿了顿，缓了口气，继续说道，“其实我那时也很疲惫，都想吃镇静剂了。这几天总是劳心费神……”

金田一耕助同情地点了点头。

“所以我想找个没人的地方整理一下思绪，就拿着筐子，一直往院子深处走。斜坡中间有一段像台阶一样，那里的枹栎树荫下正好有块石头可以坐人。我就坐在那里开始做编织活儿。那里正好是刚才发现尸体的洞穴的正上方。”

局长第一次睁大了眼睛，金田一耕助也探身说：“大概是昨天下午几点呢？”

“我到那里时应该是两点半左右吧。我做了会儿编织活儿，想了想事情，不知道过了多长时间，只听见下面一层好像有人来了，在小声说话。我刚才又去了那里一趟，原来那里有三层。洞穴在最下层，我当时坐在最上层，小声说话的人在中间一层。”

金田一耕助和局长神色越发紧张。

秀子胡乱揉着手绢。“我当时真不知道该怎么办。下面的人不知道我在上面。我不想偷听别人谈话，只想赶紧离开，但又怕惊动他们，便决定一动不动待在原地，尽量不去听他们讲什么。但没想到听见了‘月琴岛’这个词，又听见说什么‘十九年前’，我很疑惑。”

局长和金田一耕助的身子探得越发靠前了，两人目不转睛地盯着秀子翕动的嘴唇。

“有人在谈十九年前月琴岛上发生的事情……这么一想，我就忍不住竖起耳朵开始听。他们又小声谈了一会儿，我很清楚地听见他们说了‘化装’这个词。”

“化装？”

“是的。但是没听出来是说谁化装。然后又是一阵低声的讨论，我听到了一个让我无法忽略的词——‘蝙蝠’。”

“蝙蝠？”

金田一耕助呼吸急促起来。不明就里的局长眉梢上吊，脸上写满了惊讶。

“没错。如果平时听到，我可能不会挂在心上。但金田一先生前几天刚问过我蝙蝠的事情，所以一听见蝙蝠，我的心就提到了嗓子眼儿。接着，我很清楚地听到了这么一句话：‘我找到蝙蝠了，哈哈哈，那家伙就是蝙蝠，的确是很怪异的蝙蝠。’”

金田一耕助睁大眼睛，慢慢地挠着头。局长茫然不解地看着两人。

秀子舔了舔嘴唇，说：“我当时要是再冷静一些，坐着听他们说就好了。但我实在很吃惊，就忍不住站起来想看看下面，结果一不小心碰掉了膝盖上的筐子。线团掉了出来，其中一团红毛线从中间一层滚到了最下层。我想去捡，无意中看了下面一眼。中间一层的人也被线团吓了一跳，看向了上面。我正好看到了两人的长相，正是游佐先生和穿着带有酒店标志坎肩的小个子老人姬野东作。”

金田一耕助挠头的速度越来越快。局长瞪大眼睛看着秀子，说：“那就是说，提起月琴岛、蝙蝠什么的人，是姬野东作了？”

“应该是。游佐先生的声音不是那样的。”

“那您之后怎么办？”

“没怎么办。我毕竟是偷听了，觉得很丢脸。游佐先生也满脸通红，不知所措，很快就逃也似的离开了。我把掉下的线团收好，回到了这边。”

“那现场就只剩姬野和线团了？”

“对，是的。”

“您当时有没有想跟姬野再详细地打听打听？”

“现在回想起来，当时再细问一下就好了。但是，当时我实在是太狼狈了……”

“您记得大概是几点回到房间的吗？”

“三点十五分。我想该叫智子小姐起来了，就看了眼表。”

秀子要说的就是这些。局长问她对此有没有什么想法，秀子表示再多说就成了凭空想象，干脆地拒绝了。

秀子离开房间后，金田一耕助十分兴奋，在房间里来回踱步。

“局长，局长，我们之前全都想错了。我们一直以为杀游佐是主，杀姬野是辅，即姬野因为知道一些关于杀害游佐的凶手的信息而被杀。但其实正相反。姬野知道凶手不可告人的秘密，于是被杀。而消息一旦传出去，就可能引发游佐的怀疑。所以凶手就在姬野的尸体被发现之前，把游佐也杀了。”

局长点了点头。“从时间上来看，姬野被杀应该是在神尾女士离开之后不久。”

“嗯，是的。凶手当时一定是在下层，和神尾女士一样听着两人说话。神尾女士离开后，凶手就捡起她掉的毛线团勒死姬野，并把尸体拖进洞里。”

“这样说来，姬野的身份和他到底知道什么就很重要了。”

“对，没错。局长，请您彻查一下他的老底。看看他来酒店之前都做过什么，十九年前又在哪儿。查得越详细越好。”

“明白了。但是，金田一先生，神尾女士刚才提到了一个奇怪的问题啊。蝙蝠什么的，到底是什么意思？”

“哦，这个嘛……”

金田一耕助刚准备解释，电话忽然响了起来。局长拿起听筒，没说几句话就皱起眉头，气氛又紧张起来。

“金田一先生，热海打来电话……”

局长迅速跟金田一耕助交代了一句，又专心听电话。只见他的神情越发惊讶和慌张。挂掉电话时，他已经满头大汗。

“金田一先生，查清昨晚跑到加纳律师别墅的人的真实身份了。”

“谁？那人究竟是……”

局长没有马上回答，似是想平复一下情绪。他缓缓地点上一支烟，说：

“我也不知道该下怎样的判断了。加纳律师昨晚来到热海的别墅度周末，在今早警察前往别墅前坐火车回了东京。回东京之前，他应该跟别墅的看门人反复叮嘱过，警察问什么都不能轻易作答。看门人说昨天深夜的确来了个客人，但没什么可疑之处，是主人的旧友，本来在伊东住宿，来这里是临时有事，一大早已经出发了。而且他死活不肯说出客人的名字。警察就到热海站等地查访，终于找到了今早将客人从加纳先生的别墅送至热海站的出租车。热海站的工作人员里碰巧有人知道那客人是谁，这才明白。”

“那个人到底是谁？”金田一耕助一点一点凑到局长身前问道。

局长正视着金田一耕助，露出奇怪的表情。

“那人原本是这栋大宅的主人，按现在的称呼叫衣笠智仁，以前的称呼应该叫衣笠宫智仁亲王殿下。”

加纳律师事务所

五月二十八日。丸大楼四层的加纳律师事务所一如既往地一片繁忙。五六部电话的铃声此起彼伏，年轻的律师和实习生们在办公桌间穿梭。

但诸位如果来到最里面的所长办公室，便会感到一种与门外完全不同的寂静。房间配备了隔音装置，将外部噪音全部遮挡，每个人经过嘈杂的办公区域再进入这里，都会先感到一阵微妙的空虚，然后才能慢慢适应。这里简直是律师们梦想中的圣殿。

加纳律师正在圣殿里缓缓踱步，同时向女秘书传达着什么。这时，桌子上的电话急促地响起，秘书停下手中的速记，接起电话。三言两语之后，她转头对加纳说："一位姓金田一的先生想见您。"

老律师那张从容不迫的脸瞬间流露出紧张之色。但他马上就恢复正常，说："好的，让他进来吧。"

秘书对电话那边传达了加纳的意思后，问："我要做些什么？"

"你先出去吧。还有，别让任何人进来。"

"明白了。"

秘书整理好桌上的东西。她离开的时候，金田一耕助刚好走了进来。他还是穿着皱皱巴巴的日式上衣和破旧的裤裙，一副满不在乎的样子。

"您好啊。"

"您好。"

眼神交会时，两人都透着些紧张，但很快就都放下了戒备。

"您请坐。这趟辛苦了吧。什么时候回来的？"

"昨晚。我把智子小姐护送到了经堂那边的宅子里。"

"那真是多谢了。"

待金田一耕助坐下后，加纳拿起桌子上的高级香烟盒。“您也来一支吧。”

“谢谢。”

“不过，没想到会出那么大乱子，实在是给您添麻烦了。”

“哪里哪里。”耕助挠着乱蓬蓬的头发说，“这反倒让我挺有兴致的。毕竟这才算是我的本职工作。当然死者还是很可怜的……”

“这样啊。”

加纳的眼角堆满了笑纹。他的笑容表面看上去温暖，背后却透着冰冷。

金田一耕助一点也不客气，拿起一根高级香烟点上火，说：“今天我来是想向您汇报情况，外加问您一些事情。但在这之前，有一点想先向您确认……”

“哦，什么事呢？”

“最开始您说我从岛上把智子小姐接来就好。这件事我已经办妥。那我是不是已经完成任务了？”

“金田一先生。”老律师和蔼地笑着说，“这一点我和委托人也商量过了。原本委托您就不是单作为接人的使者，而是想让您看看警告书中提到的那件事，也就是十九年前的事究竟是意外还是他杀。不知您对这点有何意见？”

金田一耕助小心翼翼地斟酌道：“很遗憾，关于这点我还不能负责任地给出答复。毕竟已经过了很多年，而我只在岛上待了两个晚上。”

“嗯，您说得也是。”老律师礼貌地笑着说，“但不必是负责任的答复，哪怕是门外汉瞎猜的那种也行……”

“嗯，如果非要这么说，那我也可以聊两句。我觉得警告书上说的恐怕就是事实。”

加纳有些紧张。“那您的意思是，智子的父亲日下部达哉不是因意外而死，而是被杀？”

“我想是的。综合各种状况来看……”

“各种状况指的是什么？”

“修善寺的双重杀人案。”

“金田一先生。”加纳皱起眉头，说，“修善寺的案件到底是怎么回事？有个叫姬野东作的园艺工人被杀了，对吧？那也和这起案件有关吗？我看哪家报纸都说得不明不白。”

“不明白是很正常的嘛。记者们又不知道十九年前的案件，当然不得要领。我会把详情告诉您，请您先看看这个，这是我做的简单记录。”

金田一耕助的记录如下：

五月十七日

◎金田一耕助入住松籁庄酒店。

◎当晚，多门连太郎也入住松籁庄。

五月十九日

◎九十九龙马、文彦、茑代三人抵达松籁庄。

◎游佐三郎与他们同行。

五月二十日

◎龙马和耕助前往月琴岛，傍晚到达。

五月二十一日

◎龙马和耕助造访大道寺家，约好次日离岛。

◎文彦向驹井泰次郎、三宅嘉文拍电报，通知游佐已到。

◎自称九鬼能成的怪老人投宿。

五月二十二日

◎游佐和多门在钟楼争吵，文彦偷听。

◎大道寺欣造和驹井、三宅一同抵达，管家伊波良平（茑代之兄）同行。

◎一行人从月琴岛抵达。

五月二十三日

◎文彦在院子深处的洞穴里剪贴给智子、游佐、多门三人的信，中午时分把信留在洞穴里离开。

◎快到中午时，游佐和驹井用乒乓球拍互殴，驹井流鼻血。

◎智子看到沾血的乒乓球拍晕倒，原因不明。

◎下午三点左右，神尾秀子在院子深处的洞穴附近听到姬野东作和游佐三郎密谈。密谈内容似与十九年前的月琴岛事件有关。

◎三点到四点之间，姬野东作在洞穴附近被勒死，凶器为神尾秀子的毛线。

◎晚餐席上，智子发现文彦剪贴的信。不知何人从洞穴中将其拿出。

◎九点十五分到九点半之间，游佐在屋顶的钟楼被砸死。与凶器完全无关的带血的乒乓球拍不知为何掉在现场。

◎九点二十八分，智子来到钟楼，途中遇到九鬼能成，后发现游佐的尸体。

◎多门连太郎出现在钟楼里。

◎九点半，自鸣钟敲响。金田一耕助和事务员等人一起来到屋顶。中途遇见拿着行李箱的九鬼老人。在钟楼发现游佐的尸体和智子。

◎多门连太郎和九鬼能成逃出松籁庄。

◎十一点左右，警方调查人员到齐，开始搜查。

五月二十四日

◎发现园艺工姬野东作的尸体。

◎报告称，逃出松籁庄的九鬼能成经修善寺前往伊东，并逃往热海的加纳律师别墅。但别墅看门人否认此事。

◎当天早晨，有人从加纳的别墅乘车前往热海站。车站工作人员的证词表明此人是松籁庄的原主人、前亲王衣笠。

◎多门连太郎去向不明，可能隐藏行踪逃离了半岛。

金田一耕助的记录大致如此。

耕助一边注意着加纳看记录时的神情变化，一边适时地补充细节。加纳频频点头，一言不发地读着记录。当看到九鬼能成逃至自己的别墅时，还是忍不住脸色泛红。

但他马上压下情绪。读完记录，他静静地抬起头说："明白了，您记得非常清晰。"

"那……"

"那？"

两人的视线互相试探着，在空中交锋。不久，加纳沉稳一笑。

"金田一先生，我知道您想问什么。您想知道那天晚上到我别墅的是不是九鬼能成，对吗？”

金田一耕助一言不发点了点头。

“关于这点，和我此前数次告诉警察的一样。那不是九鬼能成，我也不认识九鬼能成这个人。”

“可是加纳先生，九鬼能成应该是化名。按登记簿上的地址，查无此人。”

“那就更好说了，我和这种可疑人物没有交集。”

“但是，那天晚上的确有人乘车到您的别墅吧？”

加纳犹豫了一会儿，不情愿地点了点头。

“那位先生是不是前亲王衣笠？”

“这您就随意揣测吧。”加纳既不肯定也不否定。

“加纳先生，会不会是衣笠化名为九鬼能成？”

“怎么可能。”加纳淡淡地说，“松籁庄原本是衣笠的行宫，当时的用人有些现在应该还在。就算化名，衣笠的身份也很快会被看穿，不是吗？”

“但九鬼能成似乎化了装。”

“化装？是您看出来的吗？”

“不，不是我。这事情说来有趣，我居然完全没发现。”

“那是谁这么说的？”

“是文彦，大道寺先生的儿子……”

“还有其他人吗？”

“没有，似乎只有文彦注意到了。”

加纳笑道：“金田一先生，您不会把一个孩子说的话当真了吧？衣笠在这方面完全是外行，既没当过演员，也不擅长探险。就算他化了装，估计也会被很多人一眼看穿。”

“但文彦说他拔了老人的一根头发，对方完全没有反应。所以应该是假发。”

加纳忍不住笑了出来。他连忙用手帕掩住嘴，说：

“实在不好意思。这话题太有意思了，的确很符合文彦的行事风格。那孩子就是喜欢捣乱，总是变着法儿胡闹。金田一先生，那位老人当时大概睡着了吧。而且老年人的头发很容易掉。”

不愧是老油条，怎么都说不过他。金田一耕助改变了话题：“衣笠为什么那么晚到您家去？对了，去您家之前他在哪儿呢？”

加纳瞪了一眼耕助，接着又礼貌地露出微笑说：

“您到底还是认为他是衣笠啊。好吧，我都告诉您吧。伊东住着一位原来是伯爵的药王寺先生。药王寺先生的夫人是衣笠的表妹，所以他经常去串门。这次本来也是趁着周末想去住一晚，但似乎遇上了什么不愉快的事情，就提前告辞了。老人嘛，都有点性急，一不痛快就任性起来，药王寺夫人想留也没留住。他告辞之后没地方去，就到了我家。您要不信，可以问药王寺先生。”

这可不好办了，对方已经都串通好了。

“您和衣笠关系非常好吗？”

“是啊，他是我的老客户。”

金田一耕助探究般看着对方的脸。“加纳先生，这次的委托人不会就是衣笠吧……”

加纳瞪了一眼耕助，说：“金田一先生，这可真不像您问的问题。我们必须为委托人保守秘密。上次我应该跟您说过了。”

金田一耕助感觉像是被人迎面打歪了鼻梁骨。但对方既没否认也没承认，他从中感觉出了一点隐情，便默默点了点头。

加纳笑着，眼角又挤出了鱼尾纹。

“金田一先生，我想您要问的也就是这些了。我倒有问题想问您。这个姬野东作到底是什么人？他既然知道十九年前的事件，看来是岛上的人了？”

“不，不像岛上的人。智子的外祖母说岛上没有她不认识的，但对这个人完全没印象。九十九先生、神尾女士、茑代女士和她哥哥伊波良平先生也都声称不认识他。”

“那到底是什么人呢？”

“这就是问题所在。修善寺的警察正全力调查他的过去。现在得到的信息是这样的：这个人在战争期间，即酒店还是亲王别墅的时候，曾在那里工作过。但当时雇他的亲王的大管家还是仆人什么的，现在已经去世了，所以不知道他为什么能在那里工作。而且他沉默寡言，和朋友也不怎么讲话，所以没人知道他过去的经历。”

“这样啊。”加纳点了点头，说，“但是，就算他知道十九年前的案件，为什么要告诉游佐呢？他和游佐以前就认识吗？”

“看来是认识的。游佐之前去过两三次松籁庄。无论他本性如何，至少表面上是个很会交际的人，而且出手阔绰，所以服务生和侍女都很喜欢他，和姬野东作应该也早就有交情了。”

“明白了。但十九年前的案件姬野东作究竟知道哪些情况呢？”

“这也是个问题，而且如果查不出姬野东作的经历，就……”

加纳沉默了一会儿，目光落在桌上笔记的某一条上。

“对了，这个叫多门连太郎的男人是谁？”

“不知道。他就是现阶段最有嫌疑的人，但完全不知去向……幸好文彦偷听到他是银座夜总会红色猫头鹰的常客，我昨晚就去看了看。根据现掌握的信息，多门连太郎是化名，真名是日比野谦太郎。在夜总会，大家都叫他花花公子阿谦。我对他印象很深，他长得简直如希腊神祇一般俊美。凭着自己的外貌，他过着类似小白脸的生活。去年秋天，他跟同伙大吵一架，开枪打伤了人，蹲了半年监狱，今年五月初才放出来。”

“那就是有前科了？”

“嗯。”

“他为什么会去松籁庄？他好像拿着大道寺的名片吧？”

“嗯，是的。大道寺说根本不认识这个人，并且感到非常奇怪。总之，这是一个谜一样的人物，不知道他到底为什么去松籁庄……酒店服务生说他好像在等人似的。”

加纳再度沉默了，但很快便抬起他那清澈的眼睛说：“金田一先生，您怎么看？这次的案件和十九年前的事有关吗？”

“我想是的。所以我认为，只有解决了这起案件，才能让十九年前的真相大白于天下。”

“我明白了。”加纳重重地点了点头，和蔼地笑道，“金田一先生，那您的任务可还没有结束。我和委托人对此事都感到非常震惊。如果和十九年前的事有关，希望您能彻底查清楚。说这个虽然有点俗，但关于报酬，多少钱都不在话下。”

加纳从口袋里掏出票夹，拿出一张对折好的支票塞给金田一耕助。

“您先拿去用。不用在乎花多少钱，就希望您能彻彻底底查个清楚。”

“明白了。”

金田一耕助收下支票，看也不看就把它塞进怀里，低下乱蓬蓬的头鞠了一躬。

新日报社

那天，金田一耕助离开丸大楼的加纳律师事务所之后，径直来到了有乐町报社街的新日报社。他告诉前台想见社会部的宇津木慎介，而宇津木这天正好也在报社里，于是耕助便被请到三楼的会客室。宇津木慎介很快露了面。

“您好啊，金田一先生，今天有什么事？”

宇津木慎介上大学时是橄榄球队的，现在仍有一副结实的身板，一张娃娃脸上总是挂着笑。耕助和他是老乡，又比他年长，最近经常通过他获取大报社的调查部掌握的信息。

作为报答，耕助也会提供一些可以见报的信息给宇津木。最近新日报社总能爆出一些犯罪案件的料，正是出于此因。报社很欢迎这种合作。

“我今天来是想让你帮我查一个人。”

“是谁？”

金田一耕助看了看周围，从桌上的记事本上撕下一张纸，用铅笔草草写下“原亲王衣笠智仁”几个字后，马上点了根火柴烧掉了纸张。

宇津木慎介露出兴奋的神色，小声问：“金田一先生，是修善寺的案件吧？这个人真的和那案件有关啊？”

“这还不能告诉你。”

“那我该调查什么？”

“主要是家庭关系。有没有孩子，近亲里有没有已经去世的。还有平时都和什么人交往，最好也能查一下。”

“明白了。”

“查的过程中，你可能会发现和这次案件直接相关的信息，但现在还不能公开，关于这个人的事情，我希望你先好好保密。”

“好的，既然您这么说……但只要到了能公开的时候，还请您尽快通知我。”

“那还用说。另外还有一件事……”金田一耕助从怀里掏出一个白色信封，说，“这里面有七张徕卡相机的底片，我想洗成大照片，越大越好……”

“明白了，我交给摄影部去办。”

“大概要多长时间？包括调查的时间在内。”

“嗯，您后天来吧。两件事都能办妥。”

“那就是三十号了，是星期天，也可以吗？”

“报社哪有什么星期天啊。”

“好的，那就拜托了。”金田一耕助刚要起身，又叮嘱道，“我再啰唆几句，这几张底片可要好好保管。这里面可能藏着解决这起案件的关键信息。”

说完，金田一耕助便慢慢悠悠地离开了报社。

第五章　歌舞伎座的邀请

歌舞伎座的邀请

五月三十日。

事后回想，这几天就好像戏剧里的幕间休息。第一幕修善寺结束，舞台的帷幕已落。但在观众看不到的后台，第二幕的准备工作正紧锣密鼓地进行。

恶魔般的导演准备第二幕的时候，金田一耕助也在为抓住导演的马脚而努力。

这一天，金田一耕助到报社拿到前天拜托的东西后，径直前往位于小田急沿线经堂的大道寺欣造家。

宇津木慎介把两样东西交给金田一耕助时，娃娃脸上露出了奇怪的神情。

“金田一先生，我不知道您掌握了什么情况，但我认为调查对象与修善寺案件有关的可能性很大。他和案件中的一个人关系很密切。”

金田一耕助不发一语地点点头，把两个信封都揣进怀里，离开了报社。

耕助事先给大道寺欣造打过电话，因此在门口按了门铃后，管家伊波良平很快就出来迎接。

“您好，欢迎欢迎。老爷已经恭候多时了。”

由于是星期日，欣造也在家。

金田一耕助进了门。伊波良平说：“请这边来。今天大家都去了智子小姐那里。”

智子的新家在厢房里，门户独立，但与主楼经很长的游廊相连。伊波良平带着金田一耕助走过游廊，只听见对面传来欢快的舞曲，还有年轻女人清脆的笑声夹杂其间。

金田一耕助不禁一惊。

这家里会那么笑的应该只有智子，但这声音和在月琴岛、修善寺听到的智子的声音大不相同。这是能融化男人心灵的甜美、妖艳的笑声，甚至有些轻浮、淫荡的感觉。

笑声再次响起。

由于离房间已经很近，金田一耕助听清了，那的确是智子的声音。他有点莫名其妙。

游廊尽头是一个八叠左右的大厅，从这里拐过一个直角，就是面朝南院的十叠和八叠的日式房间。庭院是个缓坡，铺满绿油油的草坪，艳丽的蔷薇和郁金香点缀其间。

从日式房间再拐一个直角，是一间西式房间。舞曲和笑声就从那里传出。伊波良平来到十叠的日式房间前，跪在檐廊上说：“金田一先生到了。”

“来来来，快请进。”

金田一耕助望向房间里，那里摆着一张大号的朱漆矮脚桌，大道寺欣造、阿槙和九十九龙马三人围桌而坐，茑代拿着酒壶在一旁斟酒。桌上杯盘狼藉，欣造和龙马的脸色都有些泛红。

“不好意思啊，我们这里乱哄哄的。今天其实是茑代提议，让九十九先生给我们家驱了驱邪，然后就喝酒庆祝了一下。您坐，您坐……”

“是吗，这是喜事……”

耕助坐下后，九十九龙马举起杯。“金田一先生，怎么样？后来修善寺那边有联系吗？”

“有倒是有，但没什么值得一提的发现。”

“姬野东作的身份还没查出来吗？他到底是干什么的？”

“查不出来啊，警察也觉得很棘手。”

女佣端来了小碟，茑代麻利地把碟子码在耕助面前。这时，西式房间又传出智子华丽的笑声。

“那边好像也有客人吧？”

“驹井和三宅来了。比起九十九先生的驱邪法术，他们对跳舞更感兴趣呢。”

大道寺欣造苦笑着喝了口酒，仿佛忽然想起什么，对檐廊上的伊波良平说：“对了，伊波啊，把那东西拿来给金田一先生吧……”

“好的，这就去。”

伊波良平恭恭敬敬地鞠了一躬，又以他的招牌管家姿势去了主楼。回来的时候，手里拿着一个白色方信封。

“金田一先生，这个您收下。”

“这是……”金田一耕助很不解。

大道寺欣造缓缓地说：“您也知道，由于出了这样的事情，就没给智子过生日。所以我们想把生日宴会和智子的见面会一起办了。老夫人说想去歌舞伎座看演出，我就想把大家都叫去。刚才打算给您寄过去，正巧您打电话过来，就当面给您了。您时间上没问题吧？”

“您真是客气……太谢谢您了。演出是什么时候？”

“下个月六号，周六的晚场，准备在那儿的饭店里再喝几杯。”

“好的，我一定去。太谢谢您了。会来很多客人吗？”

“主宾加在一起大概三十人。我还请了一些和我有往来的公司的人，就是把智子介绍给大伙儿认识认识。”

“那去过修善寺的各位也都会出席？”

“差不多，应该是的。九十九先生，您会来吧？”

“那当然了。智子小姐的事情，我搭上性命也得……”

九十九龙马或许只是想开个玩笑，但他的声音太大，在场所有人都吓了一跳，把目光投在他身上。九十九龙马自己也发现了，他握着酒杯环视众人，忽然豪气干云地大笑道：

“啊哈哈，这就叫不打自招啊。我到底还是把真心话说出来了。我啊，真是喜欢那孩子。当年我迷上了她母亲，迷得是死心塌地啊。最后也没个结局。所以她留下的东西让我愈发着迷，喜欢得不得了……说不定我又迷上了她女儿……”

“龙马先生，龙马先生。”

茑代从后面直拽龙马的袖子，龙马杯里的酒泼了出来。

“阿茑，怎么了？你拽我干吗？”

“怎么说话呢……当着老爷的面，别乱说……”茑代焦急地劝道。

龙马看着她，又豪爽一笑。

“啊哈哈，是啊是啊，不好意思啊，大道寺先生，原谅我。我大概是喝醉了……神仙喝醉也会胡闹嘛。”

大道寺欣造扭过头，脸色很难看。阿槙也是一脸害怕，时不时偷瞄龙马。一时间，屋里陷入尴尬的冷场。

这时，金田一仿佛救世主似的问道：“对了，伊波先生，神尾老师呢？”

“哦，神尾老师和智子小姐在一起。”

“是吗，那能麻烦您把她们叫来吗？其实我有点东西想给各位看一下。”

见大道寺欣造点了点头，伊波良平起身，很快叫来了智子和神尾秀子。看到智子的一刹那，莫可名状的战栗从金田一耕助的后背袭来。

天哪，智子的变化如此巨大！

她穿着火红的日间礼服，戴着金项链、金耳环和金手镯。入鬓长眉，烈焰红唇，那强烈的美简直如同烈日下盛开的大丽花。而且改变的不只是服装和妆容。看到耕助，智子微微一笑，媚眼如丝。

金田一耕助再次颤抖，忍不住咽了口唾沫。

“欢迎您大驾光临。不知道您要来，实在失礼了……”

神尾秀子一阵寒暄。智子一言不发，又抛出一个微笑。她坐下后，全身都仿佛散发着妖艳的光芒，让看到她的人一阵目眩。

“嗯，那个……”大道寺欣造清了清嗓子，“智子，神尾老师，金田一先生说有东西想给我们看，所以把你们叫来了。”

“是吗，那到底是什么呢？”

智子歪着头，妖媚地轻声一问。啊，那声音……简直像蜜糖一般融化男人的心。

“嗯，那个，神尾老师。”金田一耕助也有些不自在地清了清嗓子，“您之前给过我徕卡相机的底片。我拿给新日报社的朋友，让他洗了出来。今天我把照片拿来了。我想让大家看看这些照片，或许能发现什么暗示着蝙蝠的东西……”

“徕卡相机的底片……”大道寺欣造疑惑地皱起了眉头。

“对了，大道寺先生还不知道吧。事情是这样的……”

金田一耕助解释了底片和蝙蝠，大道寺欣造也点头说：“我想起来了，的确听说过。那照片里拍到了蝙蝠吗？”

“奇怪的就是我找不到蝙蝠，所以想让各位都看看，有没有蝙蝠或者暗示着蝙蝠的东西。神尾老师，您先请……”

金田一耕助拿出七张四开大小的照片。照片内容自然与在月琴岛上看到的一样，有大道寺家的全景一张，还有抱着月琴的琴绘、抱着猫的阿槙和做编织活儿的神尾秀子。余下三张是戏班的照片，一张是十二三人的合影，一张是从斜后方拍的摘下假发在后台呆坐的演员，还有一张是复仇的场景，戴着长假发的反派和留有额发的少年正举刀相对。

神尾秀子仔仔细细地一张张看，看完后缓缓摇了摇头，交给智子。智子也什么都没有看出来，看完后交给茑代。

茑代又交给伊波良平，伊波交给九十九龙马，龙马交给阿槙。七张照片传了一遍，谁都没发现蝙蝠或者像蝙蝠的东西。最后，照片交到了大道寺欣造手上。

欣造皱着眉头，一张张仔细看下去，似乎也没发现什么。于是他把七张照片像扇子一样展开拿在左手里，又挨个儿看了一遍。看到其中一张时，他的眉毛动了一下，随后他把照片拿到眼前又仔细看了看，忽然啪的一声把照片往桌子上一拍，惊讶地看着众人。

“大道寺先生，您、您发现什么了吗？”金田一耕助情不自禁地把身子压在桌子上问道。

欣造看了他一眼，说：“嗯……还……”

他拿出手帕擦了擦眼睛，又把照片像扇子一样展开拿到眼前。只见他的呼吸越来越急促，众人看着他，手心都捏了一把汗。

欣造死死地盯着一张照片，忽然抬起头，对着不知何时进入房间的文彦说：“文彦，去爸爸的书房里把放大镜拿来。”

文彦拿来了放大镜。

欣造从七张照片里拿出一张，用放大镜仔细查看。他拿出的是十二三名演员的合影。

“大道寺先生，这张照片里有什么……”金田一耕助十分激动。

“金田一先生。”欣造抬起头，有些激动地看着耕助，“很遗憾，我找到的不是你想要的。但我的发现一定能为修善寺的案件提供重要信息。您看，这群演员里，只有一个人没有上妆，您看看他的长相……”

金田一耕助接过照片和放大镜，仔细看着这个人的脸。他穿着华丽的和服，在一群戴假发的演员中，只有他是正常打扮。看他的年龄大概四十岁，五官虽不英俊，但也算清秀，神色中透出一股戏班艺人特有的风尘和疲惫。

金田一耕助目不转睛地盯着这张脸，看着看着，忽然觉得有张最近见过的面孔逐渐和眼前的脸重叠起来。那是在修善寺被杀的姬野东作。

“啊，姬、姬野东作！”

“啊，果然您也觉得是他。”大道寺欣造静静地微笑着。

金田一耕助身边的神尾秀子惊讶地凑过来看着照片，说：“就是正中间这个人吗？他是这个戏班的班主，叫岚三朝。”

众人不禁沉默下来，面面相觑。原来死于修善寺的园艺工姬野东作，竟是落魄的戏子岚三朝……

正当智子位于经堂的新家有了新发现的时候，东京另一处也上演着颇有深意的一幕。

涩谷道玄坂附近有栋叫日东的廉价公寓。有个女人正往公寓走去。她穿着艳丽的绿色华达呢套装，夹着尼龙手提包，脚踏高跟鞋，很明显是个舞女。

她来到日东公寓下，迅速看了看四周，闪身进了公寓。她好像被人追赶一样奔上二楼，敲打最里面的房门。房间里一阵窸窸窣窣，随后，一个刻意压低的男人声音隔着门传出：“谁？”

“是我。红色猫头鹰的阿香。”阿香也压低了声音答道。

只听门里仿佛传来轻轻咂舌的声音。“你怎么老来啊！”

“我有东西要给你啊。快开门……”

“没人跟着你吧？”

“没有，我小心着呢。”

开锁的声音响起，门开了一条缝。阿香从门缝闪进屋内，屋里的男子迅速扫了一眼走廊，马上关门上锁。

“什么啊，你要给我什么？”

“这个。”

阿香从包里拿出一个小小的包裹，包裹上潦潦草草地写着“银座西四丁目，红色猫头鹰夜总会转交，日比野谦太郎阁下”。

男子看了一眼，惊讶地睁大了眼睛。不用说，此人正是逃出修善寺的多门连太郎。

“什么时候送到的，这玩意儿……”

“今天早上，当时正好只有我在店里。最近每天都有便衣盯着，但那会儿恰巧没人。我就收了包裹藏了起来。”

“是吗，谢谢啊。”

连太郎背过身去，剪断绳子拆开包裹。他的指尖有些微微发颤。包裹里是个牛皮纸包，上面用绳子捆成十字。从手感和大小来看，应该是千元钞票。这么厚的一摞，至少有五万元。

纸包上有一个白色信封。连太郎没有拆开纸包，直接把它塞进口袋，随后打开了信封。信封没有封口，里面只有一张纸片，没有书信。

连太郎皱起眉头看着纸片。

那是歌舞伎座一等座的门票，日期是六月六日，周六晚场。连太郎瞪着眼睛，几乎要把嘴唇咬出血来。

暗夜飞石

“金田一先生，怎么样，您的伤势如何？”

“已经好多了。这样躺着已经完全感觉不到疼了。”

“那就好。我给您换下膏药吧。已经两点了。”

“好的，不好意思啊。”

“不客气。”

女子一边给耕助扭伤的右脚踝换膏药，一边说：“金田一先生，听说您是昨晚喝多了从悬崖上滑下去的。真的吗？”

“真的啊。怎么了？”

“刚才风间打来电话，听说您受伤很是担心，说不知您到底是不小心滑下去的，还是被谁推下去的。”

“是吗……下次风间再来电话时，请帮我跟他道个歉，让他担心了。但我的确是自己不小心。”

“那就好。”女子为他换好膏药，缠好绷带，“风间总是说，小耕干这一行不知道什么时候就会被人报复，要替他注意一下。所以您昨晚带着一身泥土回来，真把我吓了一跳。”

“真对不起。今后不管别人怎么劝，我再也不多喝了。夫人，新日报社的宇津木还不接电话吗？”

“是啊。我刚给他打了电话。他好像在报社，但就是找不到人。我过一会儿再打一次看看。”

缠好绷带后，女子坐在耕助枕旁聊了几句，最后又说：“您有事的话就叫我，这几天还是别到处走动比较好。”

“好的，谢谢您。”

女子离开后，耕助又琢磨起了自己和这个女子的奇妙缘分。

女子名叫节子，是耕助的老朋友风间俊六的情人。

昭和二十一年秋天，金田一耕助从南方复员后，一度无处可去。这时他遇见了风间俊六。风间俊六当时在横滨经营建筑业务，方方面面都很吃得开，他听说耕助的遭遇之后，就把他带到了情妇经营的日式旅馆松月，让他住在厢房。松月就位于大森一带山边一片静谧的地区，耕助十分喜欢这里，便就此安了家。（参见《黑猫酒馆事件》）

不用说，情妇节子原本是风月行里的。她和这行当里的其他女人一样，很喜欢管闲事。而金田一耕助又是个没有案件时就像猫一样懒散的人，油瓶倒了也不愿扶一下。加上不修边幅，对金钱更是糊里糊涂，因此对于节子这样的女人来说，照料他是件很有成就感的事。尽管节子比耕助年少，却像个姐姐一样，耕助很多事情也乐意找她商量。但昨夜的经历事关工作，不能让她知道。

金田一耕助闭上双眼，回想着昨晚的经历。万箭穿心般的恐惧感源源不断地侵袭着他。

昨天，耕助拿着七张放大的照片，不知不觉在大道寺欣造家盘桓了许久。现在想想，在发现早年姬野的照片后，他就该立刻回来。但碍于主人挽留，不觉就待了很长时间。而平时并不喜欢喝酒的他还一不小心喝多了。

当时……金田一耕助回忆着，是谁最热心地挽留他？是谁总给他敬酒？

但耕助也弄不清到底谁最热心。欣造挽留他了，茑代也挽留他了，阿槙、神尾秀子和伊波良平也挽留了。考虑到月琴岛一事以来他受了不少累，众人热情挽留他也是非常自然的。但在这正常的现象背后，确实隐藏着某种恐怖的意志。

金田一耕助想到这里，从脖根开始感到一阵寒意。

昨晚刚一坐下，他就被人一通猛灌。猛灌他的那个人他记得很清楚，是九十九龙马。

龙马酩酊大醉，又以醉汉特有的不屈不挠的劝酒精神逼着耕助喝。到了九点多，好不容易离开大道寺家的时候，耕助已经连路都走不稳了。

尽管是夏时制，九点多时天也已尽黑。加上昨晚乌云笼罩，眼看着随时就要下雨，外面可算是伸手不见五指。耕助披上自带的雨衣，步履蹒跚地在昏暗的夜路上行进。

大道寺家院子极大，而且正门正好在车站的反方向，想去车站就得绕着房子转一大圈。耕助走了好久才转过一个弯，来到了路堤上。路堤高约九尺，下面是农田。

刚走上路堤，金田一耕助忽然感到背后有人。如果他没喝醉，或许能发现得更早。但当他听到脚步声急忙回头的时候，对方已经来到他身后。

耕助本能地蜷起身子。只听见有什么东西从耳侧飞过，咚的一声掉进了农田。

“干什么！”

耕助直起身刚想回头，身后的人却抢先推了他一把，他便一溜烟滚下了路堤。只听路堤上的脚步声沿来路跑了回去，不一会儿就消失在远处。

耕助一屁股坐进田地，半天没缓过劲儿来。云层中透出的一点星光，让他觉得特别耀眼。

当他回过神来准备起身时，忽然听到路堤的反方向有人快步走来。来人在路堤上拿着手电筒照着下面，问：“您没事吧？”

耕助心里咯噔一下，但定睛一看，来人像是巡警，一颗心终于放了下来。

“呃，没事，不小心滑了一跤……有点喝醉了。”

“刚才是不是还有人在这里？”

“没有，就我自己。”

“真的吗？我刚才看见好像还有一个人……”巡警狐疑地问，“您从哪儿来的？”

“那边的大道寺家，刚去他们家吃了个饭。”

“哦，大道寺先生啊。”

巡警似乎也听过大道寺的名字，不再怀疑。

“那个……不好意思啊，您能借我手电筒用一下吗？一只木屐找不到了……”

巡警从路堤上下来，打着手电帮耕助找。木屐很快找到了，但耕助想找的并不是它。借着灯光，他很快看到了一块陷在田地里的垒球大小的石块，不禁后怕得全身冷汗直冒。

“您怎么了？”

“没什么，呃，我右脚好像扭伤了……”

耕助一瘸一拐地穿上木屐。

“您现在去哪里？”

“回大森去。”

“请问您叫什么名字？”

“我叫金田一耕助。我不是什么坏人。您可以去大道寺先生那里问一问。哎哟……”

“您真没事吗？我拉着您吧。”

“谢谢。那就麻烦您把我拉上路边吧……”

耕助在巡警的帮助下爬上路堤，然后掏出手帕拍掉泥土。“真是太谢谢您了。帮了我这么大的忙……”

“那就告辞了，您路上小心。”

巡警满腹疑惑地目送耕助走远之后，走向了大道寺家。

耕助的酒已经完全醒了。

他可以肯定，绝对有人想干掉他。难道是普通的抢劫吗？不，他总觉得不是。但若是大道寺家的某人，下手的时间和地点又有些不对。若想杀他，今后有大把的机会。还是说发生了什么情况让凶手一时情急，非要今晚动手不可……

想到这里，耕助忽然想起了一件事。他连忙摸了摸怀里和袖子里，又翻遍了雨衣口袋，但哪里都没有装着那七张照片的信封。

金田一耕助趴在床上，点上一支烟，重新回忆昨晚。

推杯换盏的时候，七张照片一直摆在桌子上。告辞时，耕助清点好数目，装进信封后塞进怀里。但走到门口又觉得怀里东西塞得太满，因为里面还有一份调查衣笠身份的文件……他便把信封拿出来，装进雨衣口袋。

袭击自己的人想要的是照片吗？但耕助仍觉得东西不是那时被偷走的。

当耕助感到背后有人时，对方应该离自己还有五六步远。接着石头飞来，他缩了缩身子，紧接着就被人推了下去。对方与他的接触只在推他下去的那一瞬间，他怎么想都觉得对方不可能从他身上顺走什么东西。

袭击者或许就是想要照片，但估计没能得逞。幸好巡警及时赶到了。

然而，照片究竟去哪儿了呢？是掉在了路上，还是更早的时候，在出大道寺家那会儿就已经不在自己口袋里了？

耕助想到此处，忽然瞳孔一缩。

之前提到过，他是在大道寺家门口把信封塞进了雨衣口袋。后来有人拿起雨衣帮他披上，那人是谁来着？

大道寺欣造不可能做这种事；九十九龙马烂醉如泥，根本没来送行；阿槙早于他离开；智子去了男友们那里；伊波良平走在前面为他打开了房门；茑代好像在玄关的台阶板处向他跪着行礼。

那就是说，给他披上雨衣的人，是神尾秀子……

耕助猛地吐出烟圈。这时，主房那边过来一个女佣。

“那个，有客人想见您……”

“哪位？”

“是位女士，姓神尾。”

“神尾女士！”

金田一耕助心中一惊，噌地从床上蹿了起来。一瞬间，他感到有股黑雾从心底缓缓升起。

智子的父亲

“您别起来，坐着就好，坐着就好……我听说您受伤了……”

神尾秀子的话让金田一耕助吃了一惊，他重新打量着对方说：“神尾老师，您怎么知道我受伤了？”

“有巡警来通知过我们。”

秀子等女佣离开后，在坐垫边缘端坐好。

“昨晚真是……一直把您留到那么晚，真是不好意思。”

“您说哪儿的话。我还要谢谢您的盛情款待……那位巡警之后就去了您家？”

“是的。他来问是不是有位姓金田一的先生刚离开，然后告诉我们说您受伤了，老爷很担心您……这点东西实在不成敬意，老爷吩咐我带点礼物来看您。”

秀子拿出一个大大的果篮。

“您这样我就太过意不去了。完全都是我自己不小心。”

秀子试探地看着耕助的脸问道：“您自己不小心？可是巡警不是这么说的啊。”

“巡警怎么说的？”

见耕助装傻充愣，秀子警觉地看着他，说：“巡警说天色很暗，看得不是很清楚，但总觉得好像有人把您推下去然后跑掉了。但您不承认，所以就过来问问是不是家里发生过什么事。”

“哈哈哈，那是巡警胡思乱想，昨晚他也是这么说的。这一跤跌的，就是我自己不小心而已。天色那么黑，我又醉成那样……”

“可是……”秀子不依不饶道，“我今天去您摔跤的地方看了看，那儿可算不上什么危险的地方啊。地上还有滑下去的痕迹呢，很好找……”

耕助的表情万分无奈。

“神尾老师，您怎么了？您好像希望我是被人推下去的。”

“没有没有。只是昨晚我们家里也出了点怪事……”

“怪事？”

“半夜，有人偷偷溜到智子小姐的卧室外面。”

耕助双眼圆睁，直勾勾地盯着秀子的脸。秀子眼神中略带惊恐地说：

“起初是外祖母发现的，她老人家把我叫了起来。我吓了一跳，仔细聆听，院子里的确有脚步声。我很害怕，鼓起勇气隔着防雨窗问，是谁在那里？然后就听到有人啪嗒啪嗒跑远的声音……”

金田一耕助大吃一惊。“您打开窗户看了吗？”

“哪儿有那个胆子啊。万一他闯进来可怎么办？我跟外祖母和智子小姐商量了一下，去主屋那边叫醒了伊波先生。伊波先生也很吃惊，叫醒在我家寄宿的学生一起去院子里看了看。接着老爷、茑代夫人和九十九先生都起来了……”

“啊，九十九先生昨晚也住下了？”

“是的。他都醉得不成样子了。大家起来之后一起搜了搜宅子，结果在院子里一处种着瑞香花、围着矮篱笆的地方，发现了有人出入的痕迹，还留下了脚印。”

“脚印？”

耕助皱了皱眉。昨晚袭击自己的人好像穿了木屐。

秀子一边察言观色一边说：“是的，还不只这些。今天早上再看，智子小姐房间外放鞋的地方有个奇怪的东西……”

“什么？”

“是个领带夹，上面镶了颗蛋白石……智子小姐居然说她对这个领带夹有印象。”

“她见过？那到底是谁的……”

“就是那个，您记不记得那个从修善寺逃走的多门连太郎？小姐说是他的。”

“多门连太郎！”

耕助的眼睛越瞪越大。

“是的。智子小姐在松籁庄时，不是一时误会和他跳过舞吗？所以记得很清楚，上面有颗很大的蛋白石。”

“就是说，昨晚是他偷偷地摸到了智子小姐的卧室外？”

“是的。所以我们觉得瘆得慌。而且那个领带夹不像是不小心掉在那里的，而是夹在一张精美的和纸上，整齐地摆在放鞋子的地方，好像故意通知别人他来过一样。”

耕助立时心乱如麻。他对多门连太郎毫不了解。但既然他来到经堂寻找智子，那么出现在修善寺也绝非偶然。他一定也想从智子身上得到什么。

“那个男人为什么要缠着智子小姐不放？您能想起什么缘由吗？”

“完全不知道。所以才觉得瘆得慌。”

“智子小姐肯定也受惊了吧？”

“是的，刚开始的时候有点，但是很快就觉得很好笑。小姐笑着说，用不着这么装模作样，想来的话，大摇大摆地从正门进来不就好了。陪他跳支舞什么的还是没问题的……智子小姐真是完全变了……”

秀子一声叹息。

耕助也默默点了点头。智子那样惊人的转变不知是真的还是装出来的。她心里大概有她自己的想法吧。

秀子继续探询地望着耕助说：“所以，我就觉得昨晚推您下去的是否也是他……”

“当然不是。我又不是被人推下去的。对了，您说今天去看了我滑下去的地方？”

“是的。”

“有没有信封掉在那里？就是那个，装着昨晚给大家看的照片……我不小心把它弄丢了。”

“什么！”

这次轮到秀子惊讶地瞪大了眼睛。耕助留心观察秀子的神色，那是真的吃惊还是演戏？他一点都拿不准。她绝不是一个轻易就会让人看透的女人。

“那东西丢了您一定很急吧。”

“还好，底片还在。只是好不容易洗出来的……”

“不好意思，我没看到。对了，我忘了还有这个。”

秀子打开手提包。“这是茑代夫人嘱咐我带来的。”

“这是什么？”

“歌舞伎座的门票。说是掉在门外面了。您昨晚不小心弄掉的吧。”

“哦，真是的真是的。您看我都给忘了。醉酒真是误事啊。”

“周六您能来吗？您脚上还有伤。”

“没问题。大夫说了，静养两三天就可以走路了。”

“是吗，那您一定来啊。”

秀子似乎还想说些什么，这时女佣进来了。“那个，新日报社的宇津木先生来了，一直在外面等着。”

秀子闻言赶紧收拾好东西，做回家的准备。

“您瞧，我真是的，待了这么长时间……那我就告辞了，您好好养伤。不用送了。”

秀子离开后不久，走廊上响起急促的脚步声，宇津木慎介进来了。他一张娃娃脸，表情却异常严峻。

“金田一先生，真抱歉，我闯了个大祸。”

他巨大的身躯火箭一般冲进屋来，咕咚一声，一屁股坐在地上。

耕助被他吓了一跳，问：“宇津木，怎、怎么了？”

“我上当了，彻彻底底让人骗了！刚才我听那位夫人说，才知道您右手受伤写不了字什么的都是假的。”

“我右手……宇津木，到底什么意思？”

宇津木拿出手帕，像小孩子一样擦着娃娃脸上的汗说：“刚才有个小孩来报社，说拿着您写的信。信上说您昨晚出事，右手受伤，所以只能用左手写信。还说您要用底片，十万火急，让我给这个小孩。如果有已经洗好的照片也一并给他。”

耕助的惊讶之情溢于言表。“那……那你就给他了？”

“对不起。”宇津木沮丧地说，“因为报社的事务员说您打了好多次电话，所以我以为就是为了这件事……”

“你还是把底片给他了吧？”

“是的。我还多洗了一份，也一起给他了……”

完蛋了！耕助在内心狂喊。他急得直想跺脚，强烈的失望与怒火一齐喷薄而出。他终于意识到，自己面对的是一个无比强大的敌人。

大块头宇津木一言不发，沮丧地垂着头。

耕助有些不忍心，说：“宇津木，事已至此，再懊恼也没用。其实也是我不好。昨天你给我的信封上印着新日报社的名字，我把它弄丢之后，应该马上联系你。只是我的脚受了伤，觉得打个电话就能把这件事情交代清楚。到底还是大意了，就算我自己去不了，也应该托人前去。”

“金田一先生，那昨天我给您的照片也……”

“是的。”

耕助简单说了说昨晚的经历。

“但是这下就清楚了，并不是我把照片弄丢的，而是被人偷走的。这正说明那七张照片里有关于谁是凶手的决定性证据，并且凶手昨天才发现这个问题。”

此时，昨夜在经堂的智子家大宅中举杯共饮的男男女女的脸孔，像走马灯一样闪过金田一耕助的脑海。

“那这些重要的照片，已经一张都不剩了？”

“倒是还有一套，但是也不太好说了。”

耕助在月琴岛上见过的相册里，应该还有七张按原来的尺寸洗出的照片。但如果昨晚偷走照片的是神尾秀子，相册里的照片肯定不会原封不动地摆在那里了。

宇津木越发消沉，耕助安慰他说：“宇津木，没事，不用太在意。无论是昨晚袭击我还是今天骗走照片，可见凶手已经急得铤而走险了。这样一定会露出破绽，让我们有机可乘。对了，衣笠的文件还要多谢你。”

“那些文件管用吗？”

“当然。这下事情就清楚了。衣笠也真是个可怜人啊。”

宇津木慎介的调查结果是这样的：

衣笠智仁——原衣笠宫智仁亲王殿下有两个王子，但二王子智诠早殇，大王子也殒命战场。二王子死时还是独身，大王子虽然结了婚，却没有子嗣。而且智仁亲王的亲王妃也在战时去世，现在他无妻无子无孙，形单影只。

“我觉得他在这次的案件中扮演着一个很重要的角色。他和大道寺的关系也很耐人寻味。”

大道寺欣造原名速水欣造，是衣笠宫亲王的二王子智诠的同学。不知为何，智诠死后，衣笠宫亲王开始全力支援欣造。

欣造之所以年纪轻轻就在商界赫赫有名，除了他自己的能力之外，还拜衣笠亲王的大力支持所赐。

但战后两人的角色完全反了过来。很多贵族战后都穷困潦倒，而衣笠家基本没有变化，多亏欣造生财有道。欣造为了报答往日恩情，竭尽全力地经营着衣笠家的资产，巧妙地进行了很多投资。因此衣笠家现在仍然十分阔绰。这一点上，大道寺欣造十分令人称道。

金田一耕助一言不发，又看了一遍衣笠宫亲王二王子的情况。

智诠——昭和七年十月二十五日，因急性肺炎病逝，年仅二十四岁。

而智子的父亲，自称日下部达哉的青年在月琴岛出事身亡，则是昭和七年十月二十一日。

嗯，已经毫无疑问了。衣笠宫亲王的二王子就是智子的父亲，智子就是衣笠宫亲王唯一的孙女。她是天生的女王。

歌舞伎座

六月六日。周六。晚场。

第一出戏结束之后是二十分钟的幕间休息。由于正是吃饭时间，歌舞伎座二楼的餐厅显得热闹非凡。

战后的一段时间里，无论舞台上还是观众席都显得十分寒酸，一时难觅原先那样的锦衣华服。当时的座位是窄小的椅子，便当中则用薯类或面类代替短缺的大米，无论演员是不是名角，连《劝进帐》这样的名戏票价都会打折。

但从歌舞伎座整修完毕时起，诸事都逐渐找回往日风光。幕间休息时，走廊里穿着盛装的小姐们十分养眼。

然而，无论当晚歌舞伎座的观众席上有多么美丽的女子，都不可能与智子比肩。她穿着纯白绫子料的和服，肩膀处更是大胆地装饰着一大束花朵，染色与刺绣手法并用。暗红色的腰带是丝绸做的，上面绣着牡丹。她将后颈发际向上梳起，挽了一个日式发髻，银簪子上还附有精美的饰带。无论在观众席还是过道，或者像现在这样坐在餐厅里谈笑，所有的目光都忍不住投向她。

当时在餐厅的人们都在猜想，不知簇拥着这位绝代佳人的三十多人的大团队是干什么的。

智子的脸色因饮酒而有些发红，但并没有醉。红着脸的她一直微笑着，这让她在威严之余又充满柔情。

客人中有头有脸的人物一个个过来道贺，他们都赞叹智子的美貌无与伦比。智子笑着和他们打招呼，宛如接见外国使臣的女王一般。

驹井泰次郎和三宅嘉文也来了。驹井身高体壮，三宅肥胖的身材搭配娃娃脸，尽管体型差异巨大，两人却都频频用手帕擦着额头。他们都为这个或许会成为自己妻子的女人的美貌惊呆了。

智子时不时向他们抛来妩媚的微笑。驹井每次都会大方地还以微笑，三宅则红着脸不知所措。两人心里都希望那微笑只投向自己，于是再一次为竞争对手的存在而气恼不已。

九十九龙马也是来宾之一。他今天又醉了，有时会两眼发光地盯着智子。每当智子将视线投向驹井和三宅时，他就会把不快写在脸上，灌一口闷酒。

大道寺欣造则显得幸福无比。他那近卫文麻吕一般英俊的脸庞上挂满了笑容，每当客人夸赞智子美貌时，他都会点头致谢。

文彦坐在智子身旁，不停地看着智子和两个年轻男人。他投向智子的目光充满了少年人特有的憧憬之情，投向驹井和三宅的目光则满是轻蔑之色。

阿槙看上去有些疲惫，神尾秀子也只是静静地坐着，不知为何，她的脸色不佳，似乎情绪低落。

茑代坐在下座，一言不发地垂着头。伊波良平一如既往，麻利地行走在桌子之间，给人斟酒。

金田一耕助一直观察着这几人。

前几天要杀自己的人，和设计从新日报社骗走底片的人，就在这几人当中。到底是谁呢?

开演铃声响起，大道寺欣造缓缓站起，说："今天真是多谢各位了。我以父亲的身份，替智子感谢大家。今后也请各位多多关照。请各位尽情地欣赏演出吧。”

金田一耕助离开餐厅，看了看周围，慢慢悠悠地走向画廊。

尽管演出铃声已响，但仍有一名青年边吸烟边赏画。

金田一耕助走近他说：“麻烦借个火。”

“您请。”

就在耕助点烟的工夫，大道寺欣造一行谈笑着下了楼梯。目送他们下去后，耕助问道：“宇津木，什么事？你刚才在餐厅外面经过了好几次。”

青年正是宇津木慎介。

“金田一先生。”宇津木小声说，“他也来了。”

“谁？”

“衣笠。”

金田一耕助吃惊地看着他，说：“真的？在哪儿？”

“在那扇门里，二楼最前排。”

金田一耕助立即掐灭烟，走进宇津木所说的门里。

最前排的确有位老人从扶手探出身去，拿着望远镜观察楼下的池座。金田一耕助装作找座位，慢慢朝他走了过去。

那人看起来年事已高，但是头并不算白。微花的灰发整齐地向左侧分，胡须剃得干干净净，也没戴眼镜。想从他身上看出修善寺那个九鬼能成的影子，实在有些困难。

但是金田一耕助已经不在乎了。他坚信此人即九鬼能成。他是为了看儿子的遗女而来的。在修善寺，也就是在松籁庄，他为了不让人认出才化了装。

只是金田一耕助仍然想不通，为何衣笠这样的人物居然有如此高超的化装术。

衣笠正举着望远镜仔细观察池座，就在这时，大道寺欣造一行从西侧走廊陆陆续续进入剧场。衣笠的身子探得更加靠前，用望远镜寻找着什么。他身材瘦小，肤色浅黑，容貌透出高贵之色。但有一股令人心痛的孤独感环绕着他。

举着望远镜的衣笠渐渐焦急起来。金田一耕助非常理解他为什么着急。因为大道寺一行基本都已坐下，唯独智子还未现身。

金田一耕助忽然也有些担心。他不再看衣笠，自己急忙出了门，对宇津木慎介说："你留心看着他。"

"金田一先生，出什么事了吗？"

"不，没什么……"耕助说完便快步下了楼。

此时，智子正在化妆室补妆。她甩开纠缠不放的驹井和三宅进入化妆室时，镜子前排满了人。等了一会儿，好不容易空出了一面镜子，她便补起了妆。这时一名年轻女子也挤到这面镜子前，抹起了口红。

智子不以为意，继续用纸吸鼻子上的油。忽然，背后的女子小声说道："你是大道寺智子小姐吧？"

智子吃了一惊，望向镜子里的女子。她画着长长的眉毛，涂着绯红的口红。一眼就能看出，她就算不是舞女，也是下等职业的女人。

"我是大道寺智子，你是哪位？"

"我叫阿香，记住我的名字吧。"

那自来熟的态度让智子有些生气，但她还是露出了微笑。

“我对你其实充满敌意。但今天一见到你，我就没那心思了。你实在太美了。”女子自嘲般地笑着。

智子不解地看着她，说：“你找我有什么事吗？”

“有啊。下次幕间休息再见吧，你到三楼走廊来一下，有人想见你。别告诉别人。”

智子扬起了眉毛。

“谁啊？谁想见我？”

“你来了就知道了。你要是不来，我会被人骂得很惨。你就行行好吧。”

女子的脸上露出悲伤的神色，智子皱起眉头看着她。

这时，金田一耕助从入口探进头来说：“你在这里啊。你迟迟不来，大家都很担心。”

“抱歉，我这就去。”

智子刚要走，女子又小声说道：“别告诉别人。一定要来啊。”

离开化妆室，金田一耕助奇怪地问：“智子小姐，你认识那个女人吗？”

“不认识。”

“刚才你们不是在说话吗？”

“是的。但我不明白她在说什么。”

智子毫不掩饰。这时神尾秀子也来找她了，金田一耕助便送走她们，自己留了下来。不一会儿阿香也出来了，冷冷地从耕助面前走过。

奇怪……金田一耕助想，智子不可能认识这种女人。

耕助边想边来到通往自己座位的门前。这时有人甩着鞋啪嗒啪嗒跑了过来，是文彦。

“嘘！文彦，这么大声跑会被人说的。”

“金田一先生，金田一先生。”文彦眼里放光，喘着气说，“来了，他也来了。”

“谁啊？”

“就是那个在修善寺，叫多门连太郎的……”

金田一耕助倒吸了一口凉气，一种不祥之感从心底升起。

多门连太郎来了……二楼还有衣笠。这下人又到齐了。难道又会发生什么吗……

编织物的符号

文彦说在二楼走廊里见到了多门连太郎，金田一耕助便过去看了看，但连太郎已经不在。宇津木慎介要是在，还可以问问，但他也离开了走廊，正在座位上盯着衣笠。

为防万一，金田一耕助又到三楼看了看，连太郎也不在那里。若是已经回到座位，在这么大的歌舞伎座里，不知道座位号码是不大可能找到他的。

金田一耕助放弃寻找，回到一楼西侧走廊。神尾秀子独自靠在沙发上专心做编织活儿。

“哦？神尾老师，您不看戏吗？”

“啊，金田一先生。”秀子抬起头，眯起眼看着耕助说，“您不也是嘛……您来来回回忙什么呢？在等相好的？”

“哈哈哈，您可真会说话，等什么相好的，这儿又不是吉原[①]。不过，神尾老师……”

“嗯？”

“至此歌舞伎座，偏坐于走廊上做编织活儿，此种人真乃罕见之至啊。”

“啊？”秀子无奈地看着耕助，忽然笑了出来，说，“金田一先生，您可真逗。这是学戏词吗？”

“就算是吧。这儿的门票也不便宜嘛。”

“金田一先生，我在那边坐着光剩头疼了。不习惯，不习惯。我就是个乡野村妇。”

“那也不用做编织活儿啊，让人觉得您好像专门做给谁看似的。”耕助说着坐在了秀子旁边。秀子稍稍挪了挪身子给他让座。

“是吗？我反正觉得这样就能放松，更能集中精力，不想太多。”

“那不做编织活儿就会胡思乱想喽？”

“是啊，总是想很多。”秀子看着手头说，“金田一先生啊，到了我这个年龄，人总会变得保守，不喜欢环境变化太大。与其说是不喜欢，不如说是会不安吧。我总觉得要是能一直待在岛上就好了。”她长出了一口气，“但这些话别跟智子小姐说。她还是应该离开那个岛。”

耕助瞥了一眼秀子的侧脸。离开月琴岛时没有感觉到她年龄大，但最近每次见面，都觉得她越发苍老。耕助忽然感到眼前这个四十多岁却还是处子之身的女人，浑身透着一种悲情。

---

①位于东京浅草北部，原为江户时代形成的红灯区，1958 年立法废止。

“神尾老师。”

“嗯？”

“您为什么不结婚呢？”

“啊？”

秀子的脸忽然变得像蜡一般苍白，呼吸有些混乱，手微微颤抖。她又默默地织了一会儿，一阵匆忙的飞针走线之后，总算平静下来。

“金田一先生，您真讨厌。问我这个老太婆这个干吗？”

“哪儿的话，您现在可还年轻着呢。我觉得，您迄今为止应该有过很多结婚的机会吧？”

秀子一言不发，过了一会儿，她静静地说：“金田一先生，结婚需要爱情，对吧？但我对人的爱在很久以前就已经燃烧殆尽了。从那以后，我就成了一堆灰烬。”

“您是说您失恋了吗？”

“失恋？算是吧。”秀子的语气暧昧不明。她默默地舞动了一会儿棒针，接着又笑着说：“金田一先生，您要不要看看我当年所爱之人的照片？”

“当然。我想看看是什么样的男人让您这样优秀的女人失恋。”

“就是这位。”

秀子把织物放到腿上，摘下十几年都没有离身的项链。她把镶有珍珠的坠子拿到耕助眼前，咔的一声打开盖子。

坠子里面有一张照片，是之前提到过的梳着复古发式的智子的母亲。

“这、这是……”耕助瞪大了眼睛。

秀子瞥了耕助一眼，镇定自若地又把项链挂回脖子上，戏谑地笑着说："呵呵呵，您吓了一大跳吧。可别告诉别人，他们会想歪的。"她又拿起织物，重新摆弄起棒针。"我对琴绘夫人的爱，不是同性恋那种下流的感情。琴绘夫人根本不会让人产生那种下流的想法，她是位宛如圣母一样圣洁的人。但她太过洁白无瑕，没有半点世俗浊气，反倒让人担心到了社会里会无法适应。这让我无法不爱她。夸张点说，我是带着侍奉神明的心情服侍夫人的。您能明白吗？"

"我明白了。"

尽管这么说，耕助仍然无法抹去脑海中飘来的一丝疑云。

秀子对琴绘的感情可以理解，这很符合秀子这样的女人的性格。但秀子为什么要把这件事告诉耕助，为什么要把藏在坠子里的照片拿给耕助看呢……

金田一耕助回想着两人的对话，想弄明白到底话题是怎么跑到这上面来的。他想起他们从秀子为什么不结婚说起。按刚才的说法，秀子还是老处女的事情倒也不是不可以理解。

但正因如此，耕助愈发疑惑起来。

秀子没有必要为了解释不结婚的理由而这样坦诚。耕助的问题并不咄咄逼人，现在也不是多么严肃的场合，这个问题完全可以一笑了之。

但秀子还是下定决心做了那样一番表白。为什么？难道秀子想用它把一些更重要的理由掩饰过去吗？

现在回想起来，刚问起为什么不结婚时，秀子的狼狈之色的确非同寻常。

"我说，金田一先生，您在想什么呢？"

"呃，没什么……"

“我刚才都说了，您可别想那么多。早知道我就不说了，您还是把它忘掉吧。”

“哦。”耕助挠着头，忽然想起了什么，“对了，说到照片，那本相册还没找到吗？”

“没有。”秀子平静地做着活儿，说，“接到您的电话，我就把从月琴岛寄来的东西整理了一遍，但没找到相册。”

“这事怪了。”

“是啊，应该放进去了。”

相册就是那本贴有徕卡相机照片的相册。前几天宇津木慎介告知底片被骗走后，耕助给秀子打电话问了问相册。秀子当时说行李还没整理好，应该还在。两三天之后，秀子却打来电话说行李都整理好了，但找不到相册。

“不过，金田一先生，那本相册并不重要吧？您那里不是有底片吗？”

耕助看着秀子的侧脸，想读出些什么。他犹豫了一会儿要不要告诉她，终于下定决心说：“其实，神尾老师，底片被偷了。”

话音未落，秀子便扭过头来，脸上全是惊讶之色。耕助盯着她的脸，用似乎要穿透她一般的视线紧紧盯着，却也无法判断那到底是真正的惊讶还是伪装。

“怎么回事？”秀子嘴唇颤抖，“上次去您家时，您还说有底片所以没事……”

“是的，当时我也这么觉得，没想到……”

耕助简单讲了底片被骗走的经过。秀子的脸色越发苍白。

“那就是说，照片已经一张都没有了？我们手上完全没有了……”

“是的。所以我才寄希望于您家里的相册……”

“那我回去再好好找一下。不可能没有……”

就在此时，舞台上传来打梆子的声音。秀子慌了起来，说：“大家要出来了。我得赶紧收拾好……”

她把编织物装进手提袋，匆匆起身，一张纸片从她膝盖上飘落。耕助捡起一看，皱起了眉头。

那是一张三寸见方的方格绘图纸，上面用紫色墨水画着奇特的符号。就像图中所示的那样。

“神尾老师，这是什么？是暗号吗？”

秀子看着耕助手上的东西，说：“金田一先生，您这一行的人真是什么都往那个方向想啊。这不就是编花样的符号嘛。”说着，她从耕助手里拿过纸张，“我给您念一下吧。从最下面一行的左边开始念，就是一下针、一上针、两上针、加一滑针、一下针、加一滑针、两上针、一上针……”

念着念着，秀子忽然想到了什么，对耕助说：“金田一先生。”她压低了声音，哑着嗓子。“这真的可以做成暗号啊。针织的符号还有很多种，我回头做份暗号给您看吧。但可别告诉别人啊……”

耕助愣住了。这时大幕落下，观众纷纷拥出。秀子把针法示意图塞进手提袋，平静地向人群走去。

第六章　红色巧克力

红色巧克力

这会儿，美丽的智子有些困惑。

如果按自称阿香的女子说的去做，智子应该在这个幕间去三楼走廊。但她还没有下定决心。

年轻的智子不惧怕任何冒险。不，应该说她已经决定不去怕了。强烈的好奇心也驱使她这样去做。

但仅仅为了素不相识的女子的几句话，就在不知道原因和对方是谁的情况下前往，总显得自己很没见识，让她很不情愿。所以她一直犹豫不决。当大幕落下，人群从侧门来到西侧走廊时，她却独自来到正面走廊，因为她想，或许到了那里，她就会想到三楼去看看。

但她很快发现自己不是一个人。驹井泰次郎和三宅嘉文跟了过来，好像忠诚的卫士一般。他们仿佛担心自己一旦大意，竞争对手就会拉着智子逃跑。

“智子小姐，要不要去喝点茶？”

左边的娃娃脸胖子三宅说。他身躯庞大，却是个极易害羞的人，每次和智子说话都会满脸通红。

“嗯……”

智子思考着，右边的驹井强行拉起她的手，说：“算了吧。喝什么蠢茶啊。去喝点啤酒吧。”

他的语气像是要刻意压过三宅。

“嗯……”智子想着，露出犹豫不决的笑容，轻轻抽出手说，“我现在什么都不想喝，就想随便走一走而已。”

随后，她心里默念：这种情况下，不可能神不知鬼不觉地跑到三楼。

“光走路多无趣啊。我口渴得厉害，还是想喝点啤酒。”

“那你自己去不就得了吗？”

智子迄今为止从未对这个青年用如此冷漠的语气说话。尽管那时她还并不想去三楼，但两个人的纠缠让她无比厌烦。她忍不住才脱口而出。

驹井的脸一下子涨得通红，接着又变得刷白，额头上青筋微微颤抖。对于自尊心很强的驹井来说，这句话让他有被人掴了一掌的感觉。他转过身径直走开，智子两三步追上去。

“哎呀，惹你生气了吗？不好意思啊。我没那个意思。”

“不，我没有生气，只是想去抽根烟。”

“哦。”智子冷冷地说，转过身去，对着三宅笑了笑。她的语气实在太过冷淡，冷淡得让驹井心中一惊，不禁回头看了一眼。但智子的背影已经没给他留下任何余地。

驹井无奈地走到走廊角落的烟灰缸处，点上一支烟。他终究没勇气留下智子和三宅独自离开。

智子走到三宅身边说："三宅先生，我们去喝茶吧。"

智子的笑容灿烂，三宅的脸红得像煮熟的章鱼。

"呃，可是……"他看着驹井，不知所措地说，"这样不大好吧，对驹井不公平吧。"

"唉，你还真是胆小啊。"

智子觉得很无趣，一时想要不要直接去三楼。这时，她发现九十九龙马盯着自己，便跑到龙马身前，几乎要扑到他怀里似的说："哎呀，九十九叔叔。"她浑身透着妩媚，"有件事想拜托您。"

说着她看了看龙马，嗔道："哎呀，叔叔真讨厌，您怎么又醉了？"

面对智子突如其来的妖艳攻势，见惯大场面的龙马也有些不知所措。他不停地眨着眼说："哈哈哈，智子小姐，我不能喝醉吗？"

"不能啊。您最近老是喝醉，这会妨碍您修行的。"

"哈哈哈，这可真是戳到我的痛处了啊。真没想到你会这么说，最近我的确没怎么好好修行。"

"是吗？为什么呢？"

"为什么呢……"龙马双目泛光地盯着智子，恨不得一口吞了她一般，说，"大概是因为无论白天夜晚，是梦是醒，心中总是念念不忘一个人吧……哈哈哈……"

龙马干笑着，不知为何，他的醉眼里泛起了一丝泪花。

但智子没有注意到，她接着说："叔叔，您这是什么意思啊？"

“是什么意思呢？智子小姐，这你不明白，不明白最好。对了，你有什么事想拜托我啊？”

“我想去叔叔那里看一看，叔叔是在叫青梅的地方修行吗？”

“你想来看我修行的地方？”龙马睁大了眼睛，渐渐溢出满脸笑容，说，“智子小姐，你、你真的想来吗？”他呼出的气息都有些发烫。

“当然是真的，叔叔。怎么，我不能去吗？”

“怎么会，你要肯来最好不过。为什么想来呢？”

“我也想修行啊，想尝试特别狂野的修行。而且叔叔您不是会做什么祈福祷告之类的吗？我也想让您给我祈福。”

“什么？你想让我给你加持祈祷？”

龙马瞪大眼睛，脸色通红。也是，智子并不知情，龙马在青梅的修行场给女人加持祈祷，其实是有某种特殊含义的。

龙马尴尬地清了清嗓子，说：“哈哈哈，加持祈祷什么的先不说，你想来的话我随时欢迎。什么时候有时间呢？”

“就这两三天里吧。”

“你父亲和神尾老师会同意吗？”

“不同意的话我就偷偷溜出来喽。我真是有话想跟叔叔单独说啊。”

智子的眼神充满致命的诱惑。她在不经意间散发的强烈魅力，让龙马的眼睛里闪着欲望的光芒。但她一无所知，说：“叔叔，刚才这些别告诉别人。”

她留下一个令人神魂颠倒的微笑，忽然离开龙马，对和她擦肩而过的一个女子轻声说：“下次幕间休息见吧。”

女子轻轻点了点头，离开了。

智子回到三宅身边，说："哎呀，三宅先生，您领带松了。别动，我给您系好。"

三宅的脸像火烧一样，全身紧张得动弹不得。智子一边系着领带一边小声说："下个幕间休息我有事，但驹井先生总是缠着我。你想个办法让他别跟过来。求求你了……"

说完，智子便从三宅身前离开，说："你看，这样就好了嘛。"接着又从包里拿出五六颗巧克力。"你听明白了吗？"

看到对方点头，智子说："谢谢。这个奖励你。哈哈哈。"

她拉过三宅婴儿一样的手，把全都是红纸裹着的巧克力一个个按在他手心里。

幕间狂言

下一幕是串场，幕间休息的时间不长，所以没多少观众起身。但智子连落幕都等不及，就离开了座位。

驹井见状也离开座位，三宅紧随其后。其他人为表示对两人的尊重，都尽量不打扰他们。

三人前后来到走廊上，这时三宅说："驹井，来，有点事。"说着，他把驹井拉到了走廊角落。

智子趁机上了正面的楼梯。但她只顾看走廊，没发现有人正在下楼，两人撞了个满怀。

"哎呀，对不起。"

智子退了一步，抬头看了看对方，那是一个面容高贵、肤色浅黑的小个子老人。

“哦，没什么……”老人吃惊地直勾勾地盯着智子的脸。

智子不由得闪开视线，说：“不好意思，我有事……”

她刚要上楼，对方说：“哎哟，不好意思，我才应该道歉。你请。”

老人如梦方醒般让开路，但双眼仍然盯着智子。

“谢谢。”

智子侧过脸从老人身边走过，仍然能感觉到老人灼灼的视线还紧跟着自己。她心中忽然一阵骚动。

以前好像也有过这样的情况。也是在楼梯上撞见，对方从楼上盯着我……

智子忽然想起来了。

那是在修善寺的松籁庄。发现游佐尸体的前一刻，智子前往屋顶的钟楼时，在楼梯上与对方撞了个满怀……

智子吃惊地回头，老人还在看着她，冲她笑了笑。智子只感到一阵暖意涌遍全身，她微微点头示意，脸上自然而然地露出了微笑。

不对。不是他。修善寺的那人戴着眼镜，蓄着胡子，而且是满头白发。

但遇上这位老人还是让智子心里稍稍温暖了些，她放松地上了三楼。

阿香已经在楼上等着，见到智子便说：“这边。”

说着，她先进了吸烟室。幕间休息时间很短，吸烟室里只有两三个人。智子进来时，开演的铃声正好响起，那几个人也赶紧离开了。

房间里只剩一位戴着墨镜的男子，靠在沙发上读报纸。等人都离开后，他放下报纸站起身，走到智子身边摘下墨镜，笑着说：“晚上好。”

是多门连太郎。他轮廓分明的五官充满男子汉气概，一笑就露出满口洁白的牙齿，充满健康活力。

智子眯起眼睛，冷笑道：“晚上好。有何贵干啊？”

男子有些吃惊，但很快高兴地笑着说：“哈哈哈，你倒是很有胆量啊。见到我不觉得吃惊吗？”

“要是吃惊我就不会来了。其实我早就想到了。”

“那就是说你明知是我还过来了？多谢。到这边来吧，站着说话多不方便。”

“那……我先回避一下。”一直孤零零站在一旁的阿香小心翼翼地说。

“怎么，你还在啊。真不识相。赶紧出去，小心楼梯。智子小姐，请到这边来。”

阿香希望男子至少能看自己一眼，但他头也没回。她失望地垂着肩离开了房间。

“我没工夫跟你耗着。要是我太长时间不露面，外面会乱的。”智子缓缓坐在沙发上，嫣然一笑，“还有，我先说清楚，如果你做出什么无礼的行为，我会立刻喊人。别看我穿得这么光鲜，其实本性还是个岛上出来的乡野姑娘，我可不在乎什么名声。你听明白了吗？”

连太郎似乎被震住了，他看着智子，露出了狡黠的笑容，说：“请允许我问一下，你所谓无礼的行为是什么呢？”

“就是你在修善寺做的，在钟楼里……做出那种事，你不觉得惭愧吗？一个女人看见有人被杀，吓得魂飞魄散，你却趁机亲吻她，实在太卑鄙了！”

“哈哈哈，你还记得啊。看来那一吻让你印象深刻啊。”

“因为我很生气！你别自以为是了。”智子的脸气得通红，冷冷地说道，“你找我到底什么事？快说，我可没那个闲工夫。”

“好，那就先问你。”连太郎挡在智子身前，说，“那高个子和胖子是干什么的？就是缠着你的那两个人。他们也去修善寺了吧？是向你求婚的人吗？”

“嗯，是啊，没错。”

“那种人还是算了吧，他们没资格娶你。”

“哎哟，你这是说的什么话。”智子坏笑着说，“他们是我父亲选的候选人，我总归会和他们中的一人结婚。”

“别啊，别啊！你傻啊！”连太郎跟小孩闹性子一样，说，“那种蠢货哪儿好？还是说你已经喜欢上某一个了？”

“随你怎么想。”

“你倒是说啊。你喜欢那个胖子吗？那么多人看着，你还给他系领带，太丢人了……我差点上去揍他一顿。”

“哎哟，你也看见了啊？”智子笑出了声，“可是，多门先生。”她突然正色道，“你为什么总要管我这么多呢？我要干什么、要喜欢谁，和你有什么关系？”

“不行，不行，那可不行。”

“怎么不行呢？”

“因为我喜欢上你了。”男子傲然说道。

智子脸红了，她看了看眼前的男子，忽又笑着说道：“谢谢。我是女人，你这么说我很高兴。但你也太随性了吧？我对你全无感觉啊。”

“很快你就会有的。不，你现在就有了，不然不会到这里来。”

“是吗？让我好好想想。”智子用戏弄的语气说道，却忽然沉下了脸，盯着男子雕塑一样的脸，“多门先生，你喜欢我，我真的很高兴。但你也不能半夜在我卧室外面出没吧。你总得检点一下自己的行为。”

“半夜……在你卧室外面？我吗？什么意思啊？”

“你这也太不像男人了，还要装傻吗？前几天晚上……就是上个月三十号晚上，有人在我卧室外脱鞋的台子上放了一个领带夹，是你干的吧？你是什么意思？”

“哦，那个啊。”连太郎目光灼灼，俯视着智子说，“那件事的确有点做过头了，但我实在忍不住要做。智子小姐，你听我仔细说。”

他的声音忽然激动起来。“你身边好像环绕着一团带着妖气的云，你却一无所知地身处妖气当中。这样下去，你可能会因此窒息。你需要一个强大忠诚的守护者，他要能为了你不惜生命……我就是最合适的守护者。你需要我这样强大、勇敢、无所畏惧的男人。我做好准备了，我要为了你与那团阴云搏斗，把你救出来。我希望你知道，你身边随时都有我这个仆人。所以我把领带夹放在那里当记号。只是这件事的确有点做过头了。”

连太郎的语气十分真诚，和其他想获取智子芳心的男人那种哄猫咪般轻柔的语气截然不同。尽管他粗野、蛮横，简直和任性的孩子一样，却反而似水滴渗入沙堆一般，直抵智子的内心深处。

但智子不是那种轻易就会被男人说动的女人。她的脸上浮起嘲讽的笑。

“谢谢。这么说，我是个充满烦恼的女王，你就是勇猛的骑士了？可那也不用半夜到我家院子里吧？”

“智子小姐，你总说半夜半夜，到底是几点？”

“大概是半夜两点吧。大家折腾完的时候，我看了看表，已经快三点了。”

“那就是说，半夜两点多，有人在你休息的卧室外出没了？”

“有人？多门先生，那人不是你吗？”

“智子小姐！”连太郎神情严肃地说，“所以我说你需要守护者。那不是我。三十号晚上我的确去了经堂，我实在忍不住想看你一眼。但我去的时候天刚黑不久。对了，去你家的路上，我还遇见了金田一耕助，就是那个奇怪的侦探。我不想让别人看见我，就躲在暗处等他走远。他好像跛着脚……”

“嗯，金田一先生是九点多离开的。”

“你看，所以我到你家也是那段时间，应该不到九点半。”

“你是从哪儿进来的？”

“奇怪的就是这里。我虽然去了经堂，却没把握见到你，又不能直接要求与你见面。但一想到你在那里，我就舍不得回去。我绕着你家走来走去，只觉得全身发痒，简直要哭出来。走着走着，我发现背面有处瑞香花的篱笆开了一个洞，好像刚刚有人钻过去一样。我就从那儿进去了。”

“什么？那你待到几点？”

“我进去的时候，胖子和高个子还在你家放着音乐跳舞。我真想把他们暴打一顿，但还是忍住了。十点左右，他们终于走了。”

“对，十点我让他们走的。”

“之后你就回了卧室。当时防雨窗没关，能清楚地看到你。你坐在桌子前，一副若有所思的样子。过了一会儿，女佣进来关了防雨窗。之后灯灭了，你好像躺下来了。但过了一会儿，我听见抽泣的声音。那天晚上你是不是哭了？”

“没有！没有！我没哭！我才不是那么娇气的女人！”

智子感到十分屈辱，脸涨得通红。

连太郎笑道：“哈哈哈，好吧，好吧。无所谓啦。反正我总觉得你在哭，我也很想哭，觉得心里特别压抑。为了告诉你不用担心，有我在，我就把自己的领带夹放在了那里。”

“那么你回去的时候是几点？”

“从你家回到经堂站的时候是十一点整。我见到了你，也听见了你的声音，就心满意足地上了车。智子小姐，你想想，要是我真的直到半夜两点还在你家，怎么可能当晚回到家呢？但我那天晚上十二点时的确已经到家了，有人证明。”

“那么，那天晚上到底是谁在院子里呢……”

智子的尾音在颤抖。她的眼睛圆睁，露出了害怕的神色。连太郎看着她的眼睛，一字一句有力地说：

“所以说，智子小姐，你需要一个守护者。有团妖云笼罩着你，能拯救你的，除我之外别无他人。应该娶你的只有我，你应该嫁的也只有我。这不是我擅自决定的，是有人想让我们这样。”

“你怎么知道的呢？”

智子渐渐地被他吸引，神情十分认真。

“你想想，我为什么会去住松籁庄这种高级酒店？现在我没那么宽裕。其实是有一天，有人匿名给我寄来了钱，让我去修善寺的松籁庄，还附了封信，说南方会有佳人前来，那人就是你未来的妻子。我当然半信半疑。当时我已经厌烦了女人，但那是笔巨款，而且在高级酒店里住几天也不是什么坏事，我就去了。结果你也到了那里，我第一眼见到你时就完全被你吸引了。智子小姐，你明白吗？”

智子十分震惊，也感到有些心动。但她很快压下这种情感，放声笑道：“你别胡说了。女人再浪漫，也不会相信这种小说里才有的事情……”

“这不是小说，不是瞎编的！”连太郎激动地说，“今天……今天也是。这次没有信，只有钱和歌舞伎座的门票。我想你或许会来，就过来看了看，果然不出所料。而且我的座位和你的挨得很近。肯定有人……有人想让我们在一起。”

“这……这是真的吗？”

智子的神情紧张起来，呼吸也变得急促。她不知不觉间抓住了连太郎的胳膊。

“真的，我不会骗你。”

“那……那是谁做的？你不知道吗？”

“直到今晚我都完全不知道。但今天我遇见了一个人，觉得没准是他。我在二楼走廊上遇见他了。不过现在我已经是这副模样，实在没脸见他，就躲开了……”

“是谁？那是谁？”

“是……是……”

连太郎刚要开口，一阵匆忙的脚步声从楼梯传来。

“金田一先生，金田一先生！”

来人边喊边进了吸烟室。是宇津木慎介。慎介见到两人，有些不好意思地说："啊，抱歉。我找人找得太急了。金田一先生在哪里呢……"

"金田一在这里哦。"

智子"啊"的一声叫了出来，急忙回头。只见金田一耕助正笑着从一张大安乐椅后面站起。

"什么，金田一先生！"智子大声叫了出来。她激动得想说些什么，又转念冷笑道："原来这就是你的任务啊。你若不是干这行的，我一定会狠狠地鄙视你！"

"哈哈！"金田一耕助很开心地挠着乱蓬蓬的头发，"我是这一行的，你也可以鄙视我。我刚才在椅子后边听你们俩说话，恨不得找个地洞钻进去。你们二位真是坦坦荡荡，而我则是躲躲藏藏。真让我无地自容啊。哈哈哈。"

他又问慎介："宇津木，什么事？"

"金田一先生，又、又有人被杀了……"

慎介这句话不啻引爆了一枚炸弹。

耕助、智子和连太郎瞬间甚至一阵痉挛，他们呆呆地看着慎介。耕助最先回过神来，提起裤裙下摆冲出房间。但他马上又停下脚步，说：

"多门，我来介绍一下。这位是新日报社的宇津木慎介。他原来打过橄榄球，论力量可不输别人。宇津木，这位是松籁庄案件的重要人物，多门连太郎。到底是抓了他交给警察，还是暂时隐瞒以便你们报社出独家新闻，随你判断。智子小姐，麻烦你过来跟我一起。"

耕助一口气说完，就拉着智子的手跑出了房间。

被杀的是胖子三宅嘉文。

他死在一楼西侧的洗手间里，口吐黑血。白色的瓷砖上，他的右手手指刚刚竖起，却僵直在那里，掌心下掉落着皱皱巴巴的巧克力包装纸。

但那不是红色的，而是蓝色的包装纸。

在场的人一个个像被冻住了一样，那一张张僵硬的脸——真是出奇妙的幕间狂言。

蓝色巧克力

金田一耕助咬紧牙关，仿佛听见凶手正在得意地笑着，那声音像汹涌的波涛一样萦绕耳边。

凶手一次又一次地以恶魔般巧妙而冷酷的手段制造着牺牲者，而且还是在他眼皮底下。

金田一耕助无法压制怒气，全身的血液都要沸腾了。

三宅的尸体马上被抬到办公室。剧场广播询问有没有医生在场，不一会儿就有三人来到了办公室。这里不愧是日本最有名的大剧场，来的医生也都是杏林圣手。

医生们仔细地验尸，其他人则在隔壁房间里，沉默在异样的氛围中。

大道寺欣造站着，眼神茫然。他眉头紧皱，仿佛在说已经受够了这种事，双眼没有一丝生气。

神尾秀子坐在椅子上低着头，似乎又老了一些。她紧张的侧脸有些像巫女。金田一耕助看到她全身时不时条件反射般颤抖。

九十九龙马还散发着酒气，不停地摸着自己的胡子。也不知他在想什么，有时还会露出一丝微笑。

智子像只母豹一样，双眼闪着强悍的光。

她对三宅没有感情，尽管可怜他，却并不悲伤。相反，她现在比金田一耕助还要气愤。

她在松籁庄浴室的镜子上看到的恐吓文字，现在正一点点成为现实。她与其说被吓到，不如说因为愤怒而热血沸腾。

到底是谁在滥杀无辜？这也是把我赶回岛上的手段吗？但为什么非要让我回去不可？我为什么不能留在东京？不告诉我为什么，我……我才不回去！

智子紧紧地咬着下唇，直到嘴唇出血。

她是个心气很高的女人，不会向这种无理的命令屈服。相反，她暗下决心，不把整个案件背后的真相弄个水落石出，她绝不回到岛上。

所以，如果凶手只是想把智子赶回岛上，就让血流成河的话，那不得不说他完全看错了智子的性格。

阿槙缩在智子旁边的椅子上，双手掩面。茑代害怕地睁大了眼，紧紧抱着文彦的肩膀。伊波良平还是那副样子，眼珠子转来转去，看着每个人的脸色。

众人都难以保持平静，但要说最为丑态毕露的，还是驹井泰次郎。

他完全失去了风度，一会儿坐在椅子上，一会儿又站起来。点上烟之后又马上掐灭，嘴里嘟嘟囔囔，走个不停。有时看智子一眼，目光里全是疑惑和恐惧。

忽然，所有人都回头看向同一方向。通往隔壁房间的门打开了，三名医生中的一人走了进来。

医生疑惑地看了看众人，轻轻地咳嗽了两声，说："我想先提醒一下各位，这件事必须马上报警。"

"报警？"剧场经理吃惊地反问道。他一直在屋里，不解地看着屋里奇妙的群像。"这位先生不是疾病发作？"

医生点了点头，经理露出恐惧之色。他生怕这会影响今晚的票房。

金田一耕助走了过来，拍了拍经理的肩膀，说："真不好意思，让您这么担心。但这不会影响演出的。这件事与其他观众无关，即便这是杀人案……"

"杀、杀人案？"

经理发出了像被人掐住喉咙一样的声音。但他很快回过神来，边留心走廊上有没有人边问："大夫，这是真的吗？"

"是的，如果这名死者没有自杀动机的话……"

见医生严肃地点了点头，经理惊慌失措地说："那……那我得赶紧报警……"

"不用，我刚才已经打过电话了。他们应该快到了……"金田一耕助看了眼手表，又对经理笑了笑，说，"您放心，我跟他们说了不要把事情闹得太大。所以您在演出结束之前最好也不要告诉别人。"

正在上演的已是最后一幕了。经理黯然点头，说："好吧。那我就到门口等着。"

经理走到门口时，警视厅的车正好开到。一名警部和两名便衣下了车。不知是不是金田一耕助的话起了作用，他们都做出若无其事的样子。

经理走到警部身边，交谈了三言两语。这时剧院里携手出来两个男人，从他们身边走过。

警部见状微微皱起了眉头。其中一人他认识，就是新日报社的宇津木慎介。他正想说什么，这时经理催他快点进去，他便一言不发地跟了进去。

一行人进来后，办公室里各有所思的众人也开始紧张起来。警部站在门口环视众人，看到金田一耕助的时候，他行了个注目礼，问：“那么尸体呢……”

“在隔壁房间里。我带您去。”

金田一耕助领警部进了房间。警部小心翼翼地关上房门，两名便衣按照他的命令留在了外面。

三宅的尸体靠在安乐椅上，头无力地垂着。他没穿外套，解开扣子的衬衣里露出女人一样丰满的胸部，覆有一大片短短的胸毛。

警部看了看他的脸，对三名医生说：“辛苦你们了，请问死因是……”

“不清楚啊。”最年长的医生礼貌地说，“得解剖一下才能确定死因。现在我们都觉得应该是氰化钾中毒。”

“这样啊。那您知道凶手是怎么下毒的吗？”

“也得解剖了才能确定。但从前后的经过和口腔里留下的东西来看，应该是藏在巧克力里。”

“巧克力啊。”警部用小指挠着鬓角，思考了一会儿，郑重地鞠躬说，“真是谢谢各位了。一会儿法医会过来，不知各位能否告诉我尊姓大名？”

三名医生点点头，都拿出了名片，说：“如果需要我们做证，随时愿意效劳。”

三人礼貌地说了几句套话，便离开了房间。警部又小心翼翼地关上门，对耕助说：“金田一先生。”他的表情很严肃。“刚才你在电话里说这和修善寺案件属同一起。真的吗？”

金田一耕助点了点头。

“那就是说，修善寺的凶手又杀了一个人？”

金田一耕助又沉重地点了点头。

“这次的死者是什么人？和大道寺家有什么关系？”

这位警部姓等等力，和金田一耕助关系很好，曾在两三起案件里共事过。两人对对方都有不错的印象。

耕助简单地说了案件的经过。但他没有说出最关键的智子的身世和衣笠的情况，所以总有些吞吞吐吐。

不过等等力没有发觉，他问：“就是说，修善寺案件的所有相关人员都在这里？”

耕助点了点头。

“而凶手也在其中？”

“这我还不敢断定……警部，您最好赶紧开始查今晚的案子。我也不清楚谁是凶手，以及到底是怎么用巧克力给死者下的毒。”

等等力点了点头，说：“那就开始吧。先问谁比较好？”

“我觉得先问大道寺先生吧。他是今晚的东道主。”

于是，大道寺欣造被从隔壁叫了过来。

欣造的双眼还是全无生机。他瘫坐在椅子上，机械地回答着警部的问题。他说当时的情况是这样的：

“那是第几幕来着，反正幕间休息很短，我们基本都没离席，只有智子、驹井和三宅……”说着，他往三宅尸体的方向努了努嘴，全身微微颤抖，“他们三个去了正面走廊。没想到不一会儿文彦——不知道文彦什么时候出去的——慌慌张张地过来说，驹井和三宅正在打架。我就跟着文彦出去看了看，两人果然扭打在一起。我分开他们，训斥了一顿，一问打架原因，原来是因为智子。但智子并不在场，他们说她一个人上了二楼。我便上了二楼，结果碰见了熟人，被对方拉着说了好一会儿话。这时伊波又过来说三宅出事了。我还以为他和驹井又打起来了……”

欣造说到这里，露出疲惫不堪的神情，呆呆地看着自己的鞋尖。

耕助探身说：“明白了。您在二楼碰见了熟人，对吧？那是谁呢？”

欣造瞥了耕助一眼，说：“必须说吗？他和这起案件绝对没有关系。”

“不，不用。您不想说也没关系。”

耕助心中有些雀跃。或许欣造遇见的熟人就是衣笠。

根据刚才听到的连太郎和智子的谈话来看，有人想让这两人走到一起。而连太郎说他在二楼遇见了疑似此人的人。或许连太郎说的也正是衣笠。衣笠知道连太郎和智子在三楼见面，所以故意拉住欣造，好为他们创造机会。

耕助感到心脏在剧烈跳动，似乎全身都在发颤。根据他的调查，衣笠是智子的爷爷。爷爷为心爱的孙女选的男人不可能只是一个流氓。

啊，那么多门连太郎到底是什么人呢？

“嗯，那个……”金田一耕助想要平复心情，清了清嗓子说，“三宅先生似乎是吃了含氰化钾的巧克力死的。您知道什么线索吗？”

“没有，完全没有。不过……”

“不过？”

“好像是前一幕的时候，三宅看戏时从左口袋里拿出巧克力，问我要不要吃一颗。我说不要，他说是智子给他的，高高兴兴地吃了起来。我觉得特别好笑……”

“是左口袋吧？”

警部起身搜了搜三宅的上衣口袋，里面有四颗巧克力，都是红纸包着的。

“那死者是被那颗巧克力毒死的吗？”

“不，我觉得不是。不是说氰化钾的毒性发作很快吗？三宅吃巧克力时刚开幕，如果里面有氰化钾，他应该活不到下一场幕间休息。”

耕助想了想，说：“好，这件事一会儿还是问问智子小姐吧，看看她给了三宅几颗巧克力……警部，您还有什么问题吗？”

“我没什么了。”

警部向耕助投来想要商议的目光。耕助点点头，说：“谢谢您的合作。大道寺先生，麻烦您叫把驹井叫过来。”

驹井泰次郎烦躁地走进来，大声说道：“金田一先生！”

他的语气仿佛要来大吵一架，但他一看到三宅的尸体，便吓得后退一步，赶紧转过头，改以虚弱的语气说：“金田一先生。这到底是怎么回事？到底是谁要陷害我？修善寺的时候也是，我和游佐因为一点小事吵架，结果当晚游佐就被杀了……我当时就很难受，没想到今天也是。我和三宅起了纠纷，然后三宅就死在我眼前。金田一先生，一定有人……有人想陷害我。”

驹井眼看着就要哭出来了。

金田一耕助和警部面面相觑，说：“先坐下，先坐下。站着也不好说话。”

驹井无力地坐到椅子上，掏出手帕擦着额头上的汗。耕助看着他，说：“听说您和三宅先生打架了。怎么会这样呢？”

“三宅……不，幕间休息时我们三人，就是智子小姐和我们一起去了正面走廊。但智子小姐不理我们，想独自上二楼。我想追过去，三宅却拉着我说有话要说。可真让他说，他又只是吞吞吐吐，什么都说不出来。我等不及想离开，他就拉着我不让我去。我硬把手甩开，不小心打到了他的脸，他就生气了。别看他平时跟女人一样扭扭捏捏，其实特别暴躁。”

尽管气氛一片严肃，但金田一耕助还是忍不住想笑。看来这两人一直都在暗中较劲，今天终于爆发了。

金田一耕助用手帕掩住嘴，装出一副严肃的样子，说：“然后，嗯……大道寺先生就到了吗？”

“是的。大道寺先生马上就到二楼找智子小姐。我也想去，但他不让我去，我就在原地等着。三宅从口袋里拿出巧克力，嬉皮笑脸地问我吃不吃，我说不要。他说这是智子小姐给他的，吃了一颗。但他还没吃完，就忽然脸色大变……我吓了一跳，他捂着喉咙跑向洗手间，我也赶紧跟了过去，他很快就瘫倒在那里，口吐鲜血……”

驹井回忆起当时的情景，浑身发抖地看了三宅的尸体一眼，又马上扭过头去。

“明白了。当时只有您一个人在三宅先生身边吗？有其他人在吗？”

“文彦在。他也一起去了洗手间。”

“最后再问您一下，您记不记得三宅先生吃的巧克力的包装纸颜色？是蓝的还是红的？”

驹井想了想，说：“应该是蓝色。三宅吃的时候我没注意，但倒在洗手间里时，他右手拿着一张蓝色包装纸。”

“是这个吗？”金田一耕助从怀里拿出了一张皱皱巴巴的蜡纸。

驹井神色黯然，点了点头。“我不确定是不是，但的确和这个差不多。”

金田一耕助满意地对警部说：“警部，您还有什么要问的吗？”

“嗯……对了，驹井先生，您知不知道是谁给受害人有毒巧克力的？”

“三宅说是智子小姐给的。但小姐怎么会……”驹井又开始坐立不安。

“好，谢谢您。咱们就先聊到这儿吧。能不能麻烦您把智子小姐叫过来？”

驹井最后瞥了一眼三宅的尸体，逃也似的离开了办公室。过了一会儿，智子进来了，文彦也紧靠着她一起走了进来。

金田一耕助和警部露出责备的眼神。智子微微笑道：“我知道您想问什么，是我给三宅先生的巧克力吧？这件事有文彦在更好说清楚。”

“这样啊。你请坐。文彦，你也坐在这儿。”

文彦极力不去看三宅的尸体，坐在了智子身后。他手捧着一个扁圆的盒子。

金田一耕助看着智子说："请问你是什么时候给三宅先生巧克力的？"

"是案件发生前的幕间休息时。我有事拜托三宅先生，作为答谢，给了他巧克力。"

"嗯？稍等。你说有事拜托三宅？是什么？"

智子眉毛一挑。"非说不可吗？这和案件没有半点关系……"

"哦，不用。那请你接着讲下去。"

"我给三宅先生的都是红纸包着的巧克力，总共五颗。"

金田一耕助和警部有些吃惊地对视了一眼。耕助看着智子，试探地问："智子小姐，你为什么如此肯定？"

"金田一先生。"智子直视着耕助的双眼，说，"我明白您在想什么。您大概以为我们在隔壁都商量好了。其实不是的，有警察看着呢，我们怎么可能商量。不过，关于三宅先生吃掉的，就是那颗巧克力，包装纸是蓝色的，我是亲眼所见……"

"这样啊，所以你也是想先为自己辩解一下了。但你为什么记得这么清楚？"

"是这样的。所谓答谢只是开玩笑而已，我当时是把巧克力一颗颗放到三宅先生手上的。我从包里拿出了六颗，但觉得这个数字不大吉利，就放回了一颗。"

"全都是红纸巧克力吗？"

"是的。您看吧，巧克力都在包里。"

耕助打开智子的包一看，里面除了一些化妆用品，还有八颗巧克力，包装纸都是红色的。

智子微微笑道："您可能觉得随身带着散装的巧克力很奇怪，但事情是这样的。我们今天从经堂开车来这里，文彦在车里说要给我巧克力，就从盒子里……"说着，她指着文彦手里的盒子。"给我拿了几个。他说因为我是女孩，就把红的全挑出来给了我。所以我包里没有蓝纸巧克力。"

"盒子能给我看一下吗？"

耕助从文彦手里接过盒子，打开一看，里面除了很少几颗银纸巧克力，都是蓝纸巧克力。耕助拿起一颗，拆开包装看了看，和三宅手里的包装纸完全相同。

警部和耕助不禁对视了一眼。

"就是说，盒子里一颗红纸巧克力也没有了？"

"是的。"

"当时车里还有其他人吗？就是文彦给你红纸巧克力的时候……"

"除了我们俩，还有外祖母、茑代夫人和神尾老师。父亲直接从公司到这边来了。"

"嗯。有人知道你给三宅巧克力了吗？"

"驹井先生应该知道吧，当时他就在旁边看着。九十九叔叔应该也知道……"

"不，大家都知道。"文彦忽然插嘴道，"我告诉别人了。那个死胖子……三宅先生拿着姐姐给的巧克力，高兴得跟小狗一样。"

"呀，文彦你也真是的！"

智子满脸通红。金田一耕助也用异样的眼神看着文彦。

这是个什么孩子啊。修善寺案件之所以那么混乱，就是因为他剪贴的信。而现在又因他的巧克力引发了如此惨剧。这孩子不会命中注定要成为恶魔的弟子吧……

智子和文彦离开后，警部烦躁地在房间里走来走去，说：

“金田一先生，是不是这么回事？凶手知道智子给了死者几颗巧克力，于是就从文彦的盒子里偷偷拿出一颗下了毒，再偷偷地放进死者口袋。死者毫不知情地吃掉巧克力被杀…… 是这样吗？”

“应该是的。”

“那就是说，凶手今晚事先准备好了氰化钾？”

“不，不只是今晚，凶手应该随时都带着氰化钾，以备不时之需。但现在搜身也没用，凶手一定早就把它扔了。”

警部又开始走来走去，说：“不过，金田一先生，不管谁是凶手，今天和智子一起乘车来的人都可以排除在外吧？”

“为什么？”

“因为他们知道智子拿的是红纸巧克力，所以……”

“警部。”金田一耕助眉头紧锁，说，“如果凶手是想嫁祸于智子，并且知道智子的巧克力都是红色的，那的确如你所说，他会选择红纸巧克力。但如果凶手只是想杀三宅，与智子毫无关系，或者不想让智子有嫌疑，那就会故意选择非红纸的巧克力。这样一来，知道智子巧克力颜色的人，也就是和智子一起乘车的人才更可疑。当然，对于智子本人来说也是如此。”

金田一耕助叹了口气，继续道：“总之，一会儿搜搜三宅的座位附近吧。大道寺先生说三宅在看演出的时候吃了一颗巧克力。那座位附近应该有红色包装纸……”

演出结束之后，他们果然在三宅的座位附近找到了一张红色包装纸。

但这丝毫不能缩小凶手的范围。

第七章　短剧

短剧

多门连太郎和宇津木慎介达成了妥协。

即慎介暂时不把连太郎交给警察，连太郎则必须接受新日报社的监视，在保证他不被捕的同时，将他置于软禁状态下，以获取看准时机爆料的特权。

两人谈好后，慎介马上从剧场给报社打电话汇报了案件，让报社派记者过来。等记者来后，他就和连太郎一起离开了剧场。

因此在门口看到等等力警部的时候，慎介也吓了一跳。

新闻记者——尤其是宇津木慎介这样活跃在第一线的记者，居然会离开自己偶遇的犯罪现场，实在很不正常。老练的等等力警部不可能想不到这一点。直到离开歌舞伎座很远，慎介都在担心警部会不会忽然叫住他，甚至警察会不会追来，以致腋下冷汗直流。

“哈哈哈，这就是所谓的心中有鬼啊。真怕他问我‘宇津木，你旁边那位是谁'，吓死我了。”

两人走过三原桥后回头一看，警部已经进了剧场，也没有警察追来。慎介总算松了口气，看了看连太郎。

“你认识那个警察？”连太郎若有所思，沉着声音问。

“嗯，他姓等等力，是警视厅出了名的老狐狸。我有时跟他下下棋，互相也都占过对方的便宜，算是亦敌亦友吧。”

慎介成功地骗过警部，把连太郎带了出来。这让他十分得意。

连太郎被慎介拉着胳膊，一言不发地走在人行道光线阴暗的一侧。忽然，他对慎介说：

“宇津木，你刚才说今晚被杀的是个胖子？”

“嗯。是不是被杀还不清楚，总之口吐鲜血死了。估计是氰化钾吧。也没有人会专门跑到歌舞伎座来自杀吧，所以应该是他杀。”

“我本来想今夜把他的脖子拧断来着……”连太郎自言自语般说道。

慎介吃了一惊，说：“喂，别胡说啊。开什么玩笑，不会是你干的吧？”

“不是我。”连太郎顿了顿，“但我刚才都告诉智子了，警部现在可能也知道了。而且……而且我的座位就在胖子的后面。”

慎介又吃了一惊，看着连太郎说：“喂，多门，你到底在说什么？”

“我……我现在觉得自己是不是弄错了。那个一再把我叫出来的不透露姓名的人，或许不是出于什么好意，反倒是为了陷害我……我总是处在有嫌疑的状态下。修善寺的时候也是……”

慎介也着急起来，他环视左右，说：“喂，多门，你要是把这话……把想杀那个胖子这种话告诉过别人，那咱们就得快点走了。不知道警察什么时候就会追上来。”

慎介加快脚步，连太郎也快步跟上他。就在这时——

“喂，喂，这位小哥。”

女子的声音从后传来，很快她便把身子贴在慎介左侧，说：“你别总跟旁边那位那么亲热，也来和我亲热一下嘛。”

“什么？”

慎介刚一回头，便感到左腰部一阵寒意。

女子穿着绿色雨衣，右手放在雨衣口袋里。口袋里有个硬硬的东西紧贴着慎介的左腰。

“你、你想干什么？”

“我想让你放开那个人。”

“什么？”

“小哥，你看着我，你觉得我像在开玩笑吗？告诉你，为了那个人，我随时可以杀他几个记者。反正你快点松开他，我替他跟你走，我当人质。喂，小哥，你倒是看着我啊！”

女子的声音越来越高，慎介看了她一眼，不禁感到心中一紧。

下定了决心的阿香——不用说，这女子自然就是阿香——脸色苍白，面容扭曲，眼泪随时就要掉下来，目光中却流露出坚定的决心。

慎介不由得松开了手。连太郎快步离开慎介，又停下脚步说：

“宇津木，很抱歉不能遵守承诺。我想再自由行动一段时间，我得查明一些东西。等我弄明白了，一定会去新日报社找你。阿香，你可别乱来！”

“慢着！”

慎介刚要追赶，阿香喊道：“别动！你不要命了吗？”

她左手拉着他，右手拿东西顶在他腰间。

连太郎又跑了五六步。就在此时，后面开来一辆车，超过连太郎四五米后，一个人从车窗里探出头来。“连太郎，上车！”

“啊？”连太郎十分意外，当即停下脚步，仔细看了看对方的长相，“啊，殿、殿……”

他的声音有些颤抖。慎介也吃了一惊，看着车里的人。

“笨蛋！什么都别说，快点上来！”

“是！”

连太郎立刻回应，脚步都有些慌乱。待他上了车，车很快就开走了。

慎介茫然地目视汽车驶远。抓着慎介的阿香也一脸茫然。过了好一会儿，慎介才对阿香说：“你认识那个人吗？车里的那个……”

“不认识，我从没见过那位老先生。”

“喂，把你那个危险的东西给我。”

“嗯。”

阿香老老实实地把小手枪交给了慎介。

“你说你会当人质，对吧？”

“嗯，哪儿我都跟你去。”

“哈哈哈，你可真是个好姑娘……”

两人像情侣一样挽着手，默默地走在深夜的大街上。

歌舞伎座的演出大概结束了，不停有人和车从两人身边经过。但谁都不知道刚才在这里上演了一幕短剧。

只有慎介知道。

刚才乘车带走多门连太郎的，正是原衣笠宫智仁亲王殿下，现在的衣笠智仁。

衣笠智仁

“我早就应该来拜访您，但总是提不起勇气。今天是为了智子小姐，希望能聆听您真实的想法，就觍着脸来了。希望您多多包涵。”金田一耕助诚惶诚恐地说。

老人和蔼地看着金田一耕助僵硬的脸，问：“是加纳告诉你我的情况的吧？”

衣笠说着，神色丝毫未变。他似乎早已料到会有这么一天，所以特别从容。

“不，加纳律师什么都没说。只是我查着查着就查到了您这里。而且前几天在歌舞伎座也见到了您……”

衣笠皱了皱眉，但什么也没说。

这里是涩谷松涛地区的衣笠宅。家里除了常年侍奉的老女佣之外，只有很少几名用人，生活十分简朴。衣笠近来只对养兰花感兴趣，两人所在的会客厅可以看到远处的温室，那里栽培着很多名贵的兰花。

歌舞伎座案件发生三天了。金田一耕助思来想去，犹豫了很久，终于下定决心登门拜访衣笠。他本以为前一两次不会见到衣笠本人，已经做好了打道回府的准备。没想到直接被请到了会客厅，两人现在正面对面坐着。

“我知道以您的身份，一定不想抛头露面。但这次的案件非比寻常，不能放任不管，必须尽快抓到凶手。所以我想向您打听一些事情……”

“是的，必须尽快抓到凶手，绝对不能任事态发展下去。”衣笠严肃地说，“只要对抓到凶手有用，我会把我知道的都告诉你。但如你所说，我不想抛头露面，尽量不要让我的名字出现在报纸上。”

“明白。我一定会守口如瓶。”

“谢谢。”衣笠的双眼十分清澈。他看着耕助，笑着说：“那么，关于我，你现在了解多少呢？”

“大致了解一些吧……您是智子小姐的爷爷；您和大道寺先生一起筹划把智子小姐接到东京来；您想尽快见到智子小姐，又不能亮明身份，所以就乔装打扮去了修善寺……”

“嗯，嗯，然后呢？”

“然后，根据我的推测，您大概对大道寺先生为智子小姐选的几个年轻人不满意，就另选了一个叫多门连太郎的人，想让他和智子小姐在一起。”

最后这句话令衣笠吃了一惊，他眯着眼看了看金田一耕助，沉声说：“金田一先生，大道寺也发现了吗？”语气有些担忧。

“没有，我觉得他还没有想到这一层。当然，以他的聪明才智，一定对多门连太郎疑惑重重，但似乎还没想到这是您策划的。不过，衣笠先生，您为什么要这么做呢？为什么不直说不喜欢那几个人选呢？”

“我说过，但大道寺就是不听。他既然坚持，我也不能全盘否定他。至少从法律上来说，大道寺是智子的父亲……而且战后他帮了我很多，我也不便勉强他。”衣笠神色黯然地说道，“但是，大道寺这样聪明的人怎么会看不出来呢？那几人里也许会有一个成为我的孙女婿，因此我仔细调查过他们，真是没一个好东西。家世背景倒是不错，都是名门之后，但为人都令人不齿。大道寺如此头脑，怎么会选那些人……”

衣笠高贵的脸微微有些泛红，声音因愤怒而颤抖。

“这样啊。那么多门是……”金田一耕助插嘴道。

但衣笠顾不上听他说话，而是继续激动地说：“金田一先生，你听我说。我是个孑然一身的老头子，我多么关心智子啊。智子有个叫神尾秀子的家教，每年五月二十五日智子过生日的时候，都会拍一张照片寄给大道寺，大道寺又会把照片寄给我。智子长得越来越像死去的智诠。智诠是我的掌上明珠，含在嘴里都怕化了，而智子长得越来越像他，我也就越来越想见智子。但以我的身份，又不能光明正大地去见。我想尽量远离社会上的议论，不想成为舆论的工具。所以我就让大道寺做主，把智子叫到东京来。这样至少能和她拉近距离，时不时看看她生活得怎么样，也算是我晚年的慰藉吧。”

衣笠双眼噙满了泪花。金田一耕助想到这位原亲王的寂寞处境，也不由得心头发热。

衣笠接着说：“智子对我来说如此宝贵，我怎么可能容忍令人不齿的人成为她的丈夫？但我也不能一再反对大道寺的做法。我非常痛苦，非常烦恼。这样下去，智子早晚要从那三个人里选一个。于是我决定瞒着大道寺再找一个人，如果智子选了他，大道寺也不会有异议。我选中的就是多门连太郎。”

多门连太郎这个名字似乎能让衣笠感到温暖，他露出一丝高兴的微笑，说：

“你问我多门连太郎是谁。我告诉你，他爷爷早年在我家当过大管家。他本来姓日比野，但现在随母亲的姓。他爷爷还当过驻外公使，是个很有骨气的男子汉。我是受他爷爷的影响长大成人的。因为这层关系，连太郎从小就经常来我家。我一直很看好他，觉得他是个不错的孩子。他的父亲很早就去世，没有什么大的作为，但我一直觉得他将来能和他爷爷一样成为大人物。我最后一次见到他，是打仗时他作为学生被动员到前线之前来向我道别。听说他还主动报名参加特攻队，差一点就将激昂赴死的时候，战争结束了。我不知道这件事和战后的世态炎凉如何伤害了这个敏感的年轻人，他的热情全都消失，仿佛只剩一具躯壳。这让他在战后过起了那样的生活。我一直以来都把他视为可以配得上智子的人，但听说战后他糜烂的生活，也一度很生气，感叹世事无常，十分绝望。但仔细想想，他拥有一颗高贵的灵魂，绝不是甘心一路沦落到底的人。总有一天他会幡然醒悟。不，我要让他醒悟。于是我就决定给他一次机会，既让智子拯救他，也让他拯救智子。但我不想露面，也不想让他知道我是智子的爷爷。让他们俩在不知情的情况下认识，如果可能就走到一起，这是我最大的心愿。”

于是，衣笠采取了那些奇特的手段。但考虑到他的身份，考虑到他不愿让人们议论自己的心情，以及连太郎战后的行径，或许他这么做也是迫不得已。

“我明白了。于是您就让连太郎去松籁庄，而您自己也到那里去观察结果。”

“是的，我是有这个目的，但主要还是想见智子，真是控制不住自己。”

“您乔装打扮是为了不让松籁庄的员工和连太郎看出您是谁，这我可以理解。只是我不明白，以您的身份，为什么会想到化装？而且怎么能掌握化装的技术？”

衣笠眯着眼，眼角堆起皱纹。

“那是大道寺教给我的。”

“大道寺先生……”金田一耕助惊讶地说。

“是的。我想尽快见到智子，但松籁庄的人都认识我。我正无奈时，大道寺说化装就好。也不知道他从哪里弄到了假发和胡子，手把手教我怎么化装。他上学的时候参加过学校话剧团，也登过台，所以很会化装。”

金田一耕助想了想，说：“您逃离松籁庄，是因为怕警察一调查，身份就会被识破。是吗？”

“是的。不化装反倒更好……就因为化了装，反而不能让警察调查我。”

“您见到了游佐的尸体吧？”

衣笠点了点头。

“您进钟楼了吗？”

“不，我没进。在松籁庄的几天里，我每天都到屋顶散步。那天晚上到屋顶后，我发现钟楼亮着灯。之前从来没亮过，我觉得奇怪，就打开门，从门缝里看了一眼。”

“但只看一眼应该看不出来是游佐吧？”

“能啊，他面向大门靠墙站着。”

"您、您说什么？站着？"金田一耕助大吃一惊，头部仿佛遭到重创，眼冒金星，"但是，但是，之后不久，智子小姐发现尸体的时候，尸体是倒在地上的啊……"

"没错。我看了一眼，急忙把门一关，关门的震动让他倒了下去。我听见声音，又从门缝里看了一眼，这时他已经倒在地上了。"

金田一耕助感到全身火烧火燎地战栗着。

竟然有这么一回事。如果衣笠说的没错，那金田一耕助的推理就完全不对了。

金田一耕助以为游佐在被害的一瞬间就倒了下去，他的身体压到了自鸣钟的把手。而钟第一次响不是九点十五分，而是九点半，说明凶手杀人是在九点十五分之后。耕助基于此调查了每个人的不在场证明。

但衣笠所讲的情况表明，游佐被杀的时间和自鸣钟响不响完全无关。游佐很可能在九点十五分之前已经被杀，之后一直靠在墙上。

金田一耕助深受打击，一时半会儿说不出一句话来。

这样一来，在修善寺列的不在场证明表已经完全失去了意义。当时有人因在九点十五分到九点半之间有完整的不在场证明而被排除在嫌疑人之外，现在他们也可能是凶手了。

这让金田一耕助感到人的智慧如此渺小，他无比消沉。

"对了……"过了许久，他才又开口问，"连太郎现在在干什么呢？"

"连太郎？连太郎怎么了？"

"别这样，您就别隐瞒了。有人看见您在歌舞伎座外把连太郎带走。连太郎现在在您这里吗？"

衣笠盯着耕助，那目光仿佛要把他整个吸过来一般。

“既然你都知道了，那我也只好说了。我把他带到家里，诚心诚意地开导他，也告诉了他智子的情况。他很吃惊，也很感动，还向我下跪磕头，承诺一定会改头换面重新做人。金田一先生，他和这次的案件全无关系。”

“这我明白。他今天……”

“不在。我没有骗你，他出门了。”

“他去哪里了？”

“去青梅九十九龙马的道场了。连太郎觉得他很可疑，想自己去侦查一下。”

金田一耕助心里一阵不安。

向衣笠告辞，回到家里时，耕助收到了神尾秀子寄来的快件。打开一看，有封信，信上说在歌舞伎座时提到的针织暗号已经编好，现给寄来一份。另一张纸上是复杂的针织符号，还标有五十音图。

金田一耕助很吃惊，仔细看着这些暗号。这时，一名女佣急急忙忙地从主屋方向跑来，说：“金田一先生，有电话找您。”

“电话？哪位？”

“一位姓等等力的先生，好像很着急的样子……”

耕助觉得事情不妙，赶紧去了电话间。

“警部，是我，金田一。请问有什么事？”

“哎呀，金田一先生。”警部的声音十分激动，“你知道青梅那边九十九龙马的道场吗？”

“我只知道那里有他的道场，但一次都没去过。警部，道场怎么了？”

“嗯，那里好像又出了点事。我们正准备过去。你要有时间也来吧。”

“明白了，我马上出发。警部，到底是什么事？”

“这你去了就知道了。我们赶时间，一会儿见。”

叮的一声，警部挂了电话。那刺耳的声音在耳边回响，让耕助直头疼。他在电话旁呆站了好一会儿。

耕助从衣笠那里听说，多门连太郎去了青梅九十九龙马的道场。到底发生了什么呢……

可怜的母亲

稍早些时候，青梅九十九龙马的道场里，主人龙马正在避人耳目的内厅里笑逐颜开，笑里透着猥琐。

因为智子信守了诺言，只身一人前来。而且今天的智子和在歌舞伎座时一样美丽，穿着艳丽和服的她让龙马痴迷不已。

“哈哈哈，没想到你真来了。你说过要来，可我心里还真没底，真是没想到啊。”

身穿白色修行服、浅黄色裤裙的龙马席地而坐，隔着朱漆桌子眯眼看着智子，似乎随时都会过来拉她的手一样。

“叔叔，我说要来就肯定会来嘛。我决定的事情一定会做，谁都拦不住。”

“哈哈哈，是啊是啊，智子是个很强势的人嘛。和你母亲完全不一样。你母亲太软弱，别人说什么她就做什么。但你穿和服的样子，跟你母亲还真像啊。”

“真的吗？那就太好了。岛上的人都说母亲是世上最美丽的人。”

“你母亲的确很美，可你也很美啊。美得让人头晕目眩啊，哈哈哈。”

“叔叔您就别恭维我了。”

龙马的眼睛里逐渐流露出危险的神色，智子似懂非懂，她扭动身躯，声音细腻甜美。

“这怎么是恭维呢，我可是真的这么想啊，智子。”

龙马忽然轻声一咳，从桌后探身向前。这时门外传来脚步声，有人说：“师父。”

“谁啊？哦，音丸啊。”

“是。给您送吃的来了。”

“哦，是吗，进来吧。”

“是。”

门轻轻打开，一个十三四岁的童子进来了。他穿着绫子料的窄袖和服和窄筒裤裙，面色白净，宛如上了妆一般美丽。智子一边看着童子往桌上摆吃的，一边说道：“真不好意思，还让您这么张罗……”

“哪里，山里没什么好东西。你要是事先打个电话，我还可以精心准备一下……”

“小姐，您要来一杯吗？”童子拿着琉璃色的酒壶问。

“不用了，我不能喝酒。”

“别客气，喝一杯吧。这可是我下了一番功夫的神酒，用药草泡的，是长生不老的灵药。”

“是吗？那我就喝一小杯吧。”

最近总和那些求婚者在一起，智子也学会了喝酒。她沾一口稠稠的琥珀色的酒在舌尖上，说：“叔叔，这酒好甜啊。”

“是啊，适合女人喝。音丸，再给她倒一杯。”

智子一边接受斟酒一边问：“叔叔，平时这里没有女人来吗？”

“这里是道场，不让女人进。但有很多像他这样可爱的童子，杂务都交给他们做。”

“不让女人进啊，那我是不是不应该来啊？”

“没事的。信徒就无所谓了，信徒无所谓男女之别。”

龙马使了个眼色，童子恭恭敬敬地鞠了一躬，离开了房间。智子似乎没太留意，她的脸色有些泛红，便拿出手帕扇着风，说：“我来这儿真吓了一跳，没想到房子这么大。跟宫殿似的。”

智子的话绝非夸张。

龙马的道场建在青梅的山谷里，规模虽然不大，却是寝殿风格建筑。寝殿位于正中，左右和背后各有一对厢房，院子里的池塘旁有水榭，还有直伸到池塘上的亭子。

龙马之所以建这么一栋道场，既是为了向信徒们展示自己的威仪，也有实际需要。很多政界和商界大腕假借信仰之名来到道场。这些人往往派别不同，不宜相见，因此多建几间独立的建筑十分必要。从这个意义上来说，附近的居民把道场称为伏魔殿也不无道理。

智子正在最深处的厢房的一间屋子里与龙马相会。只有这里显得不那么庄重，是间四叠半大小的休息室。这里其实是专为女客而设的具有特殊目的的屋子，智子当然对此毫不知情。

龙马一杯杯美酒下肚，渐渐醉眼蒙眬。

“对了，智子，你来找我到底有什么事啊？”

那眼神像是在试探。

“我有事想向您请教……”

“请教什么呢？”

“这个嘛。叔叔，您要不要再喝点？还有您要保证，无论我问什么，您都要说真话。”

“哈哈哈，你还真小心。好吧，既然是你来求我，我就保证都说真话。但我有个条件。”

“啊？”

“我也有事拜托你，你肯答应吗？”

“是什么事呢？”

“你要先保证什么都答应，不然我就不说。哈哈哈。”

看到龙马充血的眼睛，智子感到后背一阵寒意。但她不能就此退缩。

“我要是不答应呢？”

“那我也就不能保证都说实话了。哈哈哈，智子，来，喝酒喝酒。”

智子虽然极力少喝，但也已经喝下了不少。

“好的，我答应。叔叔说什么我都答应。”

“哈哈哈，你答应我就放心了。智子，你想问什么？”

智子游移不定的眼神忽然一凛，说：“我想知道父亲的情况。不是大道寺，而是十九年前死在岛上的亲生父亲。叔叔，我父亲不是从悬崖上掉下摔死的，而是在上了锁的房间被杀，是吧？用月琴……”

龙马一个激灵，睁大了眼睛说：“智子，你怎么知道……”他的呼吸忽然急促起来。

“我亲眼看到了。上锁房间的桌子上放着一把折断的月琴，沾满了血迹。当时我不知道那是什么，但后来听大家讲，渐渐就明白了。叔叔，我父亲是在那里被杀的吧？”智子的眼睛几欲喷火。

龙马仿佛中邪一般动弹不得，直勾勾地盯着她，叹了口气说：“原来那房间还是那个样子啊。我早就说要快点销毁痕迹……”

“叔叔……您果然知道啊。到底是谁杀了我父亲？是谁？”智子发狂般高声喊道。

龙马怜悯地看着她，说：“智子，你既然都知道这么多了，我也可以把事情都告诉你。但你可别后悔。”

“我不会后悔。我真的想知道，我只想知道真相！”

智子不依不饶的眼神让龙马的神色黯淡下来，他又叹了口气，说：“你一问我才想起来，那天是登茂祭。我作为登茂祭的筹备人去了神社。对了，那天来了十二三个戏班的人，我负责接待他们。下午四点左右，神尾老师过来找我，样子特别慌张。平时稳重的她居然会那样，我很奇怪，就赶紧回去看了看……”

龙马深吸了一口气，说：“一看不要紧，你父亲倒在那间屋里的桌子上，浑身是血，头被砸开了大口子，场面很惨烈。你母亲和外婆在旁边站着，眼神像疯了一样……”

智子感到不寒而栗，全身像树叶一样颤抖起来。

“我吓了一跳，问怎么会这样。琴绘一个劲地哭，话也说不顺。神尾老师战战兢兢地把事情说了一遍，我那叫吃惊啊……感觉全世界都崩塌了一样。”

“到底……到底是谁杀了我父亲……”智子声音发抖。

龙马又深深叹了口气，说："智子，你别吃惊，其实是你母亲干的。"

智子瞬间仿佛痴呆了一样看着龙马的脸，但她马上又因愤怒而颤抖着说："叔叔，别开玩笑！我是认真的，您要说实话！"

"智子，我知道这对你很残忍，可这就是事实。你母亲也不是故意杀人，但她患有一种可怜的疾病，一旦受惊或者情绪激动就会发作，发作时神志不清，事后也完全不记得。可以说是梦游的一种吧。当时就是因为病情发作酿成了惨剧。"

智子无法抑制身体的抖动。她小时候也听外祖母提到过母亲的疾病，外祖母还担心她会不会也遗传了这种病……

智子感到天旋地转，恶心得想要呕吐。她拼命把这种感觉压下去，说："不可能，不可能。一定是假的。一定有人趁母亲犯病时杀了父亲，好让母亲做替罪羊。"

"智子，这我也想过，我也希望如此，但越听越觉得不是这样。杀了你父亲的人除了你母亲别无他人啊。"

"为、为什么？"

"神尾老师因为听到你母亲尖叫而赶到房间时，门从里面上了插销和门闩。你母亲打开门时，里面只有她和你已死的父亲。而且你也知道，那间房子除了门之外，没有可以出入的地方。"

智子几乎就要发出尖叫，然而声音却在喉咙深处死死地冻结了。龙马怜惜地望着她，说：

"既然是你母亲做的，就不能放着不管。我得想办法保护你母亲，把事情隐瞒过去。于是你母亲、神尾老师和我三人就一起商量怎么办。神尾老师想到了把尸体从悬崖上推下去的主意，这样可以伪造成失足滑落。我也赞成这么做，就负责伪装了现场。那天天黑后，我便把你父亲的尸身抱到悬崖边推了下去。”

龙马呼吸燥热，继续道：

“你可能觉得我是个残忍的家伙。但要不这么做，我就保护不了你母亲。智子，你不要怪我，我可很爱你母亲啊，奋不顾身地爱她啊。”

“可是……可是……母亲怎么会……就算她病情发作……”

“这我也不知道。神尾老师或许知道吧。但猜想一下，大概是你父亲说了什么让你母亲激动的话，或者做了些什么。当时你母亲已经怀上了你，平时情绪就很不稳定……”

智子双手掩面，热泪顺着指缝汩汩而流。

这真相竟如此残忍。杀害父亲的凶手竟然就是母亲。世上还有比这更让人不寒而栗的事情吗?

龙马会不会在说谎？不，看起来不像。智子听了龙马的一番话，也回想起一些往事。在她的记忆里，母亲总是带着深深的悲伤和懊恼，那绝不仅仅是失去了至爱的未亡人的痛楚。她总是陷在深深的自责中，就好像苦行僧用针刺着自己的血肉，用烙铁烙着自己的肌肤。这是对心灵多么激烈的苛责啊。而这正是母亲英年早逝的原因。

天哪，可怜的母亲，可怜的父亲……

智子趴在榻榻米上哭了起来。之后发生了什么，她也记不大清楚了。每当回忆起这时的事，她都会担心自己是不是和母亲一样患有会短时间神志不清的疾病。

智子正深深陷在失魂落魄的悲伤里，陷在绝望的泥淖中，哭倒在榻榻米上。这时，她忽然感到一双强壮的胳膊从身后抱住了她，她条件反射般直起身来。

“叔叔，您……您干什么？”

智子推开龙马，跪着往后蹭了两三步。她按着凌乱的裙裾，大口喘气。

“你问我干什么……智子……”龙马也喘着粗气，“你刚才不是说好了吗，只要我说实话，你就什么都答应我……”

龙马一点点靠近，伸手去拉智子的裙裾。智子的嗓子挤不出半点声音，她无声地干号着，又往后缩了几步。

“不要，不要啊，叔叔，您怎么能这样……我答应的不是这些，我以为是其他什么事。叔叔，放过我……”

“哈哈哈，别傻了，智子。”龙马的喉咙深处发出骇人的笑声，“你也不是小孩了，难道还不知道女人答应男人什么都做是什么意思吗？智子，我喜欢上你了，迷上你了，我……我……”

龙马不知什么时候脱下了裤裙，上衣前襟也敞着，露出浓密的胸毛。

“啊，叔叔！”

智子站起身想打开拉门，但门从外面上了锁，任凭智子怎么推拉都不开。而且这扇门从里面看是拉门，外面却是镶着结实棱框的木门，凭智子一个女子的力量根本无法打开。

“来人啊！有人吗……快来人啊……开门啊……”

“哈哈哈，没用的，智子。你再叫也不会有人来。刚才那个小孩把门锁了，除非我喊他，否则发生什么他都不会过来。来吧，智子。”

龙马强有力的双臂从身后将智子一把抱住。

“不要，不要，叔叔，放开我……”

“哈哈哈，不要怕，智子。来，回头看看，看着我的眼睛。别乱动。来，按我说的做。”

智子不停地挣扎，拼命想逃离龙马的怀抱。但她越是挣扎，龙马抱得就越紧。智子不知什么时候被龙马转过了身，正对着他。

“来，智子，看着我的……眼睛……看着我的眼睛吧……不要害怕……看着我的眼睛，你就会忘掉所有恐惧和悲伤……来……来……来……”

龙马身上散发出酒臭和男人的体味。不要，不要，不要啊，智子心中不停地喊着。

智子知道，龙马的眼睛具有不可思议的魔法。在月琴岛第一次见面时，她便见识过了。

不能听他的话。不能被他的眼睛吸引。怎么能跟这种男人……

龙马渐渐压了过来，智子还是身不由己地望向他的眼睛。

“啊，叔叔……”

智子急忙想扭头，但龙马的眼睛仿佛磁铁一样吸住了智子的眼神。

龙马的眼睛里布满了猩红的血丝，他对智子母女两代人的情欲更加深了其神秘的魔力。他正在向智子的眼睛里投下一种看不见的毒药。

“不要，不要……啊……叔叔……”

智子在龙马的怀抱里开始抽泣。

龙马说得没错，智子忘掉了一切，恐惧、悲伤都不复存在……她全身都失去了感觉，无力地瘫在他火热的怀里。

“智子小姐。”龙马的声音十分温柔。

“是……”

“智子，你愿意听我的话吧？”

“是的，叔叔……”智子的声音宛如梦呓一般。

“哈哈哈，智子真是个好孩子。来，让我抱抱你。”

龙马像捧着名贵的宝石一样抱起智子，让她平躺在榻榻米上。他正色凝视了眼睛半闭的智子一会儿，忽然像发狂一般抱住智子的上半身，在智子的脸上一通狂吻。智子神志不清，只隐约感觉到了什么。而当龙马颤抖的手指伸向裙裾时，智子已经彻底不省人事了。

所以，智子一点都不知道，伸手去摸她裙裾的龙马，忽然间发出了诡异的呻吟声，然后便软软地扑倒在地。

第八章　伏魔殿惨剧

伏魔殿惨剧

那之后究竟过了多久呢……

智子终于从令人窒息的梦魇中醒来。她发觉自己在陌生的房间里，身上盖着松软的丝绒被。

智子呆呆地看着屋里。尽管这是间陌生的房间，可木质结构和拉门上的花纹告诉她，这里是九十九龙马道场里的一处。意识到这一点，她连忙坐起身来。

昏倒之前的那场噩梦仿佛已过去很久，但现在又重新在她脑海里闪现。九十九龙马那充满血丝和情欲的双眸，还有野兽一般的呼吸……

智子尖叫着，噌地从床上跃起。这时，一块东西从她的胸口滑落。

那是一个冰囊。有人把它放在智子的胸口，用来冷却舒缓她紧张的心脏。她拿起冰囊，几乎已没有凉意。她想整理领口，却发现自己只穿了一件长长的和服里衬衣。

智子再度尖叫，双手遮在胸前。接着，她仿佛要透视自己一样凝视着身体。

没有经验的智子无法判断自己昏过去后，是否已遭九十九龙马玷污。她仔细检查全身上下，没有感到什么异常。但从当时的情况来想，九十九龙马不大可能忽然间罢手。他或许是把她带到这里，脱下外衣，再在这里……

智子害怕地看了看床上各处，床单的一点褶皱都会让她凝视好久。但她没有发现什么异常，这里只有一个枕头，哪里都没留下男人的气味。

但是……但是……怎么可能呢？自己怎么可能一点事都没有呢……

智子绝望万分，她无力地起身，想伸手去够脱掉的和服，却又步履蹒跚地哭倒。

有拉门打开的声音。然后，有人走了进来。智子全身僵硬，却没有抬头。她抓着丝绒被，哭得越发悲惨。

有人来到她背后，把手温柔地搭在她的后背上。

“智子小姐……”

智子吃惊地回头。是神尾秀子。秀子的表情也有些僵硬，但嘴角露出了和蔼的微笑。

“啊！神尾老师！您怎么会在这里……”

“这都不重要，待会儿我会仔细跟你讲。对不起，我本来负责照顾你，刚才有点事离开了一下……”

智子不停地抽泣，秀子轻轻地抱着她说：“智子小姐，别哭。你安然无恙。那个人说了，让我在你醒来之后先告诉你没事。”

“我……我没事？”

智子又吃了一惊，抬起泛着泪光的双眼，望着秀子。

秀子也有些脸红。“这么说吧，你大概猜出来了。你没有遭到龙马先生的毒手。”

“老师！”智子颤声说，“谁……这是谁说的？”

秀子犹豫了一下，下定决心似的说：“是位叫多门连太郎的先生……你还记得吧，就是把领带夹放到你房外的那位……”

智子吃了一惊，身体发颤。她喘着气说：“老师，他在这里吗？”

秀子默默点了点头。

“那……那……九十九……叔叔呢？”

秀子又犹豫了一下，但马上下了决心，深深地呼了口气，说：“智子小姐，这件事瞒得了一时瞒不了一世，我就全告诉你吧。龙马先生死了，被人杀了。”

智子瞪大了眼睛，她忽然想起连太郎在歌舞伎座三楼说的话。

……你需要一个守护者。像我一样强大、勇敢的守护者……

“神尾老师！那是他把九十九叔叔给……”

“不，他说不是。他说自己赶到的时候，龙马先生已经死了……是被杀的。但从现场的情形来看，你……你应该没有遭到龙马的毒手。很可能是有人……也就是凶手，在千钧一发之际杀了龙马先生，然后离开了。他让我把这些详细地告诉你。”

如果这是真的，智子想，那我真的要对连太郎，不，对凶手无比感激……

“可是，老师，他说不是他干的，是真的吗？”

“这……这就是警察的事情了。但就我所见所闻，应该不是他杀的。只是老爷深信他就是凶手，反倒对他……十分感激……”

“父亲……”智子又是一惊，“那父亲也到这里来了吗？”

“是的，和我一起来的。”

“难道是多门先生往他的公司打了电话？”

“不是的。是我给公司打的电话。说你可能在这里……”

“那老师您是怎么知道我在这里的？”

秀子温柔地握着智子的手，说：“这个啊，智子小姐，这多亏文彦啊。我们找不到你，干着急的时候，文彦告诉我们，你可能在这里。”

“可文彦是怎么知道的？”

“文彦说他听到你和龙马先生在歌舞伎座的走廊里说话，约好这几天里会来这里……我听文彦说了之后吓了一跳，因为我一直知道龙马先生是个非常危险的人。于是我赶紧给老爷的公司打电话通知他。老爷也很吃惊，说马上就去，让我也一起去……我就坐火车到了青梅，刚出站不久，就看到老爷自己开着车赶到，便一起坐车来了这里……”

秀子说到这里，闭上了眼睛。智子的眼神中透着害怕，却还是晃着秀子的膝盖说：“老师，您说啊，接着说啊。您一定看到我见不得人的样子了。可我不怕，我想知道真相！”

秀子睁开眼，温柔地笑着说：“没有，我们没有见到什么。我们赶到时，门口一个人都没有。老爷说他很了解这里，马上就跑向那间屋子，结果发现一群小孩……你知道吧，这里有很多可爱的小男孩，他们围在屋子外面，吓得面无人色。我们一看，多门先生正抱着你，喊你的名字。然后，他身边正是……”她移开视线。“龙马先生背后插着一把短刀，趴在榻榻米上。”

智子紧紧地握着秀子的手。“老师！血……出了很多血吗？”

“不，一点血都没有。很不可思议……所以我甚至都觉得龙马先生没有死。但多门说他死了，老爷看了看也说死了……应该是被杀的。我们马上报了警，让他们叫来警视厅的等等力警部和金田一先生。”

“那、那，他们都……”

“对，他们刚刚到这里。你醒的时候，我去接他们，所以离开了一下。现在他们在搜查那间屋子，说等你醒了之后有话想问……智子小姐，我们穿上衣服过去吧……”

智子点头起身，在秀子的帮助下系上和服衣带。她忽然又流下了眼泪。

“智子小姐，不要哭。多门先生已经保证，你是平安无事的……”

“不，老师……”智子忍着眼泪说，“我不是因为这个哭。我……我……听九十九叔叔说了。我父亲……亲生父亲是怎么死的……”

秀子的脸色一下子变得苍白。她深深叹了口气，说：“你……果然是为这件事才来这里的。”

“是。我实在太想知道真相了。我进了月琴岛那间上锁的房间。”

“啊？”

秀子睁大了眼睛，有些害怕地看着智子。接着她轻轻拉过智子的手，说：“智子小姐，你为什么不告诉我呢？我要是知道，会告诉你真相的，你也就不用到这里来了……”

“对不起。”

“不，应该道歉的是我。不过，智子小姐，请你忘掉这件事吧……不要告诉任何人。”

“老师！”智子含着眼泪看着秀子，说，“真的是那样吗？父亲真的死在那个房间里吗？而且……而且是母亲亲手……”

“不要，不要这么说。智子小姐，你不要这么说。把那些都忘了吧……你母亲深深地爱着你父亲。发生那样恐怖的事情……只能说是造化弄人。所以智子小姐，把它忘掉吧……哦，好像有人来了。”

有轻轻的脚步声来到了门外。“客人，您好……”是小孩子的声音。

“请进，把门打开吧。”

开门行礼的，正是智子见过的童子。他眯着眼，刻意回避着智子的目光，说：“小姐，警部说如果您感觉还好，就请到他们那里一趟……”

智子和秀子对视了一眼，说：“好的。你去告诉他，说我马上就去……”

智子拿起提包，掏出化妆盒，默默地修补被泪水晕花了的妆容。

密室的匕首

金田一耕助和等等力警部等待的房间，正在智子刚才惊魂一场的房间的隔壁。

那里是一间十叠大小的日式房间，两边有檐廊，一侧是壁龛和搁板，余下一侧的墙上装了两扇木格子门，门那边就是九十九龙马进行所谓加持祈祷仪式的密室。

门现在紧闭着，警察们正在里面调查现场，不时有激动的说话声和脚步声传来，间或能看到闪光灯的亮光，应该是在给现场拍照。

智子跟着秀子进屋时，金田一耕助和警部正隔着一张紫檀桌面对面坐着。

“不好意思，麻烦你跑了一趟。来，请这边坐。”

警部礼貌地打着招呼。智子点了点头，看了看房间，除了金田一耕助和警部之外，只有一名警察坐在房间角落里的小桌前。大道寺欣造和多门连太郎都不见踪影。

“请问……父亲在哪里？”

“我们让大道寺先生在隔壁等着。有些事情可能当着父亲的面不大好说。”

“哦……”

智子的脸微微泛红，她还想问问多门连太郎在哪里，却怎么也开不了口。

“啊，神尾老师……”秀子带着智子进来后，坐在了房间角落里，警部有些为难地说，“也请您到隔壁去……”

“不，没事的。”秀子虽然笑着，态度却很坚决，“我在这里看着。智子小姐现在很疲劳，要有人陪着她才行。”她摆出了一副岿然不动的架势。

“金田一先生……”

警部为难地回过头，金田一耕助接过话说：“没事，就让神尾老师留在这里吧……您赶紧问智子问题吧，她一定希望您早点结束。”

“哦，那好……”警部刻意清了清嗓子，说，“你接二连三遇上意外，一定也很累了。我们也希望尽快解决案件。为此，需要各位，尤其是你的合作。希望你能把你知道的都一五一十地告诉我们。”

“好吧，只要是我知道的……”

“谢谢。那么首先请问，你今天为什么来这里呢？”

“那个，是因为……”智子慎重地开口说，“我对修行的人到底在做什么有些好奇，而且还……还想问一些事情。”

“你想问什么呢？”

“关于这次……这几次的案件，我觉得九十九叔叔或许会知道些什么……”

“那九十九先生提到什么了吗？”

“呃，不，没有什么特别的……”智子感到身后秀子投来利剑一般的目光，“他城府很深，我这种人完全抓不住破绽。”

“这样啊。那么，能不能把你和九十九先生进入那间屋子之后的事情简单地告诉我们？这只是走走形式，简单说一下就好。”

“嗯，我明白了。”

智子已经下了决心，因此流畅地讲述了自己晕倒之前的过程。

警部频频点头，说：“那么，从你晕过去，直到在刚才那间屋子里醒来，你对周围的情况都一无所知吗？”

“是的……”

“你知道九十九先生之后出了什么事吧？”

“知道。刚才神尾老师告诉我了。”

“你对此有什么看法？”

“看法？我觉得就是有人在我晕倒时进了房间，杀死了九十九叔叔，然后逃走了。只能是这样吧……”

“嗯。要是情况能这样解释就好了，只是现在有些奇怪的地方。”

“奇怪的地方？”

“是这样的。有个叫多门连太郎的人最先发现了犯罪现场。这你知道吧？”

“知道，也是神尾老师告诉我的。”

“他听到喊叫，到处找你，终于找到了这间屋子。他说当时房门是从外上锁的。他从外叫你的名字，不知你有没有听见？”

秀子睁大了眼睛，说：“没有，没有听见。大概是我昏迷之后吧。”

“既然你说没听见，大概就是在你昏迷之后吧。但多门先生说，虽然你没有回答，他却听到里面有动静。他透过门缝看了看，说有人正从门前走过。他很着急，用力撞门，但那门很结实，怎么也撞不开。这时，正好那群孩子听到他的声音赶了过来，他就拿枪逼着他们打开门，进来一看……九十九先生后背被捅了一刀，你倒在地上昏迷不醒。而且，那间屋子的所有窗户都从里面上了锁。”

警部最后一句话让智子全身的血液仿佛凝固了一般。她虽然睁大了眼睛，却好似陷入一团迷雾，连警部和金田一耕助的脸都开始模糊不清。而渐渐出现在她眼前的，是月琴岛上昏暗的上锁房间里的光景。

……神尾老师听到你母亲尖叫赶到房间时，门从里面上了插销和门闩。你母亲打开门时，里面只有她和你已死的父亲。而且你也知道，那间房子除了门之外，没有可以出入的地方……

龙马刚才对她说的话如同回音一样在耳边响起。

难道今天发生了和十九年前一样的事情吗？难道和母亲发病时

杀了父亲一样，自己也在神志不清的时候杀死了九十九龙马叔叔吗……

秀子忽然来到智子身边，紧紧握住她的手。

“智子小姐，你要振作起来……”

秀子的脸色苍白，智子看着她，强忍住了眼泪。

“没事，老师，我没事……我不会再晕过去了。警部，”智子正色对警部说，“您的意思，您的意思是什么呢？难道您认为是我杀了九十九叔叔……”

智子尖锐的语气让警部有些不知所措，他清了清嗓子，说：

“呃，不，不是这样的。其实，我们在听多门先生讲述当时的情况时，也的确这么想过，即九十九先生想对你不轨，而你一时情绪激动，就把他杀了，我们不是没想过，因为实在想不出其他方法解释这个现场。但后来我们发现，有一件奇怪的事情对这种推断的成立很不利……当然对你来说，这是很有利的。”

“是什么？”秀子替智子质问道。她仍然牢牢握着智子的手。

“是这个。智子小姐，你见过它吗？”

警部从桌子底下拿出一把手帕裹着的匕首。

“啊，这是杀死叔叔的……”

“是的。你仔细看一下，有没有见过这样的匕首？”

打开手帕，里面是一把刀尖呈三角形、刀把和护手都是金属质地的古式匕首，这样的匕首常常供奉在神社里。匕首上没有血，有一些采集指纹用的铅粉还留在上面，刀刃上反射出阵阵寒光，愈发让人战栗。

智子微微颤抖了一下，说：“没有，我从来没见过这样的匕首。

但神社奏神乐的时候，好像会有人拿着这样的匕首跳舞……”

“哦，不，我想问的是你今天来到道场之后，有没有见过这把匕首……”

“没有，肯定没有……”

警部和金田一耕助对视了一眼，说：“这把匕首作为圣物和镜子一起供在神殿里。不知道你有没有去过神殿？”

“没去。我到了之后马上就被带到这里，在这里聊了会儿天。隔壁房间准备好之后就进了隔壁……我连神殿在哪里都不知道。”

警部点了点头，说：“嗯，音丸——就是给你上菜的那个孩子，他也这么说。而且他还告诉我们一件更奇怪的事。”

“嗯？”

“音丸把你和九十九先生锁在隔壁后，就去神殿点了明灯。他说当时这把匕首还好好地供在祭坛上。”

“……那、那就是说……”

秀子的声音有些颤抖。智子也不禁握紧秀子的手。

“就是说，在智子小姐和九十九先生被锁在屋子里之后，有人去祭坛拿了匕首，又潜入屋子……”

“但是，从哪里可以进去呢……”

智子的呼吸急促起来，她眼里似乎生出了一丝希望的曙光，不是希望证明自己的清白，而是怀疑母亲当时也有类似的情况，她感到新的希望就在眼前铺展开来。

“进出房间的方法有两种解释。一是有人有钥匙，从木格子门进入……但音丸坚决认为这不可能，所以这个可能性很小。还有另一种可能，这是金田一先生的想法，他觉得那间屋子可能有暗道……”

暗道……智子惊讶地看着秀子。啊，难道月琴岛那个上锁的房间里也有暗道吗？但秀子一言不发，只是伤心地摇了摇头。

警部和金田一耕助不解地看着两人。警部探身问："那个……有什么问题吗？"

"不，没什么。那找到暗道了吗？"秀子平静地说。

"现在还没结果，但这里的警察说可能性很大。毕竟这里是赫赫有名的伏魔殿……所以现在他们正在屋子里到处搜寻。"

正因如此，刚才才会听到那些警察们的讲话声和脚步声。

"那就是说，我暂时已经没有嫌疑了，是吗？"

"是的，智子小姐。"金田一耕助笑着说，"无论有没有暗道，第一次来这里的你不可能知道匕首在哪里。而且在你被锁进屋里之后，匕首也还在神殿里。"

"谢谢您。"智子微微鞠了一躬，说，"请问，多门先生现在在哪里呢？他又为什么会来这里？"

"智子小姐，是这样的。"金田一耕助解释道，"他和你的目的一样，也认为九十九先生和修善寺以来的种种事件有关……所以他就带着手枪来了，想逼九十九先生说实话。虽说年轻人火气大了点，但他也有点太冲动了。他到了道场之后四处寻找，听到了你的叫声。他说做梦也没想到你会在这里。对了，智子小姐，神尾老师告诉你他给你留的话了吗？"

"嗯，老师告诉我了。"智子面颊通红，但还是直爽地承认了。

"那就好。多亏他在，才能证明你还是清白之身。当然，真正救了你的是杀害九十九先生的凶手……"

"金田一先生，难道不是他杀了九十九叔叔？"

“根据这里侍童们的证词，可能性不大……当然，以他的性子，遇上那种场面的话可能真会下手。”

“那……他现在在哪里？”

“正被警察看得严严实实的。他又是随身带枪，又是偷偷进到别人家里，总之有可疑之处，估计不会完全没事。不过，也不会有什么大事。”

金田一耕助说得很轻松，智子感到心中一块石头落了地。就在这时，隔壁房间传来了欢呼声，一名警察哗的一声拉开门，兴奋地说：“警部，找到了，找到了！找到暗道的入口了！”

“什么？暗道的入口？真有暗道？”

警部站起身，又马上想起了什么，回头拿起桌子上的匕首，跟着那名警察去了隔壁。

金田一耕助也起身看着智子和秀子，笑着说：“果然有暗道啊……恭喜你们，这下智子小姐的嫌疑彻底洗清了。”他整了整裤裙下摆，往隔壁走去。

智子也赶忙追了上去。“金田一先生！”

“嗯？”耕助不经意地回头问，“有什么事吗？”

“我有话想告诉您。但今天不大方便。明天您能不能到我家里……”

耕助盯着智子看了好一会儿，说：“好的。那我明天下午两点左右来拜访……智子小姐……”

“嗯？”

“你是听九十九先生讲了什么吧？”

说罢，金田一耕助来回看了看智子和秀子，微一点头，转身进了隔壁房间。

回到起点

当时，没有比九十九龙马的伏魔殿公之于众更让人震惊的事件了。

暗道的入口就隐藏在狭小密室一角的壁柜里。入口的机关如同箱根的木片拼花工艺品一般，由四五块壁板和地板拼接而成。按一定顺序移动这些木板，壁柜的底板便会沉到地面之下。

从入口往下走是一段楼梯，楼梯下才是真正的密室。密室大概有八叠。鱼贯而入的警部、金田一耕助和警察们全都轻声惊叹起来。

在这诡异的房间里，不论墙壁、天花板还是拉门上，都画满了色彩艳丽的春宫图。看着这些画，谁都能明白这间屋子是干什么的。如果龙马没那么快遇害，智子肯定会被带进这个令人作呕的房间。

在这间屋子里，警方还发现了很多重要的文件，其中一些甚至在日后引出了一起大贪污案。此外，九十九龙马似乎有些非常怪异的嗜好，他以极为露骨的方式记录下了和自己发生过关系的女性的体态细节，而这些女性全都是社会名流。事情至此，人人都以为伏魔殿里发现的惊天丑闻将会引起无限的连锁反应，如果没有某些方面的力量极力掩盖的话……

简而言之，九十九龙马位于青梅的这个道场，正是那些披着上流阶层外衣的人在战后腐败和堕落的秘密。

不过这些事实都是日后才逐渐为人所觉，而且金田一耕助对此也没有兴趣。他更在乎暗道的出口究竟通往何方。

出口正设在供奉匕首的祭坛下方。因此杀害九十九龙马的凶手应该是先潜入神殿，拿走匕首后进了暗道。从另一个出口一出来，他正好看到龙马不堪入目的举动，便将其一刀毙命，紧接着又返回暗道逃跑。

如果对手从木格子门直冲进来，龙马想必会立刻惊觉，进而反抗，或许还能保住一条命。但他万万没有想到，这条本应无人知晓的暗道里居然会钻出人来。加上他满心满眼都被智子占据，于是轻易地被凶手一刀结束了性命。

这样说来，掌握这条暗道秘密的人应该不多，连那些在道场干活的小童似乎都不知道暗道的存在。

另外，从之后对龙马笔记中记载的女人进行讯问的情况来看，她们虽然知道这个邪恶房间的存在，却不知道其具体位置，更不知道怎么才能进去。因为她们每次进去之前，都会在木格子门的小屋里享用甜酒，之后便会神情恍惚，对周遭的一切一无所知。待到秘密房间里的片刻欢愉结束，她们会再度饮用甜酒，如梦似幻地回到原来的小屋。所以，她们中甚至有人怀疑那妖异的房间究竟是真实存在的，还是甜酒带来的海市蜃楼。

连和龙马诡异地发生过关系的女人们都是如此，智子和连太郎更不可能知道暗道的存在。警察因此排除了这两人杀害龙马的嫌疑。

这些都是后话。就在九十九龙马被害的次日，金田一耕助如约拜访了经堂的智子家。

智子在不到一个月的时间里竟然经历了如此多的变故。从松籁庄浴室镜子上不祥的红字开始，不到二十天，先后有四名男子死于非命。而她了解到的事实，便是自己的母亲亲手杀害了父亲，背负了世间最为恐怖的罪孽。对于智子这样的年轻女孩来说，还有比这更大的打击吗？她虽性子刚强，也一时间忽而惊骇，忽而哀叹，忽而痛苦不已，这令她几欲发狂。

但与同龄女子相比，智子行动力相当强。她不是那种任凭自己孤零零陷入烦恼中的女人。

金田一耕助来访后，她开门见山地将镜子上的红字告诉了耕助，又讲述了从龙马处听来的十九年前凶案的来龙去脉，并委托耕助重新调查。

“事情已经过去太久，或许现在再委托您调查为时已晚。也许查到最后，不过就是找到了母亲杀害父亲的铁证。但那样也罢。我相信母亲并不是有意杀人的。我就是不愿让这场凶案不明不白地湮没。幸好命案现场还原样未动，希望您能再登月琴岛，仔细调查一番。”

对于金田一耕助来说，没有比智子的开门见山更让他吃惊的了。他彻彻底底地陷入了茫然自失的状态。但这也让他感到有些事不再如鲠在喉，心中仿佛薄雾忽散，事情的全貌慢慢地开始浮出水面。

金田一耕助一遍又一遍地让智子重复着刚才那些话，然后他长叹道：

“原来是这样。写在镜子上的红色恐吓文字……我大致明白凶手的意图了。他未必是忌妒那些追求你的候选人。当然忌妒的成分也不是没有。他恐怕是想通过杀害候选人来吓住你，将你赶回到岛上。”

“是的，没错。但这又是为什么呢？我究竟为何不能离开小岛呢？”

“这就有很多可能了。我现在觉得，他可能想让你一直保持处子之身。你来到东京便意味着结婚，凶手大概想阻止此事。”

“可是……可是……我怎么就不能结婚呢？先生，月琴岛的大道寺家已经不剩多少财产了。如果还有些薄产，凶手或许会怕我结婚导致财产被人夺走。不管怎么说，我根本不觉得我身边会有人这样想啊。”

“事件的起因应该并不是金钱。”

“那是什么呢？”

“热烈的、痴狂的爱情——我觉得凶手或许对你抱有这种感情。”

智子被说得脸颊一热。“但是，我并不觉得身边有这样的人啊。谁会对我抱有这么愚蠢的感情……”

话说到一半，智子一怔，忽然睁大了眼睛，目不转睛地看着耕助，然后压低了声音：“先生，您不会想到神尾老师身上去了吧？”

“不，我没有暗示任何人的意思。”

“如果您认为神尾老师是这样的人，那您就错了。神尾老师的确很爱护我，但那不是肮脏、扭曲的爱情。神尾老师自认为愧对我的母亲，为了补偿才会加倍爱护我。”

“愧对你母亲指的是……”

“她可能认为，母亲之所以会和来岛上旅游的素昧平生的学生做出错事，是因为她没有尽到提醒母亲的责任……”

“这样啊……”金田一耕助沉吟了好一阵，接着叹了口气，悠悠地说道，“听你一席话，我终于想通了很多。在松籁庄，游佐先生和驹井先生拿乒乓球拍互殴，看到沾血的球拍时，你吓得晕了过去……我苦苦思索，却一直没能明白你为什么反应如此之大，现在想来，你是从球拍的形状想到了上锁的房间里那把月琴了吧？”

“是的……真抱歉，早知日后会发生这么多事，我早就该告诉您了。加上那天早上我刚看到了镜子上的文字，心里十分慌乱。那个球拍让我有了非常不祥的预感。”

“谁都会那么想的。我来推测一下。当时凶手一定也看到了你的过激反应，而且凶手必定知道那把沾了血又折断了的月琴。看到你那么激动，凶手发觉你也知道那月琴，而且那月琴给你带来了极为恐怖的联想。于是在杀游佐的时候，凶手就故意在尸体旁放了一把沾血的球拍。”

“所以那里才会有个球拍？”

“是的，除此之外无法解释。我一直不明白为什么会有那种不知所云的东西，但听了你一席话就恍然大悟了。凶手就是想用球拍激起你不祥的想象，以此强迫你回到岛上。也就是说，凶手的目的就是要把你一辈子困在岛上，一切都源于凶手这执着的念头。”

“可是，为什么会这样……”智子微微颤抖着身体问，“为什么不直接告诉我理由，争取说服我呢？如果理由正当，我随时都可以回到岛上……”

“这我就不明白了……啊，话题又转回去了。对了，智子小姐。”

“嗯？”

“我也赞成再去一次月琴岛，重新展开调查。上锁的房间……那里有如此重要的物证，我却把它遗漏了，这是我的疏忽。不过，智子小姐，你是不是在期待那间屋子里也有条暗道什么的？”

“嗯，是的……我想，如果真有，那就未必是母亲杀了父亲……要是那样，我就能卸下心头沉重的包袱了。”

“我很理解你。不知道你是否听说过类似的情况？比如你家里，不，也不必非是你家，在月琴岛上，你是否听说过有暗道这类东西？”

“这……我一次也没听说过。昨晚从青梅回来后，我和神尾老师也聊了聊，她也说从没听说过……”

智子眉头微颦。

耕助一言不发地想了想。“好的，非常感谢。想问你的就是这些……能不能麻烦你叫神尾老师过来？你最好回避一下，我怕有些事情神尾老师可能不便当你的面说。”

智子在房门口和走进来的秀子打了个照面。看到事已至此，秀子也无法继续隐瞒下去了。

“不，这件事老夫人并不知道。她年事已高，当时身体又不好。为了不让她受惊，我们就瞒着她，万事都是由我和龙马先生两个人合计的。”

秀子重新将当时隐瞒阿槙的过程以及周遭的情形娓娓道来。

“那天，智子小姐的父亲，就是日下部先生，拿着照相机一大早就出门了。这我之前跟您说过吧？”

“说过。您说他那天去拍了蝙蝠照片……”

“是的。”不知为何，秀子的神色忽然一暗，“蝙蝠到底是什么意思，我到现在还是不明白……”她看着耕助的脸，继续说，“这先不管。总之，日下部先生回来后吃过稍迟的午饭，就把自己关进了里间，当时大概是两点半左右。那间房子您下次去看的时候就知道了，入口是两扇对开大门，可以从里面用门闩和插销同时锁上，是双重门锁。虽然有窗户，但全都严严实实地装着铁格子，除了大门别无其他出入口。就在他们两人进去后，我准备去日式客厅里做编织活儿，但发现织了一半的东西忘在了他们俩所在的房间里。金田一先生，您也知道，我不做编织活儿就会觉得手足无措，但我也不能为了拿东西就闯进去打扰他们。于是我想先去看场戏吧，就去了登茂祭的庆典那边。我以为当时他们俩聊得很开心，因为房间里传来了琴绘夫人弹月琴的声音。没想到……没想到只过了一会儿，就发生了那样的惨剧……”

不知道是不是因为想起了当时的情形，秀子忽然倒吸一口凉气。

“我当时大概看了半个多小时的戏吧。演得不怎么样，我觉得无聊，就先回来了。时间是三点半左右。但是，当我回到客厅正准备做点什么时，忽然听到里间传来尖叫声。那是琴绘夫人的声音，而且不只一次，还有第二次，第三次……我想，这是怎么了，便连忙跑过去，却怎么也打不开门。而房里还在不断传出琴绘夫人的惨叫。我不停拍打房门，一个劲地喊着琴绘夫人的名字。不知夫人是不是听到了我的呼唤，总算打开了大门。我可以肯定，我当时的确听到了拔出插销和摘下门闩的声音……天哪，如果没有这个声音该多好……”

秀子脸色惨白，按住太阳穴。

金田一耕助也目光黯淡地点了点头。他非常理解秀子想表达的意思。正因为开锁的声音，琴绘才被置于谋杀亲夫的凶手的位置，无法挽回。

“那么您进入房间时，里面除了智子父亲的尸体和琴绘夫人，再无他人了吗？”

“是的，绝对没有。我可以对神明发誓。”

“会不会有谁……比如藏在床底下，趁你们只顾看尸体的时候偷偷逃走了？”

“不，绝不可能。我看了一眼房间，立刻就关上门落了锁。就算我们都只顾注意尸体，如果有人要先开门锁再逃跑，不可能不被发现。”

“明白了。请您继续讲。接下来的经过非常关键，无论怎样的细枝末节，只要是您在屋子里发现的，都请一一回想一下。”

“好的。那天发生的事情我想忘都忘不掉。看到智子小姐父亲的尸体之后，我吓得魂不附体，这些无聊的事情我就不啰唆了。我赶紧问琴绘夫人这是怎么回事，夫人说，因为她已有孕在身，所以曾要求结婚，而智子的父亲就在那天给出了最后答复，说婚不能结，还详细解释了一番。琴绘夫人并没有告诉我理由是什么。总之这件事情让她情绪激动起来，病情突发，一时间失去了意识。”

智子的父亲之所以拒婚，很可能是出于自己的身份原因。而这个理由让琴绘多么吃惊，恐怕是别人无法想象的。既然她平时就有此病症，在这种情况下忽然发作，也的确非常自然。

“然而，琴绘夫人症状平复，恢复意识之后，就发现在她眼前，智子小姐的父亲已经倒在了血泊里……旁边扔着一把沾满了鲜血的断柄月琴。她环顾周围，门上了两道锁，窗户也没有异常。夫人当时不知有多么震惊，多么恐惧。我听夫人讲述后也很震惊，连忙检查了窗户，又四下搜索是否有人躲在房间里。但周围没有半点异常，也没有躲起来的人。我绝望又恐惧……整个世界仿佛陷入了一片漆黑。我想无论如何也要想办法保护琴绘夫人，就叫来了龙马先生。之后的事情就如龙马先生对智子小姐所讲的那样了。”

“那么，神尾老师，刚才我跟智子小姐也提到了，不知道房间里有没有暗道一类的东西？”

“唉，如果有的话……可是，我从没听说过有什么暗道。昨天在青梅发生了那样的事情后，我也想那房间里会不会真有点什么……回家之后就悄悄问了问老夫人。老夫人也说绝对没有。”

“是吗。另外，把智子小姐父亲的尸体从琴柄岬悬崖上推下去的主意，听说是您想出来的？”

“是的。因为我想起来他说要去那里采羊齿蕨……”说到这里，秀子也不由得面无人色，全身颤抖。

耕助想了片刻，继续问：“神尾老师，关于此案，您还能想起些什么吗？事无巨细，什么都可以。比如那儿和平时有点不同啊，这儿有点怪异啊之类的，有没有呢？”

“嗯，倒是有那么一件事，是凶案发生一周后琴绘夫人想起来的。她说日下部先生上次来的时候，给了她一枚戒指作为信物。但那天他却告诉她那枚戒指是祖母的遗物，十分有纪念意义，让她把戒指再还给他。这让夫人更加生气了……但是后来我们再也找不到那枚戒指了。”

“琴绘夫人平时佩戴那枚戒指吗？”

“没有，她不能戴。夫人没有对除我以外的任何人提起过和日下部先生的关系……所以她把戒指收在一个小玻璃盒内，放进了起居室的橱柜里。”

“结果后来找不到了，对吧？是什么时候开始……”

“这我就不大清楚了。我刚才也说了，等我们发现找不到的时候，已经是事件发生一个礼拜之后……但事发前，戒指的确在那里的。”

“您为什么可以肯定？”

“我亲眼看到了。我刚才说过，他们二人进入房间之后，我就去看戏了。出门时我想找一块新手帕，就打开了橱柜。当时玻璃盒里的确还有戒指闪着光。那之后究竟什么时候不见的呢……我们发现已经是在一周后了。”

金田一耕助沉默地思考着。

事件至此完全回到了原点。为了做进一步调查，不久之后，金田一耕助和智子一行人决定再赴月琴岛。

岚三朝戏班

在修善寺短暂休息后，金田一耕助和智子一行人分乘三辆汽车，准备越过天城山，驶向下田。

最前面的车里坐着大道寺欣造、茑代和文彦，还有管家伊波良平，他坐在副驾驶席上。第二辆车里是智子、阿槙和秀子，副驾驶的位置上坐的是女佣阿静。最后一辆车是金田一耕助、等等力警部以及从修善寺开始加入他们的亘理局长。

与这恐怖的故事相关的人中，没在这里露面的只有原亲王衣笠、多门连太郎和最后一名智子的追求者驹井泰次郎。由于九十九龙马一案的调查还没结果，连太郎仍被拘留在警视厅。

驹井已被排除歌舞伎座案件的嫌疑并被释放，他在电话里明确表示今后会断绝和智子的一切往来。他大概是被接二连三的杀人案吓到了，不过智子对此毫不在意，反倒因可以摆脱驹井的纠缠而高兴。

这群人如今穿越十九年的光阴，只为揭开那间上锁房间的秘密。

他们正赶往命运之岛——月琴岛。

“对了，金田一先生。”汽车正在翻过天城山，亘理局长随着汽车摇摇晃晃，忽然想起什么似的问道，“今天早上，下田的警察打来电话。关于那个前一段时间在松籁庄遇害的姬野东作，他们找到了他的一个同事。”

“姬野东作的同事？是他做演员时候的……”

“嗯，是的。当时姬野用岚三朝这个名字组了个戏班，到处巡演赚钱。那人是当时他们戏班的人，现在在下田的剧场，负责给人看管鞋子。我想说不定从他那里还能问出些有用的信息，就特地让下田的警察传讯了他。”

“那真是太好了。”金田一耕助感到一阵雀跃，他接着问，“这个人在昭和七年秋天，也就是智子小姐的亲生父亲去世的时候，也和岚三朝他们一起在岛上吗？”

“嗯，没错。他叫田岛修三，据他说，月琴岛每年节庆都会请岚三朝戏班，但发生了那起事件之后，大道寺家就中断了这个惯例。那年据说是他们最后一次上月琴岛，所以对于当年的情形他好像记得非常清楚。”

“这样啊，那实在太好了。”

耕助内心越发激动了。说不定从田岛那里就能找到揭开隐藏了十九年的秘密的突破口，从而彻底破解谜团。他觉得很快就能看到曙光了。

回头来说这一行人，他们来到下田时已是下午两点。由于事先已经联系好，海上保安厅的一艘汽船正在海边等着他们，随时可以出发。

由于一行中有老人和孩子，他们没有马上乘船，而是在旅馆稍事休息。

金田一耕助和等等力警部趁这段时间，在亘理局长的带领下拜访了下田的警察局。

“你好啊，好久没见了。刚才多谢你来电话。”

三人走进局长室，下田的局长热情迎接了他们。这位局长姓工藤，说话办事十分麻利，一看就是个爽快人。

亘理介绍了金田一耕助和等等力。工藤笑着对金田一耕助说：

“久仰您的大名。这次的案件挺棘手吧？刚才我还和亘理打电话聊起这件事，他说这次修善寺的案件和十九年前的案件有关，让我很吃惊。希望这回您能在岛上找到线索。”

“听说您这里来了位姓田岛的先生？”

“是的，他刚才还在这里等着。喂，来个人，去把田岛先生叫来。”

田岛看上去六十岁左右，剪得短短的头发已经雪白。他身形高大，脸膛黑红，穿着一件已经褪色的宽袖系带和服上衣，上面印着剧场的名字。

“田岛先生，这位是从东京来的名侦探。他想问问您昭和七年月琴岛上的情况。请您仔仔细细地跟他讲一下。”

田岛奇怪地看了耕助一眼。他的表情很丰富，双目清澈见底。看来他的记忆应该靠得住——耕助放心地想道。

老人有些不知所措地开口道：“好吧。那，从哪儿说起呢……”

“田岛先生。”耕助稍稍探出身，说，“登茂祭是十月二十一号吧？那您是哪天到月琴岛的呢？”

“是登茂祭前天，十九号。登茂祭是二十、二十一两天，但最热闹的总是前宵祭，所以我们每年都是早一天去。”

“那离开月琴岛是……”

“二十一号傍晚。前宵祭那天，我们会从早到晚演一整天，但到二十一号下午四点左右演出就会结束，我们会马上离开。每年都是如此。”

“明白了。那你们就是在那天青年游客摔死而引起轩然大波前离岛的了？”

“是的，正如您所说。您说的那件事我是两三天之后才从报纸上知道的。”

“关于此事，有没有什么让您感到奇怪的地方？”

“没什么特别的……但那名学生我倒是认识，他给我们拍照来着……”

“嗯，照片我也看了。据说他拍完回去后，说拍到了蝙蝠的照片。不知道你们演的戏中有和蝙蝠相关的吗？”

“蝙蝠？”田岛奇怪地睁大眼睛，说，“不知道啊……应该没有吧。那天没演《与三之死》那出戏，而其他跟蝙蝠有关的狂言……”

“不一定是戏的内容。比如服装或者道具上有没有蝙蝠图案？或者当天有没有蝙蝠飞过？”

“这应该没有吧……服装和道具都没有蝙蝠图案，而且当时是秋天，演出又是白天，蝙蝠也不可能出现吧……”

这条线索就这么断了。金田一耕助燃起的希望之火被轻易扑灭，他有些遗憾地看着田岛的脸。过了一会儿，他垂头丧气地问道：“请问当时你们戏班总共多少人？”

"总共是十二人。"

"十二人……"耕助小声重复了一遍，忽然扬起眉头看着老人说，"十二人？您确定吗？"

"确定。当时我除了演戏，还负责一些日常管理，所以记得很清楚。戏班总共是十二个人。"

"可我看过你们的全体合影，总共是十三个人啊。"

"十三个人？不可能啊，我们一直是十二个人……"说到这里，老人忽然想起了什么，笑着说，"哦，我知道了，另一个人应该是岛田先生。"

"岛田先生？那是谁？"

"是月琴岛上的人，他很喜欢戏剧，专门到下田来接我们，还说在岛上演出时一定要让他也演个龙套。他完全把自己当成演员。因为我姓田岛，他姓岛田，所以现在我还记得他的名字。"

"他大概多大年纪？"

"不大清楚……有时看上去挺年轻，有时又有点显老，完全看不出多大。不过他很风趣，经常跟我们开玩笑。我们离开的时候，他也乘船把我们送到下田……"

耕助忽然闭上眼睛，深深地吸了口气。似乎有什么东西在狠狠地敲打他的心脏，全身的血液都好像沸腾了一样，脉搏突突直跳。眼睛虽然紧闭，却有奇异的图像如火花一般闪过。

"金田一先生，你怎么了？"等等力和亘理不解地从左右两边看着耕助。

耕助睁开眼，说："不，没、没事。谢谢您了，那就到这里吧，我没什么要问的了。"

田岛离开时谦卑地连连鞠躬，耕助眼里闪着光，目送着他的背影。等他走后，耕助对工藤说：

“局长，有件事想拜托您。”

“嗯，什么事？”

“能不能派两三个人帮我个忙？最好是有搜查民宅经验的。”

“好，没问题啊。”

工藤想了想，很快找来三名警察，让他们和耕助一起行动。

他们回到旅馆时，大道寺一家已经做好了出发的准备。一行人前往码头时，耕助拉住秀子问：“神尾老师，月琴岛上有人姓岛田吗？”

神尾秀子想了想，说：“没有。”

“不，不是现在。十九年前发生案件的时候……”

“没有。现在和当时岛上都没有这个姓氏。”

耕助轻轻叹了口气。

一行人来到海岸。六月的伊豆，海面如同盛夏时节一般波光粼粼，远方的灯塔从海面升起，恍若风景画。码头附近停着无数渔船，桅杆如树林一般鳞次栉比。

耕助又问：“十九年前登茂祭的时候，岚三朝戏班不是来过吗？那时总共有多少人，不知您是否还记得？”

秀子回头看了看耕助，沉声说：“这……这都是老皇历了。但想查还是可以查出来的吧……”

“怎么才能查出来呢？”

“您也知道，岛上没有旅馆之类的地方。所以很多人同时来的时候，我们就会让各家分别留宿几个人。负责分配的是大道寺家的……

也就是我。所以回去找一找以前的记录簿，应该能找到各家分别是几个人，加起来就知道一共是多少人了。不过，金田一先生，有什么不妥吗？”

不知为什么，秀子的声音在颤抖。耕助装作没注意到，说：“请问记录簿现在在哪里？”

“在月琴岛大道寺家中。”

“好的。那到了岛上之后，麻烦您马上查一下。但这件事不要告诉任何人。”

秀子一言不发地看着耕助，不知为何连嘴唇都失去了血色。

遥远的往昔

在发动机枯燥的轰鸣中，月琴岛渐渐露出海面。舒适的汽船加快了速度，月琴岛很快便近在眼前。

从海上遥望，月琴岛如同用三原色绘制的童话插图。整座岛屿笼罩在郁郁葱葱的翠色中，中式房檐和朱漆柱子在其间星星点点。尽管由于年代久远，这些建筑有些褪色，但在南方初夏的阳光下，仍然散发出耀眼的光芒。

这里就是智子的故乡。她在这里出生，在这里长大，带着几乎永别的决心离开了这里。然而，可怕的命运在仅仅二十余天之后就将她再次带回这座小岛。

在智子眼里，美丽的故乡现在和陌生的怪兽没什么两样。仿佛有只巨大的黑手遮天蔽日地盖住整个岛屿，连阳光都略显暗淡。

汽船里，所有人都一声不吭。连咳嗽声都没有。

大道寺欣造面无表情，呆滞地望着地平线。茑代一直低着头，紧紧地抱住想到处走动的文彦的肩膀，似乎只要一松手，文彦就会被人抓走。

汽船绕过琴柄岬时，智子觉得全身渐渐爬满了战栗的感觉。这时，她感到有人把手搭在她的肩上，回头一看，是秀子。秀子的双眼充满泪水，智子丝毫不觉得奇怪。因为她自己也想放声大哭。阿槙闭着眼睛，脸色欠佳，看上去快虚脱了。在这二十多天里，她急剧消瘦，眼窝深陷，眼中隐隐藏着一丝不祥的神色。

汽船开始放慢速度，稳稳地停在码头的栈桥旁。

由于回家之前发了电报，看家的老用人和岛上的五六个居民前来栈桥迎接。他们和阿槙、秀子互相问好，却没一个敢高声讲话。大家都知道，智子这次绝不是为了什么好事才回来的。

只有伊波良平一如既往地踏着他的管家碎步，和每一个老熟人热情地打着招呼，这让他显得很不合时宜。

智子一句话也没有说。

大家都下了船，三三两两地前往大道寺家。从码头到大道寺家是一条平缓的坡道，缓步徐行大概要花十五分钟。

耕助不知不觉又和秀子并肩而行。

“金田一先生。”秀子看了看四周，小声说，“之前我不是给过您吗？那份针织的暗号……您拿它做什么了？”

耕助有些意外地看了看秀子，说：“暗号啊，我夹在记事本里了，现在还带在身上呢。怎么了？”

“没什么。我只是想问一下。”

“神尾老师。”耕助的声音低哑，好像喉咙里卡了东西一样，“您难道觉得这里会发生什么事，需要用到那个暗号吗？”

“不，我不是那个意思……”

秀子吞吞吐吐，耕助探究地看着她的侧脸，忽然发现了什么似的。

“咦？神尾老师，您的那个东西呢？就是上次在歌舞伎座的走廊，您给我看的那个挂坠，里面有智子小姐母亲照片的那个。您今天没戴啊？”

“啊，那个啊……”秀子的脸微微有些红，她好像要立刻甩掉红晕似的，轻轻摇了摇头，说，“我把它弄丢了。”

“弄丢了？”

“是的。大概是不小心掉在哪儿了。但我一点都想不起来什么时候掉在哪里了……我最近怎么了，老是心不在焉的……”

耕助看着她的侧脸，感觉她在说谎。但是，一个链坠而已，有什么必要说谎呢？耕助弄不清她的想法，只感到心中一阵不安。

但耕助决定暂且放下这个疑问，紧接着对她说：“对了，前几天智子小姐告诉我，您对这次的案件一直有种深深的自责。整起案件归根结底是缘起于昭和七年的夏天，智子小姐的母亲和日下部之间犯下的那场错误……”

“正如您所说。都怪我当年没有注意到……”

“那就是说，这次的事件，其实自大道寺先生——当时叫速水欣造，和日下部一起来岛上旅行开始就初现端倪喽？”

秀子轻轻一瞥耕助，答道：“是啊……但如果再追溯一下，或许能追溯到前一年，昭和六年秋天。”

“昭和六年……”耕助不自觉地正视起秀子来，“那年秋天发生了什么？”

“大道寺先生，不，当时的速水欣造先生一个人来岛上旅行。正是登茂祭的时候……他为岛上的风土人情吸引，第二年就约了日下部先生一起来游玩。之后就发生了那样的事情。所以严格来说，也可以说所有事件都缘起于昭和六年的秋天吧。当然，这不是哪一个人的责任，只能叹造化弄人……”

秀子悲叹着，忽然目光转向前方。

“老夫人，您怎么了？”

就在这时，走在前面的阿槙好像有些头晕，步履蹒跚起来。如果不是并排同行的智子抱住了她，她一定已经昏倒在路上了。

“啊，快来人啊……外婆她……”

其他人闻声，纷纷赶来。

阿槙的脸色惨白，呼吸紊乱，额头上渗出大滴汗珠。耕助握住她的手，只感到一阵冰凉，脉搏也几不可察，十分微弱。

耕助感觉大事不妙，但还是装出一脸平静，说：“没事，只是有点脑缺血而已。谁来背她一下？”

三名警察中最健壮的一位马上走来蹲下，阿槙趴在他的背上，耷拉着身子如同枯草，很是可怜。

“金田一先生，真的没事吗？”智子颤声问道。

“没事。神尾老师，您和智子小姐先过去，赶紧给老夫人准备个休息的地方。要注意给脚保暖。然后别忘了叫医生来。”

智子、秀子和阿静三人连忙朝前跑去，伊波良平跟着她们。来码头接人的老用人赶忙去找医生，一行人则围在背着阿槙的警察周围，在山坡上快步行进。

“毕竟是上了年纪的人了……”

不知什么时候，金田一耕助和大道寺欣造并肩走在了一起。

“是啊，而且最近各种事情不断。”欣造的声音很沉闷。

两人沉默地走了一段，欣造轻声自叹道：“我说，金田一先生，或许我们当初就该按警告书上说的做。或许把智子留在岛上会更好一些吧。”

耕助没有回答，反问道：“大道寺先生，您还没发觉警告书是谁写的吗？”

欣造沉默着，无言以对。好一阵子，他以嘶哑而低沉的声音说：“金田一先生，对此我很早以前就有个想法。可能只是我的胡思乱想……”

“是不是胡思乱想不重要。我希望您想到什么就跟我直说。”

大道寺欣造又沉吟片刻，然后断断续续地讲了起来：

“我们收到警告书的时候是五月初，邮戳显示信是从东京寄出的。所以写信的人当时也在东京。但另一方面，从信的内容来看，此人对十九年前岛上的事件了如指掌。也就是说，此人当时应该就在岛上。当时在岛上，而五月时又在东京的人……这么一想，可能的人选范围就很小了。茑代和伊波良平都是，但他们俩没有做这种事的动机。于是就只剩下一个人，九十九龙马。”

“但九十九龙马似乎也没有写警告书的动机吧？那封信是为了阻止你们把智子接到东京。可龙马为什么要……”

“金田一先生。”欣造的声音微微严厉起来，“也许是激将法呢。我们的确因为警告书而更坚定了接智子来东京的决心。您也知道，龙马爱过琴绘。他可能听说了智子的美貌才情，于是想通过智子来满足当年他未能实现的爱情。而且，十九年前那起事件，一直都被当作事故处理，而警告书上却质疑那是他杀。最清楚整件事的，正是龙马。从警告书的行文和风格来看，龙马这种怪人，我觉得正符合这些特征。”

“那您觉得之后的一系列杀人案也均是龙马所为吗？那龙马自己又为何为人所害呢？”

“我觉得我们应该把他的遇害和一系列的凶案分开考虑。比如碰巧多门连太郎这个鲁莽的流氓闯了进来，把他杀了……金田一先生，多门连太郎到底是什么人？为什么非要缠着智子不放？”

耕助避开欣造探究的目光。“这我也不大清楚。不过，大道寺先生。”他悄悄环顾了四周，说，“您刚才说的这些条件，也就是十九年前在岛上，知道智子小姐的父亲之死不是事故而是他杀，并且五月份还在东京，这样的人还有一个。”

欣造无比惊诧地皱起眉头问：“那是谁？”

“神尾老师。”

“神尾老师……”

“是的。神尾老师四月底为了检查智子小姐的新居，曾经去过一次东京。就算她没停留几天，寄封警告书总是有时间的。”

大道寺欣造情不自禁地双眼圆睁，呼吸罕见地急促起来。

“可神尾老师为什么要这么做？”

“大道寺先生，神尾老师的动机可能比龙马更强烈。神尾老师一直爱着琴绘夫人。同样，也爱着智子小姐。但智子小姐却要离岛和异性结婚……对于神尾老师来说，这可能是无法忍受的痛苦。”

“金田一先生！”

欣造激动得想说什么，但又忽然闭上嘴，再也没发一言。

就在此时，一行人刚好来到了大道寺家门口。

第九章　耕助进入上锁的房间

耕助进入上锁的房间

医生赶到大道寺家，打了三四针之后，阿槙看起来稍稍有所好转，但病情仍然不容乐观。

“毕竟上了年纪了，而且身体十分衰弱。”

医生说得很谨慎。以现在的情况，若外祖母真有个三长两短，智子觉得自己哭都哭不出来。

但尽管外祖母的病情不容乐观，智子眼下还是有必须尽快解决的问题。幸好医生说：“这两天应该不会有太大问题……”

智子把昏睡中的外祖母交给阿静守着，和秀子一起到了客厅。客厅里除了从东京赶来的人们，还有亘理局长以及下田的几位警察，人人都神色凝重。

“智子，外婆的身体怎么样？”欣造和蔼地问。

“嗯，那个，不是很乐观……但也不是马上就不行了……”智子强忍着眼泪，勉强答道。

众人心下均觉不妙，面面相觑。没有人接话。他们都感到有种悲剧的宿命笼罩着这个家族，那种恐惧让人噤若寒蝉。

“她的身体……已经恶化至此了吗？”欣造怃然道。

“老夫人一定一直在苦苦忍耐，我却丝毫没注意到，真是罪过太大了。”秀子跪在榻榻米上深深低头。

欣造微微点点头，朝智子望去。

“那智子，你准备怎么办？大家好不容易来一趟，可是外婆这个样子……”

“不，父亲。”智子打断他，断然说道，“这两件事没有关系。既然大家都来了，就应该让他们到上锁的房间里好好查看一下……”

“现在，马上？”

“是的，现在，马上。”

“智子小姐，这样也太匆忙了。现在都这个时间了，怎么也得让大家先用个晚饭吧……”

秀子说得没错。一行人在下田花了不少时间，加上阿槙的病情，耽误到现在已经六点了。

智子脸有些红，说：“对不起。是我只想着自己了……老师，那我们就准备饭菜吧，我也来帮忙。”

“我也一起去帮忙吧。”茑代也麻利地站了起来。

晚饭吃得很快。正值盛夏，白天本就较长，加上施行夏时制，吃完饭天还亮着。

“那么智子小姐，就麻烦你带我到上锁的房间看一下。”

耕助放下茶杯，双手往桌子边缘一支，催促着智子。他好像在说，来吧，开始战斗吧。顿时，一种紧张的气氛笼罩了众人。

“好的，您稍等一下，我去拿钥匙。”

智子刚要出门，又在门口停步说：“神尾老师，您把大家带过去吧。我马上就过去。”

“好吧。那么各位请跟我来。”

“茑代，你就不用来了。收拾完餐桌就去照顾外婆吧。文彦，你和茑代一起留下。”

听到欣造的话语，茑代面无血色地点了点头，说：“少爷，你要跟阿茑我一起好好待着啊。”

“嗯。”

文彦难得痛快地点头，而这却成了他与父亲的最后一面。

“金田一先生。”秀子和耕助并肩走在最前面，轻声说道，“关于刚才您说的岚三朝戏班的人数。”

“您查到了吗？”

“嗯，是十三人。”

“十三人？没错吧？”

“没错。”

秀子说完就抢先一步，打开了别馆的门。

耕助心中激荡，宛如暴风雨中的一叶扁舟。

根据田岛所说，岚三朝戏班应该是十二人，而岛上的记录却是十三人。这多出的一人，必定就是自称岛田的不明身份之人。也就是说，在演员们看来，他是岛民。而在岛民们看来，他又是个行走四方的戏子。不，不，或许他就是为了让双方这样看他而刻意做戏。

金田一耕助这样想着，忽然感到一种冲击，好像被人用尖锐的长钉猛扎进头顶。一直以来掩埋在心底的模糊真相登时一片澄明。

“金田一先生，你、你怎么了？”等等力警部吓了一跳，从身边拍了拍他的肩膀。

“不、不、不，没什么……”

“你满脸通红啊，没发烧吧？”

亘理局长担心地凑了过来。的确，耕助也觉得从脖子往上一片火烧火燎的感觉。

“不、不、不，不用担心。哦，这就是上锁房间的大门吧？”

秀子正掀门帘等待。耕助站在对开的两扇大门前，回望了欣造一眼。

“大道寺先生，您知道这间房间吗？”

“那还用问，当然知道。”欣造不自然地清着嗓子，说，“但我做梦都想不到里面竟会藏有如此恐怖的秘密。我一直以为琴绘是出于悲伤，为了永远保留关于智子亲生父亲的记忆，才这样做的。”

“神尾老师，您觉得琴绘夫人为什么要一直保留犯罪现场呢？”

“她是为了不断自责。自从那件事以来，琴绘夫人一直都活在深深的自责中。她不停地责怪自己，每时每刻都悔恨不已，直到离世。我们看着都觉得不忍心。夫人去世后，这间房间能一直保存下来，也是因为大家谨遵夫人的遗言。夫人大概连死后也不愿停止自责。”

“琴绘夫人把这间房封上是什么时候的事？”

“就在事件发生后不久。我拜托龙马先生处理尸体回来后，就发现房门已经从外面插上了。门上的挂锁是后来又加上去的。”

“但是，琴绘夫人时不时会进去吧？”

“不，一次也没进去。只是有时会在门前恸哭……”

耕助一言不发地挠着乱蓬蓬的头发。他的眼睛里仿佛有些东西在闪光。

此时，智子拿着埋在山茶树下的钥匙回来了。

“让您久等了。钥匙埋得有些深。”

原来如此，钥匙上的确沾了些泥土。智子拿手帕擦了擦，把钥匙交给耕助。

“先生。”智子的声音因激动而哽咽，“您有几成胜算呢？您有把握看一看这房间，就让母亲的罪孽减轻一些吗？”

耕助双手扶着智子的肩，说：“智子小姐，我不能保证什么，但我想从这里应该能找到一样东西。如果能顺利找到它，那么杀死你亲生父亲的可能就不是你母亲。但这只是有可能，并不能断言。毕竟事情已经过去这么多年了，很难证明谁是凶手。”

“不，只要有可能性就足够了。但是，如果找不到您所说的那样东西……”

“那我们就只好放弃了。”

耕助卸下挂锁，打开大门。紧张的空气瞬间弥漫开来，众人都屏住呼吸，从耕助身后探头看着房间。

上锁的房间十分昏暗。六月的气温让房间发酵，空气里散发着霉味，所有人都难以忍受地掩住了口鼻。这霉味中是否正隐藏着十九年前的秘密呢？

耕助拧下墙上的开关，灯亮了。他回头对智子说：“智子小姐。这里和你上次来看的时候相比，有什么不同吗？”

智子有些恐惧地环视房间——紧闭的窗户，墙边的床和长椅，长椅上的编织筐，房间中间的紫檀桌，桌上铺着的沾满血渍的桌布，扔在上面的折断的月琴……

智子微微颤抖着，说："没有。我想……没有什么不同之处……"

"啊，我的编织筐怎么在那儿……"秀子嗫嚅着，声音中透出强忍着的悲伤。

耕助看向她，问："对了，神尾老师，您在十九年前看过案发现场吧？日下部当时倒在哪里呢？"

"他……他当时应该是坐在桌子对面……"

秀子说着想进入房间，耕助轻轻拦住了她。

"神尾老师，您不要进来。您现在进不进来，对搜查会产生很大影响。"

"啊，对不起，我太激动了，就不知不觉……"

"没事。请问日下部当时在……"

"他坐在桌子那边，趴在桌子上，所以我一开门就看见了他的头，就像石榴一样裂开……桌子上全是血……旁边是那把折断的沾满鲜血的月琴……"

"就是那把吧？"金田一耕助指了指那把古旧的月琴，又回头看着秀子，"神尾老师，我很久以前就见过月琴这种乐器，也曾经拿在手中把玩过。但那是种非常轻的乐器，就算用它砸人，能把人的头砸得像裂开的石榴一样，我觉得不大可能。"

"嗯，这个……"秀子脸色煞白，看着耕助，大口大口地喘着气，"我也在日后想到了这一点，就恳求琴绘夫人让我再进这房间一次。可夫人怎么也不听……但是，当时……事件刚发生的时候，我心如乱麻，何况房间里只有琴绘夫人和那位先生两个人……"

“哦，这样啊。那么关于当时的情形，还有没有其他地方让您觉得古怪？”

“嗯，有一点我现在仍觉得非常奇怪。龙马先生赶到，抱起他……就是日下部先生后，我第一次看清了他的脸。他好像在笑一样……”

“您说日下部在笑？”

“是的……我觉得他在笑，是种像小孩子调皮时一样的笑，那笑容就直接僵死在脸上……很凄惨……”

此时，连秀子也不忍心去看智子的表情了。智子面色蜡白，看着耕助，又看看秀子。

“您说日下部露出调皮孩子一样的笑容，是吗？”耕助缓缓挠着头，沉默地思考了一阵，又接着问，“嗯，谢谢您。其他还有什么吗？”

“嗯，其他的没有了……基本就是几天前跟您说的那样……”

“好的。各位，不知能否在那边的客厅先等一等，很抱歉。只留下警方人员进房间吧。局长，请。”

亘理局长、等等力警部和来自下田的三名警察进了房间，金田一耕助最后进入。他从里面紧紧关上门，上好门闩，插上插销。

可以开始了——耕助眉宇间充满勃勃雄心，尘封了十九年的秘密即将揭开，这让他的脊背因激动而战栗不已。所有人都瞧着耕助兴奋的表情。

“金田一先生，你到底想做什么？”

“哈哈，警部，”耕助咽了口唾沫，说，“我想请各位帮忙，在房间里找一样东西。要找的是……”

秀子的针织袋

离开上锁房间的其他人来到相隔一室的中式客厅。

"伊波，行李箱里有威士忌，你去拿来。"大道寺欣造坐在椅子上说，"另外给女士们也拿点喝的。"

"不，还是我去吧。"

伊波良平和神尾秀子穿过走廊来到主楼，房间里只剩欣造和智子二人。

智子有些尴尬。为了她现在的父亲着想，最好不要提起亡父。智子脑子里明白，但现在的她按捺不住。

死去的父亲……还有这次种种恐怖案件的谜团，若不解决，智子很难平心静气地面对欣造。

"智子，你也坐下吧。"

欣造看着智子，表情似有些凄凉。

"嗯，那个，父亲。"智子红了脸，"对不起，我这么心慌意乱……只是，我还是站着好。总觉得坐不住。"

智子站在门口，凝神听着相隔一室的上锁房间里的动静。欣造脸上的悲凄之色越来越浓。

"智子，你觉得他们能有什么发现吗？"

"我也不大清楚，但金田一先生好像很有把握。"

"都过去十九年了。事到如今，又能查出些什么呢。"

欣造的声音好似虚脱一般，透出异常的孤独感。智子不禁回头看了他一眼。看着整个身体瘫在椅子里、深深垂着头的欣造，智子忽然觉得他身上有种与年龄不相称的苍老。

“父亲。”

智子哽咽着唤他。此时，去了主屋的秀子和伊波回来了。伊波拿着威士忌和酒杯，秀子托着放有红茶的盘子，还拎着针织袋。

欣造把伊波斟给他的威士忌一饮而尽。

“神尾老师，您脸色不太好。要不要在红茶里放点这个？”他向她举起了酒瓶。

“不用了，我不喝。喝了酒，我恐怕会更加激动……智子小姐，请用茶。”

“好。”

但智子依然在门口，不愿离去。秀子轻轻叹了口气，从针织袋里取出织物。

“神尾老师还是那么喜欢做编织活儿啊。就那么有意思吗？”

不知是否因为两三杯威士忌下肚的原因，欣造凄凉的神色稍稍缓和了一些。

“是啊。这就和男士们吸烟一样。不做这个，我就浑身难受。”

秀子轻啜一口红茶，开始运针。就像勤劳的时钟永不停歇一般，她就这样一针一针编织出了自己的一生。

智子彻底乱了。她连茶杯边缘都没碰一下，伫立在门口，双手紧握，那边一有响动，她的身体便微颤一次。

伊波左顾右盼，不停地看着周围人的脸色。

欣造吸一口烟，喝一口威士忌，喝一口威士忌，再吸一口烟。

秀子空针、下针并套针、下针、下针，一针一线地织着花样。

就这样，不知究竟过了多久——实际上连三十分钟都不到，但对于他们，尤其是智子来说，就像煎熬了好几个月，不，好几年一样漫长。

忽然，上锁的房间那边传来了开门的声音，有人朝这边快步走来。众人都条件反射般朝那边望去。智子冲出门，欣造紧握卧榻扶手，秀子将编织物抱在胸前，浑身颤抖。

出现在门口的是警察。他迅速环视众人，说："现在请各位到那边去。"

"请问……"智子气喘连连地问，"找到了吗？金田一先生要找的东西找到了吗？"

警察并不作答："来吧。在那边恭候各位。"说完便转身离去。

智子紧跟着他走了出去，欣造和秀子对视了一会儿，晃晃悠悠地站了起来。

欣造刚要离开房间，忽然开口说："对了，伊波，你去主楼那边，看好老夫人，还有……"他顿了顿，接着说，"看好文彦。"说完也跟随众人出了房间。

进入上锁的房间后，只见金田一耕助站在紫檀桌对面，等等力和亘理伴在左右。

智子进入房间就迫不及待地问："先生，您找到了吗？您要找的那个东西……"

耕助微微一笑道："别急别急，马上就会告诉你的。大道寺先生，神尾老师，请进。"

欣造和秀子在门外犹豫了一会儿，还是进了门。等他们进屋后，警察关上门，放下门闩，插上插销。秀子的脸色又变了。

“各位，我很想让各位都坐下听我说。只是这里的椅子也好，沙发也罢，都落满了十九年的灰尘……不过，各位还是请自便吧。”

“金田一先生。”欣造用手帕捂着鼻子，带着鼻音说，“能打开窗户吗？实在有点……”

“这里的窗户都被钉上了，现在没法打开。虽然有点闷，还是请您忍一忍吧。很快就会结束。”

房间里，被锁了十九年的空气沉淀如同死水，让人感觉好像用旧棉花堵上鼻子一般无法呼吸，弥漫空中的强烈霉味和灰尘味也让人头痛不已。

秀子呆若木鸡，恍惚地走到长椅旁，拿起十九年前遗忘在那里的编织筐。她拿起里面的毛线，但已经被虫蛀得不成样子，刚一触碰就灰飞烟灭，化作细粉簌簌而落。

“啊！”

秀子急忙用手帕捂着鼻子，不觉间泪水充满了眼眶，她强忍住眼泪。

原本光泽如新的毛线，如今已化作灰烬，在空气中飞散开去。就像当年才二十多岁的秀子，如今已微微鬓染霜华。

欣造走到与秀子反方向的一侧墙边，拂去椅背的灰尘，轻轻坐下。

只有智子面朝耕助而立，她问：“先生，金田一先生。您说吧。您在这里，在这个房间里，找到什么了吗？”

“找到了。智子小姐。我们翻遍了一切，终于发现它在这里——”

耕助拿起眼前的月琴。折断的月琴可怕地翻转，带着巨大裂痕、沾满鲜血的背面朝向众人。

欣造睁大眼睛，秀子把脸扭开。

“在月琴里面找到了。你看，应该是从裂缝滑进去的。琴体里有发声用的金属共鸣板，用细金属丝吊着。这东西正好卡在上面，光是摇晃几下察觉不到。”

“那……那您找到的东西是……”

“请稍等一下。在我告诉你之前，神尾老师……”

“什么？”

“我们翻遍了整个房间。但都没有找到疑似凶器的东西。而且我们一致认为，无论这把月琴本来是什么状态，都不可能直接把人砸死。”

“那……那您是说……”

秀子眯起眼睛，不敢正视耕助，智子反倒忍不住了，问他：“先生，先生，您找到的到底是什么？卡在月琴共鸣板上的是什么东西？”

耕助笑容沉稳，对智子说：“哈哈哈，智子小姐还真是心急。那就给你看一下吧。是这个……”

耕助随即摊开手，上面是一枚戒指。细细的白金环上镶着钻石，精致中透出古雅的风情。

秀子睁大了眼睛，仿佛被什么吸住一样走到桌前。“金田一先生，这是……这枚戒指是您在月琴里找到的吗？”她的呼吸急促。

“是的。您应该见过吧？”

“是的。这就是日下部送给琴绘夫人的戒指。可是，为什么会在……”

“神尾老师，我们不妨这样想一想。”耕助放下月琴，看着秀子说，“我记得您说过，那天琴绘夫人和日下部进了房间后，您打开过日式房间的橱柜，当时戒指还在。而这房间被封上，就在惨剧发生之后。然后就再也没有打开过。这样一来，这枚戒指究竟是什么时候混进房间里的呢？”

“什么时候……是什么时候？”秀子紧握针织袋，呼吸急促。

“神尾老师，正是琴绘夫人和日下部关在房间里的时候。”

“金田一先生，您、您到底是什么意思？”

“神尾老师！”耕助目光如炬，直视着秀子说，“琴绘夫人被日下部拒婚，并且还被告知不能成婚的原因。不仅如此，她还被要求归还之前赠送的戒指。于是琴绘夫人因吃惊和悲伤失去控制，一时陷入了精神错乱状态。让我们来想象一下当时的情形吧。这种情况下，她这样的女人会去杀人吗？不论她当时发作的情况有多么厉害，甚至悲愤、伤心，完全不知道自己在做什么，但她应该还是按日下部所说去拿戒指了。我觉得那样才比较合理。没错，她一定是离开房间去拿戒指了，不然无法解释这戒指为何出现在这里。因此，在那段时间里，这个房间并非密室，门是开着的，而房内只有日下部一人。”

“啊！”

秀子一声呻吟，站立不稳，踉跄着碰到了桌上的月琴。月琴狠狠地摔到地上，但没有一个人去捡，众人都交替看着耕助和秀子。

“所以，琴绘夫人离开的时候，谁都可以进入房间。也正是有人进来，绕到日下部背后砸死了他。这意味着日下部认识凶手，因此他脸上才有着调皮的笑容。凶器应该不是月琴，而是其他什么东西，之后凶手又用月琴补了一下，在琴绘夫人回来之前逃跑了。琴绘夫人在毫不知情的情况下，拿着戒指回来了……”

“可是……可是……金田一先生。”秀子死死地紧握针织袋，仿佛全身都在剧烈地战栗，“我听到琴绘夫人的尖叫赶来时，这扇门的确上了两道锁啊。门闩和插销都……”

“是的，应该就是那样。琴绘夫人和日下部单独在房间里见面时，大概有给门上锁的习惯。她并不知道自己去拿戒指时发生了如此惨剧，因此进门之后就下意识地关上了门，然后回头一看，日下部的样子有些怪异。她走到桌子旁，拿起月琴，戒指可能就在这时从裂缝滑了进去。当她终于明白发生了什么，立刻晕倒了。过了一会儿醒来之后，她已经完全忘记发病时自己都做了些什么。她不记得出去拿过戒指，也不记得下意识地关了门……而误以为是自己杀了心爱的人，于是惊声尖叫起来。”

秀子面色蜡白，脸孔因痛苦而扭曲，额头渗出层层细密的汗珠。她就那么直勾勾地盯着耕助，脚下却一步一步退向长椅。她眼中闪着凶光，如同走投无路的困兽，全身似暴风雨中的树叶一般颤抖。

终于，她退到墙根，后背彻底贴在了墙壁上。

“那……那……金田一先生，您知道凶手是谁吗？杀了日下部先生的真凶……”

秀子左手握紧针织袋，右手插进袋子里，眼睛里像要冒出火来。

“是的，我知道。神尾老师。”

“是、是谁……”

“就是那个无比爱琴绘夫人，不愿让任何人把她夺走的人……”

“啊！”

秀子一声呻吟，全身一震。但她很快又紧贴墙壁，目露凶光地盯着众人，说："大家都听好了，一切都怨我。都是因为我扭曲的爱恋！十九年前的事情，这一个月以来的种种，都是我的错！"

秀子歇斯底里地高喊。忽然间，她手里的针织袋在巨响中闪出火光。两发，三发，接二连三的火光。坐在秀子对面的欣造猛地站了起来。

他目眦欲裂地瞪着秀子。忽然，他胸口血如泉涌，双手挥舞，似在空中探寻什么。两步，三步，然后便似朽木一般，倒在地上的月琴上。

"神尾老师，你干什么！"耕助叫道。

"啊！不要啊！"与此同时，智子也往前走了两三步，喊了起来。

"智子小姐，原谅我……"

然后，针织袋里又是两三发火光闪现，秀子无力地瘫倒在地上。她的身体扑在了欣造的尸体上……

两人的鲜血，使得十九年前沾满智子父亲鲜血的那把月琴，再度染得殷红……

所有事情的发生不过转瞬。

众人茫然无措，盯着两具尸体发愣。这时耳边传来的，是伊波良平慌张的声音。

"老爷，智子小姐，快点来吧。老夫人她……老夫人快不行了！"

这成了压倒智子的最后一根稻草。她只觉得眼前一黑，作势要倒。

"啊！危险！"

她倒在身旁一个警察的怀里。

红色毛线团

忙碌的两三天过去了。

一度充斥小岛的警察和记者的队伍也渐渐稀疏起来，月琴岛又恢复了往日沉睡般的宁静。

昨天，等等力警部离开了小岛。今天是茑代、文彦和伊波良平，他们为了给意外惨死的大道寺欣造在东京举行葬礼，捧着火化后的骨灰离开了。

智子本来也应和他们一起离开，但她还没有从巨大的悲痛中恢复过来。而且不仅要办欣造的葬礼，外祖母的后事也要处理。所以茑代和伊波良平也没勉强她。

只有文彦沮丧地说："姐姐会随后跟来吧？不然我……我可不依！"他边闹脾气边抽泣起来。

文彦的性子让智子有些不安，但看到他这么依恋自己，虽说是没有血缘关系的弟弟，也觉得有些可怜。

"好，好，当然会去了。智子我现在已经没有可去的地方了。文彦啊，你让我住在家里吗？"

"姐姐说什么呢，东京的家就是你的家啊。"文彦的心情稍稍好了些，说，"那我就先走了，姐姐你也快点回来。"

"是啊，智子小姐。"茑代也从旁恳切地劝她，"您快点回来吧。文彦少爷还是个小孩子，您还得多照顾他啊。"

"茑代夫人，谢谢你。等我身体恢复，情绪稳定下来，一定会回去。这边的家里已经没有外婆，没有神尾老师了。”

智子忍着泪水，但眼里还是闪着光，声音也在发颤。

“智子小姐！”茑代再也忍不住了，拿和服袖子抹着眼泪，“您回来的时候，茑代我一定会去接您的。”

她已泣不成声。

欣造的死并没有让茑代张皇失措。虽然在将近二十年的时间里，她实质上作为妻子陪伴着欣造，还生了文彦这个孩子，却一直拒绝被扶正。欣造死后，茑代也努力避免露出超越主仆之情的悲恸。这种忠诚深深打动了智子，同时她也深深地同情茑代，这该是一种怎样深刻的悲伤啊。

“茑代夫人，我会好好照顾自己的，你也注意身体。”

“谢谢您。”

“我会尽快振作起来的。伊波先生。”

“在。”

“你要照顾好茑代夫人和文彦啊。”

“明白。我会尽力而为。”

一行人离开小岛，空荡荡的大道寺家里除了用人，就只剩智子和金田一耕助两人了。耕助担心大家同时离开会让智子感到孤独，便决定再待几天。

自从惨剧发生后，智子和耕助一次也没有谈论过那起凶案。智子没有问，耕助也尽量回避。

不仅对智子，耕助对任何人都没有谈起过。被等等力警部问起时，他也只是黯然地撇过头去说：“警部，一切都如您所见所闻那样。其余的我也不知道。”

面对记者，他也没有多说。当看到次日的报纸醒目地写着“世所罕见的女杀人狂”“家庭教师绵延两代的畸恋”时，耕助便暗暗叹息；看到报纸上哀叹大道寺欣造被家庭教师失手枪杀的新闻时，便总是露出讽刺的笑容。

文彦一行人离开当晚，耕助和智子两人吃着冷清的晚饭。晚饭后，耕助忽然问道：“对了，智子小姐，你会做编织活儿吗？”

智子十分意外，抬起头不解地看着耕助。“会……”

“花样什么的，你也能看着符号织出来吗？”

“能啊，我毕竟是神尾老师的学生。”

“那能不能按照这个符号织一下？不用织出什么成形的东西，把这些花纹都织出来就好。”

耕助从记事本里拿出十四五张方格纸，上面用紫色的墨水漂漂亮亮地写着针织符号。智子一下子花容失色。

“先生，这些是从哪里找到的？”

“这个不重要。能织一下吗？”

智子面无血色，深深凝视着耕助的脸，咬着嘴唇说：“好的。可是，这些全都要织吗？”

“最好能这样。总共有十五张，不要弄丢了。把花样都织一遍就好。”

智子把方格纸一张张仔细看了一遍，说：“这很好办。一个小时差不多就能织好，一会儿我给您拿去。”

“好的，拜托你了。”

晚饭后，天仍然很亮，耕助便出去散了会儿步。一个小时后他回来时，智子已经在起居室等着了。

“你织好了吗？”

“好了。”智子拢着放在腿上的织好的小样，说，“您没指定什么颜色，我就都用灰色毛线织了。”

“没事没事，颜色无所谓。”

耕助说着，一片片拿起来仔细看。

“如果不再织大一点，看不太清是什么花样……还有，先生。”

“嗯？”

“就这个符号怎么也织不出来。这个一定错了，按这个织的话就会开线。”

“哦，这个啊，好的。”

耕助拿出记事本里的铅笔，在符号上画了三个圈。

“金田一先生，这是神尾老师写下的符号吧？先生，难道事件还没有结束吗？”

耕助和蔼地看着智子苍白的脸，说：“不，智子小姐，事件已经完全结束了。你为什么会这么觉得？”

“可是，可是，先生！”智子呼吸急促起来，“我一直无法相信神尾老师最后说的话。老师……老师绝不是那样的人。我和她一起生活了十八年，不，我是她养大的，所以我最了解她。老师是位很高尚的人！”

智子大大的眼睛渐渐蒙了一层水雾，接着便泪如泉涌。这是智子第一次谈及自己对事件的感受。

耕助双手放在智子肩上，说：“智子小姐，你相信神尾老师，这很好。神尾老师地下有知，一定也会很高兴。但是，请你把这个秘密藏于心中，不要轻易告诉别人。”

“可是，先生，那凶手到底是……”

耕助微笑着看向智子充满泪水的双眼，说：

“智子小姐，关于凶手到底是谁，我并没有向你保证过什么。我来到这里，只是向你保证或许能够证明你的母亲是无辜的。而我已经做到了，你也该满意了吧。另外，我还想告诉你，事件已经完全结束了。十九年前的也好，这次的也罢，都结束了。所以你也要尽快忘掉这些，去寻找新的幸福。”

聪慧的智子虽然只听了这些话，却好像感觉出了什么。她的眼睛蒙上了一层阴影，伏下身哭了起来。

耕助心痛地看着智子耸动的双肩，接着便收起十四片针织小样和十五张方格纸，回到了自己的房间。是该让智子痛痛快快地大哭一场了。

耕助坐在桌子前，心不在焉地发了一阵呆，然后从怀里掏出记事本。记事本里夹着秀子寄给他的暗号对照表。耕助对比着那张表和画了三个圈的无法织出的符号，拿起铅笔奋笔疾书。

耕助想要的并不是那十四片小样，而是唯一无法织出的那张的符号，同时也是想给智子些暗示。

耕助一个字一个字对比，在记事本上写下了这样一行文字：

红色毛线团。

耕助的房间里放着带有弹孔的针织袋，十五张示意图也是从袋子里发现的。袋子里现在已经没有枪，但还放着十多个毛线团。其中最大的一个就是红色的。

耕助颤抖着拆开线团。随着缠在左手上的线团越来越大，原来的线团越来越小。线团落在地上，不停地跳动。当它的芯露出来时，里面掉出了一个东西。那是一个折成四折的女式信封，还有秀子平时戴在胸前，最近却说弄丢了的那个挂坠。

耕助颤抖着摊开信封，信封上笔迹饱满秀丽地写着“致金田一耕助先生。神尾秀子”。

耕助正要拆开信封，但又改变主意先拿起挂坠。他想不出挂坠里到底隐藏着什么秘密。

打开盖子，里面是曾在歌舞伎座的走廊里看过的琴绘的照片。但这不可能是秀子的秘密，一定还有别的。

耕助从小包里拿出小刀，挑起琴绘的照片。果然，下面有一张戴着学士帽的大学生的照片。

耕助看着照片，忽然感到后背一阵寒意。

很显然，那照片是年轻时的大道寺欣造，当时还叫速水欣造。原来神尾秀子几十年藏在心中的至爱之人，竟是大道寺欣造。琴绘的照片只是为了掩饰这一事实而已。

耕助终于理解了几天前的那幕惨剧。秀子杀死了恋人，自己也死在了他身上。

但是……欣造的照片下面，好像还有什么东西。耕助赶紧又挑起了欣造的照片。下面的照片让他再度目瞪口呆。

那是在经堂被偷的七张照片中的一张，拍摄的是一名流浪的戏班演员在休息室里小憩的样子，唯独面部被剪了下来。但现在就连金田一耕助也能从那抹着白粉、画着眉毛和眼影的侧脸轻易看出这到底是谁。

耕助如同哀泣一般，长长地叹息了一声。他把三张照片都放回挂坠，然后打开了秀子的遗书。

真相（一）

“没想到会是这样的结果。我很吃惊，想必您也费了很多心思吧。”

这里是丸大楼四楼。在安装了严密隔音设备的加纳律师事务所所长办公室，也就是我们提到过的圣殿，金田一耕助和加纳律师正面对面坐着。

距月琴岛的惨剧已经过了一个多星期。耕助这几天里陪智子聊天，还帮忙做了欣造的头七。欣造的头七便是秀子的头七，同时，也是阿槙的头七。

“这真是超乎我的想象了。其实我当时也吓得不轻。”耕助挠着乱蓬蓬的头发，黯然地低声说道。

加纳以锐利的目光看了他一眼，忽然放低了声音问：“金田一先生，您说的超乎想象是指什么？是没想到大道寺会被神尾秀子失手射杀吗？”

耕助既不承认也不否认。他只是沉默地看着加纳的眼睛。精明的老律师眼睛里忽然闪过一丝不安。

“金田一先生，”加纳探出身子，“这样说来，这起事件还另有真相？我看到报纸上写什么‘世所罕见的女杀人狂’‘家庭教师绵延两代的畸恋’，也觉得无法接受。我自认还比较了解那位家庭教师的人品。可您却不否认，甚至话里话外还有承认的意思，所以我就觉得或许真是那样……金田一先生，”他加强了语气，“请您告诉我真相。

我是委托人，我有权利知道真相。这不是低俗的好奇心，我也有义务向委托我的人汇报真相。”

耕助眼神黯淡点了点头。

“当然，我今天来也是为此。只是，我有一个条件。请您不要把这些告诉委托人之外的任何人。”

加纳盯着耕助说：“您认为这样对我的委托人来说更有好处吗？”

“当然。而且现在清查案件的真相也没有任何意义，凶手已经得到了惩罚。”

加纳仍盯着耕助，身子微微颤了一下，说：“好的。我答应您，不告诉委托人之外的任何人。”

耕助点了点头，从怀里拿出秀子的挂坠，说：“这是神尾老师的挂坠。请您打开看一下。”

加纳打开盖子，看到琴绘的照片，不解地皱起眉说：“这是智子小姐的母亲吧？对了，我也听说过神尾女士总是把琴绘夫人的照片挂在胸前。可这是什么意思？”

“不，问题不在那张照片。重要的是下面还有两张照片。请您看一下。”

加纳看了耕助好一会儿，才从桌子上拿起小刀，挑起琴绘的照片，拿出下面的两张。

“这张是大道寺年轻时的照片啊。”

“没错。神尾老师把这张照片挂在胸前十几年。加纳先生，您应该明白这里面的含意吧。”

加纳的脸色沉了下来，说：“难道，神尾女士倾心于大道寺……”他的声音发颤。

耕助黯然点头说：“是的。一切事件从真正意义上正缘起于此。加纳先生，您再看另一张。那张照片就是让您、委托人和我困惑不已的蝙蝠。”

加纳瞥了耕助一眼，望向另一张照片。与耕助不同，加纳熟知欣造年轻时的长相，他很快就辨认出照片中的人的真正身份。

“金田一先生，这也是大道寺的照片吧？他为什么打扮得跟唱戏的似的？”

“加纳先生，日下部死前曾拍了来岛上演出的戏班的照片，这张也是那时拍的。”

“什、什么?！”

就算是对于见过大风大浪的律师，这句话也宛如晴天霹雳一般。加纳几乎要从椅子上站起，狠狠地盯着耕助说：“就是说，那天……大道寺在岛上？”

“是的。而且还乔装打扮成演员的模样……”

加纳重重地坐下，眼睛仿佛要喷火一般看着耕助，额头上冒出了豆大的汗珠。

“金田一先生。”加纳用沙哑的嗓音说，“您说这就是蝙蝠的真容，是什么意思？”

“是这样的。大道寺，不，当时还是速水，他当时的一系列行动被日下部比喻为蝙蝠。当时速水做得非常巧妙。他让戏班的人以为他是岛上的居民，岛上的人又以为他是演员。他之所以那样做，是因为发生事件之后，别人会认为除了戏班之外，当时没有其他人来到岛上。也就是说，速水欣造在上岛之前就已经有了一个可怕的计划。”

加纳浑身微微发抖，说："可是……可是……为什么是蝙蝠？"

"那是因为他虽然装得很巧妙，还是被日下部看穿了真相。可日下部却往好处想了，他以为速水是为了暗中帮助他才这么做的。日下部为朋友的心意感到高兴，同时也觉得十分好笑，于是就把他比喻成蝙蝠。岛上的人以为他是演员，演员以为他是岛上的人，这让日下部想起了鸟兽大战的民间故事。对鸟类说自己是兽类，对兽类说自己是鸟类的，正是蝙蝠。他觉得十分好笑，所以在写给父亲的信里，也用戏谑的语气提起了这件事。"

加纳额头上不断渗出汗来。他双眼圆睁，闪着异样的光芒，仿佛要把耕助整个吸过来一般。

"可是……可是……"加纳忽然想起了什么，清了清嗓子说，"不是说神尾女士自杀前都坦白了吗？说一切都是因为自己的畸恋……"

耕助一言不发地从怀里拿出信封。

"请看看这个。"

加纳拿过信封，表情微微一愣。"神尾女士写给您……是遗书吗？"

"是的。我们这次回到岛上，进入上锁的房间所在的别馆之前……老夫人忽然病倒，大家都很慌张，她大概是趁那时写的。"

加纳急忙把信笺从信封中抽了出来。

金田一耕助先生——遗书这样开始。字体虽然秀丽，却有几处涂改，可见写得非常急。加纳慌忙地读了下去。

金田一耕助先生：

您接下来就要试图证明琴绘夫人是无辜的了，并且您看起来胸有成竹。我不知道您如何证明，但我想有两种可能。一是智子小姐的父亲死于自杀；二是那房间其实不是密室，除了智子小姐的父母之外，其他人也可以潜入……若是前者，不会这么兴师动众，所以您试图证明的必定是后者，也就是说其他人也可以进入那里。如果您真的证明了，那我直到现在仍怀抱的希望就将破灭。果真如此，我就会按照已经下定的决心去做。

金田一耕助先生。

刚才下船之后，您问过我为何对事件感到深深的自责。是的，这次的事件其实全都源自我这个女人的粗浅心计。昭和七年夏天，日下部先生和速水先生来月琴岛游玩时，日下部先生和琴绘夫人发生了关系。但他们两人并非背着我偷偷相会，而正是我促成了他们，是我强行把琴绘夫人推给日下部先生的。而我之所以会做出如此可耻的勾当，是因为前一年秋天速水先生只身来到岛上时，不顾我对他主动的表白，反倒对琴绘夫人大献殷勤。所以我想让琴绘夫人和别人在一起，这样速水先生或许就会放弃，回过头和我结婚。我真是个愚蠢的女人，愚蠢的秀子……若是我知道速水先生对琴绘夫人的恋情竟如此刻骨铭心的话！

金田一耕助先生。

说到这里，您应该明白，在十九年前播下罪恶种子的，不是别人，正是我自己。琴绘夫人对我言听计从，只要我说便会照做。当初要是想让琴绘夫人和速水先生在一起，真是容易得很。速水先生又是如此出众，他们二人一定会幸福美满，这十九年里的可怕事件也不会发生。毁掉速水先生幸福的是我，是我这邪恶的爱情。播下所有祸事种子的是我，愚蠢的神尾秀子，我必须亲手铲除它们。

金田一耕助先生。

我不得不请求您，请求您为我牺牲您的名声和功利之心。我必须为有恩于我的大道寺家的名声着想，必须为智子小姐的未来着想。虽然没有血缘关系，可在法律上智子小姐毕竟是他的女儿。她的父亲是个杀人魔……天哪，绝对不可以！与其这样，还不如让她有个杀人狂老师，这或许能让她稍微幸福一些吧。

金田一耕助先生。

我恳求您，求您务必、务必，把您知晓的一切通通忘记，把一切责任都归咎于我……

一名可怜的家庭教师

另：

我为了清算这里的一切而使用的手枪，是在东京得到的。当我察觉出照片的秘密之后，就通过某一途径得到了这把手枪。但请您不要去查是从何种途径得到的……我不想让对方惹上麻烦。

一向稳重的加纳在读完神尾秀子这凄惨的遗书之后，也不由得被深深震动。他把遗书放到桌子上，呆望了前方好一会儿。

“大道寺……大道寺……这个蠢货！”他恨恨地喃喃自语，全身由于愤怒而颤抖不已，“神尾女士早就知道他是凶手了，是不是？”

金田一耕助点了点头，说："应该如遗书结尾所说，是在发现照片里的秘密之后。神尾女士之前也看过好几遍照片，但徕卡相机的照片很小，一直都没注意到。可我前几天把放大的照片拿到经堂的时候，大道寺先生十分吃惊。因为在他不知情的情况下，居然有人拍到了能证明他罪行的照片。当时他巧妙地岔开话题蒙混过去了，可神尾女士留了个心眼，终于从照片中发现了秘密。请您想象一下神尾女士当时的心情吧。既然照片上有大道寺，那他当天肯定在岛上。可他却一直没有告诉过别人，这就更可疑了。所以神尾女士怀疑到他身上也很正常。她从我这里偷走了照片，却下不了狠心烧掉，便只把最关键的部分剪下来藏在了秘密的地方。"

"可是，神尾女士为什么不马上做个了结呢？既然早知如此，如果当时就下手，歌舞伎座和九十九龙马的两起凶案就不会发生了。"

"的确如您所说。但对于神尾女士来说，还有一线希望，那就是智子小姐的父亲被杀的房间是密室，上了两道门锁，没有人能进去。所以，大道寺先生虽然在岛上，却不一定真的杀了人……这就是她最后的希望。所以当这一希望也破灭的时候，她马上就动手了。"

加纳闭上眼睛思考了好一阵，又睁开眼说："明白了，十九年前的事件大致就是这样啊。那最近的一系列命案又是怎么回事？大道寺难道发疯了吗？"

"加纳先生，"耕助黯然说道，"报纸上写着'绵延两代的畸恋'，这虽不该用来形容神尾女士，但用来形容大道寺却恰如其分。随着智子小姐越来越成熟，越来越像母亲，大道寺看在眼里，渐渐地不能自已。大道寺的确和琴绘夫人结婚了，但那只是名义上的夫妻，实际上恋情并未开花结果。因此，这一直被压抑的感情便如火山般喷发。大道寺自己也感到了这一点，所以才写了警告书，想尽量阻挠智子来东京。”

加纳惊讶地睁大了眼睛，说：“那……那封警告书是大道寺自己写的？”

“是的。大道寺其实也很可怜。他为了控制自己，想必内心也经历过剧烈的挣扎。他大概认为，智子若是在遥远的月琴岛，他还能够按捺下来，要是在自己身边生活，每天闻其声嗅其香……他没有控制自己的信心。但智子年满十八岁就要被接到东京，这是早就定好的，也是衣笠先生殷切盼望的，他没理由反对。所以便写了警告书，想让衣笠先生放弃接智子过来的想法。”

“原来是这样啊。那他就是自己给自己寄了警告书？”

“是的。这种手段并不新鲜，凶手为了让自己不被怀疑，常常这么做。大道寺不仅给衣笠先生和自己寄了警告书，还在智子小姐入住松籁庄的次日清晨，在浴室的镜子上写了恐吓的文字，想让智子小姐回岛上去。”

“原来如此。大道寺虽然迷上了智子，但只要他们是父女，他就束手无策。这让他一直深深苦恼啊。”加纳缓缓地说道。他的脸色充满悲痛。

“是的。而且当智子小姐在身边的时候，大道寺也会产生一种肉体上的冲动。智子小姐来到经堂之后，我猜他有时会遏制不住这股冲动，半夜来到智子小姐的房外。真是让人痛心的宿命啊。”

真相（二）

加纳和耕助神色黯淡，默默地不知看着何方。

一阵沉默后，加纳开口换了话题："这次案件的动机我差不多明白了。可怎么能够如此巧妙地接二连三将人杀掉呢？请您给我解释解释。首先是游佐三郎吧。"

"不是。游佐三郎先被发现，但实际上先被杀的是姬野东作，也就是岚三朝。"

耕助拿出记事本，在桌子上摊开。

"那么先从姬野东作开始说起吧。但之前还有这么一件事。姬野东作被杀那天的上午，我和大道寺在他的房间里聊天。他的房间和主房不相连，从房间里可以饱览松籁庄的庭院，一直望到桂川。我们当时是在檐廊的藤椅上说话，我记得他好像很在意院子里的情况。现在想想，他应该是看到了文彦。"

加纳抬起头看了耕助一眼，耕助也看着他继续说道："我想这个应该问您。大道寺是不是一直很在意文彦的性格？就是那种对秘密尤其感兴趣的性格？"

"金田一先生，您说得太对了。大道寺对文彦的这种个性非常担心。其实原本不用担心。一般来说没有兄弟姐妹、身子又弱的孩子常常会这样。现在想想，大道寺是因为自己以前杀过人，所以非常担心孩子遗传了自己的性子。"

金田一耕助点了点头。

“可能有这个原因。总之，大道寺看到文彦偷偷去往院子深处。他想知道这孩子到底想干什么，就在三点左右，趁大家都午休时跑过去偷偷看了看。他发现了洞穴，进去一看，正好里面有三封剪贴出来的信。他一定很吃惊，不，与其说是吃惊，不如说是害怕，因为他自己也写过这样的信。文彦大概是在经堂的家里看到了寄来的警告书，于是就照葫芦画瓢贴了起来。谁知，他模仿的信竟然就是亲生父亲写的。”

“是啊，真是因果循环，报应不爽啊。”加纳沉着脸说。

“是的，就是这样。大道寺感到很害怕，就把糨糊、剪刀、报纸都埋在土里，把三封信收入怀中，想离开洞穴。这时，他听到从上面一层传来游佐和姬野东作密谈的声音。”

“这样啊，这还真是巧啊。”

“没错。如果大道寺没看到文彦，就不会去洞穴里，也不会听到密谈了。”

加纳点了点头。“但是，姬野东作……就是原来的岚三朝，他到底知道多少呢？”

“我觉得他应该知道很多，或者说其实他已经发觉了。大道寺是松籁庄的董事，一定经常露面。姬野东作见到他时，大概觉得面熟，怀疑是不是以前在哪里见过。而这次月琴岛大道寺家的独生女智子小姐要来，智子小姐又是大道寺的养女。听到这些，姬野东作一定回忆起了当年的情形。连同一个戏班的田岛都知道智子小姐的亲生父亲在十九年前登茂祭那天失足摔死，那班主姬野东作一定也知道。因为自从那起事件之后，月琴岛就再也没有请过岚三朝的戏班，等于让戏班失去了一个老主顾。就这样，姬野东作想起了过去，也想起了大道寺的长相。他自称是岛上的人，到下田迎接过戏班一行，又送戏班的人回下田……而这个人继承了横死的智子父亲的地位，成了大道寺家的老爷……想到这些，以一个戏班班主的头脑，应当能猜出不少。而且姬野东作谈话中的确也提到了蝙蝠，所以他一定是时隔十九年意识到了大道寺的手段，把它告诉了游佐。”

“他之所以告诉游佐，是像你原来说过的那样，让游佐处于有利的位置，以在竞争中胜出，是吗？”

“嗯，是的。而游佐如果成功成为大道寺家的乘龙快婿，姬野东作应该会拿到一大笔报酬。”

加纳黯然叹了口气，说：“唉，祸不单行啊。恶事总会横生枝节，接踵而来。所以大道寺就必须痛下杀手，干掉姬野东作，对吧？”

“不，不只是姬野东作，连游佐也必须清除掉。尽管不知道游佐究竟听去了多少，但如果发现姬野东作被杀，他一定会怀疑到大道寺的头上，所以必须在姬野的尸体被发现之前杀了他。于是文彦的信就派上了用场。”

“就是说，儿子闹着玩写的信，被老子利用成了杀人手段？”

“是的，就是这样。想想就很恐怖，可是大道寺当时刻不容缓，也没有其他办法。”

“金田一先生。”加纳探出身子，说，“大道寺怎么杀的游佐，能不能说得再详细一些？”

“好的。但这也只是我的推测。”耕助看着他说，“游佐一案，我在犯案时间上出现了很大的误判，这点您应该听衣笠先生说过。现在说这些没什么意义，但我还是在想，如果没有这个失误，我会更快地找出凶手，或许可以阻止后面的案件发生。现在没能阻止，让我觉得很痛心。”

“哪里哪里，那不是您的失误。都怪衣笠先生躲躲藏藏的……衣笠先生对此也觉得很愧疚。”

“其实还是因为我太自以为是，把犯案时间限定得太细了。人还是不应该想得太多啊……这先不说了，总之，按照我限定的犯案时间，大道寺有无懈可击的不在场证明。可在那段时间之前，他说自己在洗澡。问题就在于洗澡。您也知道，松籁庄除了有号称千人浴室的大浴室，还有家庭浴室。家庭浴室位于主房通往大道寺房间的走廊上，并排有三四个。大道寺应该用了其中一个。而这家庭浴室对他来说十分有用。因为只要在走廊上放着正在使用的牌子，就不会有人进去。就算进去了，更衣室的门还可以从内上锁。而浴室里还有窗户，可以从窗户爬到院子里……”

“我明白了。”加纳缓缓地点了点头，“大道寺把浴室当成秘密通道用了。”

“是的。他离开浴室，从多门连太郎逃跑时走的后侧的楼梯上了屋顶。后侧的楼梯基本没人走，所以能够避人耳目。进入钟楼之后，游佐已经被那封信骗来了。我猜想，当时大道寺的样子一定很异常。而且既然他怀有杀机，表情一定也很恐怖。大道寺那么进来之后，游佐一定被吓了一跳。而如果姬野东作告诉了他大道寺的过去，那他就更害怕了，以至于吓得喊都喊不出来。大道寺身形魁梧，游佐虽然游手好闲，却是个像女人一样瘦弱的男人，再加上恐惧心理，大道寺用左手掐着他的脖子，右手拿凶器砸死他，实在轻而易举。”

加纳面容扭曲，缩在椅子上，刻意清了清嗓子，然后一声长叹。耕助的话让他仿佛亲眼见到当时骇人的情形。

“那凶器是什么？”

“这个一会儿再告诉您。就这样，大道寺待到确认游佐已经气绝，便把随身带来的球拍折断，沾上血，扔在了地上。”

“这是暗示月琴岛上锁房间的月琴吗？”

“是的。那天早上，大道寺尝试在镜面上写字，想把智子小姐吓回去。但智子小姐不是会屈服于威胁的人，说不定会适得其反。于是他就想实现恐吓的内容来暗示智子小姐：恐吓不是虚张声势，你要是敢来东京，必定会发生这种事。也就是说，大道寺杀游佐是一箭双雕。既封住了游佐的口，也能吓唬智子小姐……”

“嗯，您说得不错。那接下来……”

“接下来大道寺离开钟楼，从后侧的楼梯下到院子，从窗户爬进浴室，洗掉身上和凶器上的血迹……我刚才说大道寺先生的样子很是异常也是为此。他为了避免血迹沾到衣服上，很可能只穿了一条内裤。即便外面套了件大衣之类的，也很可能在下手时脱掉了。”

加纳的神情又紧张起来，即便如他一般见多识广的老狐狸，也还是不禁感到恐怖。

耕助缓了缓，接着说：“刚才您问凶器，考虑到之后发生的杀人未遂事件……”

“杀人未遂？”加纳睁大了眼睛，说，“金田一先生，那除了我们知道的事件之外，还有未遂的吗？”

耕助笑着点了点头，并未作声。

“是谁？谁是受害者？”

“我……金田一耕助。”

加纳目瞪口呆，都要从椅子上站起来了。他问：“金田一先生，是真的吗？大道寺想要杀您？”

“真的。您也不用太吃惊，干我这一行，总会时不时有这样的情况。这我等会儿会告诉您……”

加纳重重地坐下，又仔细端详了耕助一番。他终于意识到，这身材矮小、其貌不扬、宛如流浪汉一般的男子，从事的竟是如此危险的职业。

“凶器呢，其实是……”耕助若无其事地说，“考虑到我差点被杀时的情况，大道寺应该没有专门准备凶器，而是巧妙地利用周围的东西。杀游佐时用的大概是镇纸吧。”

“镇纸？”

“是的。松籁庄房间的桌子上，有个做成龙形的笔架镇纸，无论大小、重量还是握起来的手感，都适合拿来做凶器。而且这个镇纸是金属做的，血迹洗一洗就掉了。大道寺回到浴室后，洗掉身上和镇纸上的血，重新洗了个澡，若无其事地回到房间。这时，酒店总经理已经等在那里了。至于镇纸，应该是趁人不注意放回去了。”

加纳叹了口气。耕助平淡的语气反而更凸显现实的恐怖。

“只听我讲，您大概会觉得这个方法很危险。风险自然有，但只要足够机敏、胆大，有够强的决断力，其实也不算难。而且不知是大道寺做了手脚还是碰巧，自鸣钟的把手活动了，导致我把事情想得过于复杂，凶手便顺利地逃进了安全的烟雾中。”

加纳用手帕静静地擦着额头的汗，问：“明白了。松籁庄的案件就是这样了。接下来是歌舞伎座的凶案吗？”

“不，之前还有杀害金田一耕助未遂事件。”耕助简单讲述了当晚的经过，“也就是说，大道寺不知道神尾老师从我的口袋里偷走了照片。为了抢走照片，他送我离开后，马上从瑞香花篱笆钻出来袭击我。如果那块石头砸中了……或者巡警走向了相反方向，我现在大概就在天堂当名侦探了，哈哈。”

“石头？多大的石头？”

“大概这么大。”

金田一耕助比画着大小，加纳律师又颤了一下。他感到全身一阵疼痛，仿佛自己被砸中一般。

“这……我完全不知道这件事，您安然无恙就好。”

那声音像是在安抚耕助。

“多谢您的关心。”耕助鞠躬答谢，说，“不过，通过这次袭击，我想明白了两件事。凶手当天就在大道寺家里，还有，照片对于凶手有致命的杀伤力。”

“照片不是还有底片吗？”

“是的。我也这么想。但对方棋高一着。”

他简单说了照片被骗走的过程。

加纳点了点头。“嗯，大道寺做得出来这种事。他是个很精明的家伙，而且这次性命攸关。接下来就该是歌舞伎座了吧？”

“是的。但这起案件也没必要多说。只要从文彦的盒子里拿出一颗巧克力，放入氰化钾后塞进三宅的口袋里就好了。”

“这我明白。但是为什么要在那天杀掉三宅呢？”

“加纳先生，这是因为大道寺正在内心跟自己痛苦地厮杀。他和智子小姐同处一个屋檐下，不知什么时候就会控制不住自己，甚至已经有了深夜来到智子小姐卧室外的举动。但他毕竟也是个绅士，对于和养女发生关系这种乱伦行为深深感到不齿。就是说，他把自己夹在难以遏制的欲望和耻辱感之间，越来越绝望。拯救他的方法只有一个：让智子小姐回到岛上。他想通过吓唬智子小姐达到目的。另一方面，大道寺可能还是有忌妒心理。虽然那些候选人是他选的，但他们若和智子走得太近，又会让他妒火中烧。那天晚上，智子小姐另有目的，对三宅卖弄风情，这刺激到了大道寺。毕竟在修善寺的松籁庄里，大道寺已经迈出了第一步，他箭在弦上不得不发。到了这一步，他和嗜血的杀人狂已经没有两样。”

“但是，难道大道寺一直随身携带着氰化钾吗？”

仿佛对加纳的提问期待已久一样，耕助从怀里掏出一个大约和以前的五十钱银币一样大小的小盒子，把它推到加纳面前。

“是的。就在这里面。”

加纳倒吸了一口凉气，连拿都不敢拿，只是颤着声音说：“这……您是在哪儿……”

“大道寺中弹的时候，我从他裤子口袋里发现的，我藏了起来没告诉警察。大道寺当时把手放在口袋里，紧紧地握着它。您明白他的想法了吧？”

“就是说，他其实也做好自尽的准备了？”

“是的，他毕竟罪行累累……”

两人对着闪着冷光的盒子沉默了一会儿，加纳又抹了抹额头的汗水，说：“最后是九十九龙马的案件。大道寺比神尾女士先一步到了道场吧？”

“是的。然后他又返回车站，等神尾女士出来。只是我不明白，他怎么会知道那条暗道的存在……”

“这很简单。”加纳毫不意外地说，“他之前和九十九龙马来往相当密切。所以即便他参与了伏魔殿的机密设置，也不是什么不可能的事。我曾经忠告过他，九十九是个危险的人物，不要太接近……不知道是不是忠告起了作用，他们最近往来少了许多。总之，他知道暗道也没什么奇怪。”

说完，加纳对耕助和蔼地笑道：“对了，金田一先生，最后我还有一个问题想请教。如果您不愿意说，可以不回答……”

“好的，是什么问题呢？”

“您从什么时候开始注意大道寺的？什么时候开始觉得他可疑？”

耕助看了加纳一眼，声音沮丧地喃喃道：“加纳先生，您跟我提这个，我就更难过了。我总不能谎称是人一个个被杀之后，才开始注意到大道寺的。其实我从一开始……就是发现姬野东作的尸体之后，就开始怀疑大道寺了。”

“为什么？”

“因为神尾老师偷听到了一点姬野和游佐的谈话。姬野对游佐讲了十九年前月琴岛上的事件，而且好像想借此让游佐处于有利的位置。那游佐怎么才能有利呢？当时，游佐和驹井、三宅两位正在争讨智子小姐的欢心。游佐需要知道什么，才能在竞争中占到先机呢？这么一想我就明白了：掌握九十九龙马和神尾老师的把柄没有任何意义，只有掌握大道寺的把柄才行。”

“这样啊。”

“还有一点，凶手进入洞穴拿走了文彦写的信。而对文彦的行动最为关心的，应该就是他的父母。茑代没有能掐死姬野的体力，所以我自然就把注意力放到大道寺身上。但我之所以没有采取行动，是因为我刻意避免自己先入为主，必须基于事实做出判断……这是我查此类案子的原则。当时，最确定的事实——虽然后来我发现那是错的，是游佐被杀的时间。而在这一点上，大道寺有完美的不在场证明。”

耕助话音一落，便无力地瘫在椅子里。他总是这样，解决事件之后，全身上下便会油然产生一种疲惫感。他心不在焉地发了会儿呆，忽然又想起什么似的抬起头，看着加纳说：“加纳先生，我知道的全都告诉您了。您还有什么疑问吗？”

加纳想了想，说：“不，没有了。我可以对委托人做个完整的汇报了。”

“那这回轮到我有一件事想拜托您。”

“好，什么事呢？”

“我很理解您的委托人碍于自己的身份，不愿意抛头露面。但是，凡事总有个限度。希望您能想一想智子小姐现在的处境。她经历了这样一场惨剧之后，失去了一切。外祖母、养父、家庭教师……她现在还在月琴岛那栋大房子里孤零零地生活着。如果换作其他大小姐，只怕早就发疯了。我希望您能和委托人商量一下，尽快想想办法。”

加纳看着耕助，眼角露出微笑说：“金田一先生，您说到我心坎上了。我其实也是大道寺家的顾问律师，要尽快和智子小姐商量遗产问题。我打算明天派个所员去月琴岛。”

加纳说完，观察着耕助的表情，又笑着说：“哈哈，看来您对只派一名所员有所不满啊。我会让所员的保证人一起去的。”

“保证人？”

"是的。那名所员叫多门连太郎。我想您应该知道保证人是谁了吧？"

耕助睁大了眼睛，看着加纳的脸，垂下乱蓬蓬的头深深鞠了一躬。一种温暖的东西充溢在加纳和耕助的心中。

大团圆

一切都结束了。

所有人都随风而逝。外祖母、家庭教师、养父……现在，只有智子在月琴岛空旷的大房子里独自生活。尽管她向茑代和金田一耕助保证自己会尽快振作起来，但谁知道她要靠什么才能振作起来呢？

金田一耕助在岛上的时候还好，当他也离开之后，智子只感到无边的寂寞。

她无力去想任何东西，心如死灰，终日在家里游荡。外祖母起居的房间，神尾秀子总是不停做编织活儿的客厅，还有最后发生惨剧的，那间上锁的房间……

那里已不再是上锁的房间了。在金田一耕助的建议下，房门和窗户都已打开，惨剧的痕迹也被一扫而空，但是……

智子今天又来到那里，宛如一个没有影子的女人，只是眼神空洞地环视着屋子里的一切。

一切始于此地，也终于此地。

智子的父母在这里互诉衷肠，母亲在这里孕育了智子的生命。后来，父亲在这里殒命，母亲在巨大的悲痛中封锁了房间。十九年的岁月流逝，当房门再度打开的时候，养父和家庭教师又在这里失去了生命。

一切始于此地，也终于此地……

智子战栗着，抚摸着已经擦去灰尘、焕然一新的家具和陈设，仿佛这样做就能触摸到在这里逝去的人们一般……

敞开的大窗里，六月的夕阳倾泻而入。阳光透过院子里枝繁叶茂的山茶树荫，斑驳地映在智子身上。

智子心不在焉地在屋里缓缓踱步。忽然，她听到了脚步声。

女佣阿静出现在门口。

“小姐，有客人来了。”

“客人？是哪位？”

“说是东京的加纳律师事务所的人……”

智子也知道加纳律师事务所，她想对方大概是为了料理后事而来的。

“好的，让他进来吧。我马上去。”

“是。”

阿静刚转过身，忽然怯生生地脱口而出：“啊，是你……”

循声望向门口的智子也不禁挑起了眉毛。来人推开阿静径直进了屋，那是多门连太郎。

“啊，是你！”智子原本煞白的脸上泛起一阵红潮，“你可不能随便开这种玩笑，说什么自己是加纳律师事务所的……”

连太郎的目光仿佛有种磁力，他看着智子，轻轻低了低头说："非常抱歉，我实在是迫不及待了……但我的确是加纳律师事务所的人，请看。"

连太郎从口袋里拿出一封信，信封上工整地写着"大道寺智子收"几个字。信封的背面印着加纳律师事务所的字样，还有加纳辰五郎的签名。加纳辰五郎是名震一方的民事律师，智子对他也是久仰大名。

"我可以打开看吗？"

"请。"

智子打开信封读完了信，又把信放回去，对不安地站在门口的阿静说："阿静，你先下去吧。这里不用担心。"

"是。"

待阿静离去，智子转身对着连太郎。"不好意思，我不知道你进了律师事务所……请坐。"

智子隔着紫檀桌和连太郎相对而坐。忽然，她感到心里一阵骚动：父亲和母亲，当年大概也是这样隔着桌子相对而坐吧……

"你怎么了？"

"没什么……你今天有什么事？"

"我今天是为了大道寺家的遗产问题而来，但说实话，这方面的情况我也不了解，毕竟是刚进事务所的新人。"

"是吗？"智子睁大眼睛，微微笑着说，"呵呵，那加纳先生还派你来啊？"

"是的。因为我还有件事要办。"

"还有件事？"

“有件事希望你能够答应。”

“什么呢？”

“希望你能和我结婚。”

智子的脸一下子红到了耳根，她从椅子上弹了起来。

“多门先生，这可不行，现在不是开玩笑的时候。”

“不，我不是开玩笑。我就是为了求婚而来的。”

连太郎也微微起身，一只手撑在桌子上。

“智子小姐，我已经洗心革面了，已经远离了那种世界。我相信自己只要认真起来，还是个不错的男人。智子小姐，我这样还是不够格做你的丈夫吗？”

好一会儿，智子目不转睛地盯着连太郎。忽然，她仿佛抽泣一般地说：“不行，不行。不只是你，我不能和任何人结婚。”

“为什么？”

“我生在煞星下，总有厄运笼罩在身上。凡是接近我的人，都会被煞气沾染。多门先生，请你不要再提这些了……”

“哈哈哈！”连太郎大笑道，“智子小姐，你什么时候变得如此软弱？你曾经是个很坚强的人……没错，可能你的确生在煞星之下。但那些为煞气所染的人，是因为他们自己的星相太过弱小，而我不是。”

连太郎加强了语气。“我很强大，我的星相很强大。我一定能击败你身上的煞星。智子小姐，请你相信我。”

连太郎绕过桌子，想拥抱智子。智子后退一步，表情痛苦地扭曲着，说：“不、不。你不能碰我。而且……而且，我还完全不了解你。”

“加纳先生的保证还不够吗？”

“他只是你的雇主而已啊。”

“好的。那我就再请一位保证人吧。”

智子痛苦的脸上浮现出一丝微笑。“呵呵，好像做交易一样。好吧，请问你要请的保证人是谁？”

“是你的祖父。”

“什么?！”

“智子小姐你的祖父。十九年前，在这座岛上死去的你的父亲的父亲……”

智子的眼睛睁得像满月一样。“多门先生，这……你说的是真的吗？”

“货真价实。”

“那……那，爷爷现在在哪里？”

“现在就在岛上，他和我一起过来的。”

智子又睁大了眼睛，眼眸里闪动着泪光。

“那……他为什么不进来？”

智子的声音嘶哑，微微发颤，因激动有些哽咽。她做梦也想不到，自己居然还有个祖父。

“智子小姐，他先去你父亲去世的地方祭奠了。对他来说，你的父亲就是最宝贵的人。”

“那爷爷到底是什么样的人？他为什么一直都不告诉我？”

“智子小姐，你听到他的名字就会知道是为什么了。”

“那他、他叫什么？”

连太郎忽然抱住了智子，她来不及挣扎，连太郎便在她耳边小声说出了祖父的名字。

智子的身体剧烈地抖了一下，僵在原地。她已经忘记自己在男人的怀里，只是茫然地抬起头看着连太郎说：“多门先生！你说的，是真的吗？！”

“真的。你一会儿就可以见到他了。”

“那……那……我父亲是……”

连太郎又小声说出另一个名字。

“智子小姐，我想这样你就能明白，为什么你父亲深爱着你母亲，却仍然无法娶她……为什么你母亲在知晓实情之后，受到了如此大的打击……”

智子忽然推开连太郎，颤抖着跑到长椅旁，跪在地上哭得昏天黑地。

没错，智子一直为此事痛苦不已。父亲会不会是个花花公子，会不会是个根本不想结婚，只想玩弄母亲的花花公子……这念头曾深深地伤害了她的自尊，如荆棘一般缠绕折磨着她的心。

父亲……父亲……可怜的母亲……

智子在心里拼命呐喊，哭得蜷成了一团。连太郎来到她身后，搂住了她的肩膀。

智子摇摇头，扭了扭身子，却并未挣脱。她感觉到，连太郎将她抱得越来越紧……

一切都始于此地。

同一时刻，衣笠正坐在琴柄岬的尖端。他脚下是片深渊，旋涡正要吞没他刚刚投下的花束。

日已西沉，落日余晖将衣笠的侧脸映照得熠熠生辉。衣笠双目含泪，遥望被夕阳染得赤红的海平面，仿佛永远不会厌倦。

太阳终于落山了……

但衣笠知道，今日的夕阳虽落，明日还将有一轮蓬勃的朝阳，孕育着新的生命，冉冉东升。